公元787年,唐封疆大吏马总集诸子精华,编著成《意林》一书6卷,流传至今
意林: 始于公元787年,距今1200余年

小小姐
Mini Miss 出品

纯正✦阳光✦向上
为中国女生量身打造优质课外读物

MiniMiss 出品

图书在版编目（CIP）数据

每个女孩都有自己的花期 /《意林·小小姐》编辑部编 . -- 长春：吉林摄影出版社，2018.5
（淑女励志馆 . 女生悦读慧系列；002）
ISBN 978-7-5498-3619-2

Ⅰ. ①每… Ⅱ. ①意… Ⅲ. ①故事 – 作品集 – 中国 – 当代 Ⅳ. ① I247.81

中国版本图书馆 CIP 数据核字 (2018) 第 093885 号

每个女孩都有自己的花期
MEI GE NÜHAI DOU YOU ZIJI DE HUAQI

出 版 人	孙洪军
总 策 划	阿 朱
执行策划	Fairy
责任编辑	朱蕙楠
图书统筹	筱 唯
特约编辑	朱 会
绘 图	繁 繁
书籍装帧	胡静梅
美术编辑	张云丽
作家经纪部	卢晓凤
开 本	787mm×1092mm 1/16
字 数	320 千字
印 张	11
版 次	2018 年 5 月第 1 版
印 次	2018 年 5 月第 1 次印刷
出 版	吉林摄影出版社
发 行	吉林摄影出版社
地 址	长春市泰来街 1825 号
	邮编：130062
电 话	总编办：0431-86012616
	发行科：0431-86012602
网 址	www.jlsycbs.net
经 销	全国各地新华书店
印 刷	北京中科印刷有限公司
书 号	ISBN 978-7-5498-3619-2 定 价：25.90 元

启 事

本书编选时参阅了部分报刊和著作，我们未能与部分作品的作者取得联系，在此深表歉意。请各位作者见到本书后及时与我们联系，以便按照国家相关规定支付稿酬及赠送样书。

联系地址：北京市朝阳区南磨房路37号华腾北捷商务大厦2105室
《意林·小小姐》编辑部（100022）
电话：010-51900470

版权所有　侵权必究

如发现印装质量问题，请与印务部联系退换，电话：010-51908584

用文字启动女孩内心的力量

文◎女生文学书系总策划 阿 朱

创办《意林·小小姐》女生文学品牌八年来，通过电话、书信、网络等各种途径，我曾接触过许许多多不同的女孩。有的女孩兴高采烈地发来成绩单，说自从认识小MM后，自己的文笔和语感都有了很大提升，作文和阅读理解经常拿到满分；有的女孩把自己写的小说发到邮箱，说小MM激发了她的写作灵感，她希望长大后也能加入小MM，和编辑们一起创造出更多好故事；有的女孩在微博留言，说在自己脆弱、迷茫的时候，是小MM的故事激励了她，让她成为一个上进的女孩……

收到这些反馈，阿朱姐甚感欣慰的同时，也更真切地体会到作为一名青少年读物策划者和出版人的责任和意义。

女孩的成长路上并不总是阳光明媚，也会有雨雪交加的时候。女孩们跟编辑部的互动，除了表达对小MM系列读物的喜爱之外，也经常会提出各种困惑，比如，考试没考好怎么办？爸爸妈妈不支持自己看课外书怎么办？和同学闹矛盾了怎么办？更有甚者，有任性的女孩因为和父母闹矛盾，一气之下离家出走（这是极其不负责任的行为，无论什么情境下都不能这么做），着急的父母遍寻无果，无奈之下打电话到女儿最喜欢的杂志的编辑部求助。阿朱姐至今仍记得那位父亲的焦灼：叛逆期的女儿无法沟通，父母无论如何走不进女儿的内心世界。

我想，天下的父母无不希望自己的女儿能够长成一位阳光、独立、智慧、幽默、内心强大的优秀女性，而在学校和家庭教育之外，帮助女孩健康成长的最有效的方式，就是为她们提供充分的、优质的精神食粮，让女孩通过阅读完成自主成长。

不过，现在的女孩学习压力大、时间紧，需要高效率地提升自己，小MM编辑部以"为成长中的女孩量身定制"的精准定位和独到眼光，八年来成功创办了"淑女文学馆""淑女漫绘馆""淑女青春馆"三大特色书系，为女孩们打造了数百种优质课外书，在文学和艺术上做了不懈努力。有感于女孩成长过程中面临的诸多实际问题，接下来，我们将在保持作品的故事性、文学性的基础上，强化功能性，在作品中赋予更强有力的励志精神内核和价值观引导，启迪女孩内心成长，帮助她们克服自卑、怯懦、迷茫、悲伤的情绪，树立坚强、乐观、自信、独立的信念，成为更好的自己；同时，增加作品的实用性，帮助女孩挣脱课堂的束缚，打开视野，了解世界，帮助她们提升写作、阅读、演讲、人际交往、情商训练等技巧，成就有强大竞争力、趋向于完美的女孩。这即是我们策划"淑女励志馆"的初衷。因此，"淑女励志馆"系列图书涉及的题材和内容范围非常广，既有激励人心的半纪实长篇小说，也有饱含人生智慧的生活故事，更有有趣、有料的知识小文，我们着眼于"课堂上学不到，家长没有教"的东西，力求"不偏食、不挑食"，以高品质读物全方位陪伴女孩健康成长，让女孩的智慧与日俱增。

有位老师曾经讲过这样一个真实事例：一位中学时成绩优异、被很多老师捧为掌上明珠的女生，在多年埋头苦读之后终于考上了理想大学，然而女生入学不到一个月便提出退学，因为她发现大学里的每一位同学都多才多艺、全面发展，唯独她，在不恰当的教育理念下，从小到大只有一个目标：高考，因此整个青春压缩得只剩下了备考一件事。如今与同学对比之下，她备感失落，陷入自卑的泥潭，心灵匮乏得不堪一击。

这样的故事只是个案，不过，成绩是一时的，而心灵的成长和丰盈是女孩一生都要修炼的课题。女孩一辈子重要的并不仅仅是读大学、考学历这一件事，她们对人生的看法，对社会的认知，对性格的塑造，应该从小就做好积累和准备。今天，我们唯一能做的，就是在女孩的内心多播撒一些饱满的种子，用文字帮助女孩塑造健全、优秀的人格特质，给女孩提供开阔、新颖的视角。如果女孩从小养成了阅读的好习惯，那么将来再怎么沉重的考试压力，也不能阻挡她们对于自我发展的追求，对于美好未来的向往。何况，充足的、高质量的阅读所奠定的智力背景，必将使女孩未来的学习之路比别人轻松很多。

愿每个女孩都能在合适的年纪爱上阅读，并在阅读中获得更多的成长与勇气。

名师寄语

子曰：学而时习之，不亦说乎？学习其实是一件非常快乐的事，读书也是。女生经常阅读，不仅是精神上的熏陶，对学习也会有新的认识。传统文化会在你的谈吐和气质中慢慢彰显影响力，令青春的成长更有底蕴。

——北大附中高级教师、北大历史系"华夏儒商（国学）"专职讲师　王来宁

阅读是幸福的养料，女生是阅读的玫瑰。因为阅读，女生所以砥砺成睿智的女子、浪潮的巾帼、时代的骄子！女生们，绽放你们的美丽，就从阅读开始吧！

——重庆市铜梁实验中学语文教师、高级教师　邹　童

女孩柔情，像水一样柔软又坚韧；女孩纯洁，如百合花一样圣洁纯真。阅读这本书，它会让你汲取经验，走过迷惘；它会让你重塑自己，自信满满；它会让你收获梦想，芳香满园。

——太原市外国语凤凰双语中学语文教师　张彦玮

"女生悦读慧"系列是《意林·小小姐》专门为少女打造的励志读物。拥有它，你会从懵懂走向成熟；阅读它，你会从青涩走向稳重；珍惜它，你会从轻狂走向谦虚；爱护它，你会从平庸走向精彩，最后破茧成蝶，无悔青春！

——《语文报》编辑　赵丽霞

家庭、学校和社会既需要给予女孩关注，还应该兼顾少女身心，为女孩的纯洁心灵保驾护航。"女生悦读慧"这套书滋润了正青春少女的心灵，帮助她们通过阅读实现梦想，收获成功。

——山西省孝义市第五中学学生成长督导中心主任、国家二级心理咨询师　李珍玉

在陪伴青少年成长方面，作为学校，我们会尽力打造最优质的环境。但与此同时，我们也需要社会和家庭给予他们，尤其是心思更为细腻的女孩们以更大的关注，比如，为她们打造一套专属的、成长、励志书系——"女生悦读慧"系列！

——湖南省浏阳市第六中学校长　苏启平

阅读改变人生，好书滋养人心。处在获取信息极为便捷的电子时代，一套散发着墨香的纸质书籍可以沉淀人们浮躁的情绪。读书如饮水，而对于本就如水般清澈的女孩子而言，一部积极阳光的好书更是不可或缺的。"女生悦读慧"系列图书，正适合上进的女孩阅读！

——河北省任丘市华北油田第一中学语文教师、高级教师　高秋霞

在讲究"素质教育"及"全面发展"的今天，适当阅读一些课外书更有助于学生们开阔视野、培养良好的自学及阅读能力，在未来更高层次的学习中更具竞争力。

——深圳市盐田区外国语小学校长　王　蓉

目录
CONTENTS

第一章 少女情怀总是诗

幸好遇见你,我的懵懂少年

- 003 在夏日的尾巴上羞涩绽放 / 童 心
- 006 十月照相馆 / 巫小诗
- 012 总会遇见你的盖世英雄 / 阿 闹
- 017 青涩的故事里谁是主角 / 王双增
- 019 青春有幸遇见你 / 顾南年
- 020 是什么理由,让你终止了暗恋 / 佚 名
- 021 再见了,我的少年 / 呦呦鹿鸣
- 023 谁还记得同桌的你 / 鲁 静
- 024 如何让异性朋友对你的好感翻倍 / 职业君
- 025 每个少女的心里都住着一百只小鹿 / 文星树
- 026 给少女的爱情课 / 林特特
- 027 我们未成年,情书已抵达 / 楚问荆
- 028 情窦初开的淡淡香 / 胡 炀
- 030 花与莉莉安 / 吴梦莉

学会保护自己,安全成长

- 032 十三岁的夏天 / 阿 蒙
- 035 伤害,只是你长大路上的一朵小浪花 / 冬 凝
- 037 花样年华,自尊与自爱 / 谢珊珊
- 038 埋在心中的那根刺 / 华侨大学新媒体工作室
- 040 他人"献殷勤",一定要小心 / 周舒予
- 041 遇到陌生人搭讪怎么办 / 张晓峰
- 042 愿纯洁友谊,陪你度过校园时光 / 周舒予
- 043 没有谁能困住向往蓝天的你 / 小猿姐姐
- 046 走开,令人讨厌的骚扰者 / 染 染
- 047 善良的你,请拾起戒备之心 / 番 茄
- 048 潜伏在身边的危险 / 乔 乔

第二章 无处安放的青涩少女心

自卑的枷锁，用"不完美"挣脱

- 051 在这个夏天天荒地老／夏 迁
- 053 青春期不美／西瓜姑娘
- 054 胖姑娘的青春期／闫 晗
- 055 如果你有一颗玻璃心／妍 紫
- 056 敏感少女，如何委婉说拒绝／宋 晓
- 057 不要让"害羞"害了你／[美]迈克尔·斯塔维奇（文）／孙开元（译）
- 061 姑娘，如果你胖的时候自卑，瘦下来依然会自卑／二嬷嬷
- 062 压力无处不在，要学会缓解／格 子
- 063 姑娘，你的容貌从来不足以让你灰心／阿春牧羊犬
- 065 人无完人，不必过分苛责自己／蓑 依
- 066 无处安放的玻璃心／戴 阳
- 067 那些坚强，终会幻化成彩虹／蔡航泽
- 068 不恰当的道歉会带来更多伤害／[美]简·布罗迪

所有的敏感心，在青春中治愈

- 069 我的第一支唇膏／阿 杜
- 071 心态的"贫穷"／张继高
- 072 再见，叛逆的少女／梅 吉
- 074 十八岁的骄傲／桥边红药
- 075 你越是炫耀，离你想要的就越远／刘韩斐
- 076 少女，社交恐惧症并不可怕，要学会自我调节／张天晴
- 077 哪些瞬间，你陷入了自己的小世界／佚 名
- 078 不要在自己编织的"美梦"中沉睡／周丽媛
- 079 微凉的嫉妒时光，我与你相伴／刘小兰
- 080 用嫉妒心的积极一面，逐渐成长／剑圣喵大师
- 083 少一点儿嫉妒心／路易斯·穆诺（文）／刘 梦（译）
- 086 心理测试：你是一个嫉妒心很强的人吗／佚 名
- 087 如何战胜过度的攀比心／孙雪华
- 088 真正塑造我们的，是自信／行 一
- 089 焦虑情绪与身高关系密切／徐克峰
- 090 同我的偶像一同成长／佚 名

第三章 就喜欢你叫我"学霸"的样子

学习高手，不是传说
- 093 你学习好就了不起啊／林特特
- 094 康奈尔笔记法，传说中的学霸专属必杀技／学霸君
- 095 独一无二的学生手册／秋　微
- 097 为什么你如此勤奋，学习效果还是不太好／北辰冰冰
- 098 英语、数学，学上二十年有意义吗／常青藤爸爸
- 099 原来，你是这样的数学家／佚　名
- 100 学习效率不高怎么办／卿　蘞
- 102 遇到问题不可怕，找到解决方法才最重要／周　瑾
- 103 舒缓学习压力有妙招／林医生
- 104 花季少女如何在学习中摆脱倦怠状态／李中保
- 105 善于用脑，学习好／刘俊山
- 106 找到最适合自己的大学／李玉华
- 107 成为浙大博士的轮椅女孩／今　夜
- 109 我成绩不好，但我不是坏人／巫小诗

超越自己，是最酷的目标
- 111 找回自律，和曾经迷惘的自己说"再见"／张栓狗
- 113 思维越来越窄，那是你忘记了独立思考／茅　盾
- 114 这世上，所有的美好都来源于专注／李尚龙
- 115 记忆力的逆袭法则／李心英
- 117 让粗心离我们远远的／叶莹莹
- 119 用自己的脑袋想事情／侯文咏
- 120 长期坚持做一件事是一种怎样的体验／曲玮玮
- 121 我算不上优秀，只是注意力足够集中／黄子玲
- 123 能轻松做好的就是你应该坚持去做的事／艾小羊
- 124 欲速则不达，警惕"假性勤奋焦虑"／卜宗晖
- 125 愿你能够无悔于自己的选择／夜空君
- 126 赢自己比赢别人重要／潘晓婷

第四章 拒绝平庸，做自己的女王

你是独一无二的精彩

129　被原谅的那段孤立时光／杜智萍
131　被孤立的年少时光／暮　雨
132　取悦自己，多几分从容／糖是甜
133　横跨青春的歌，最动听／卢思浩
135　为什么有公主病就不能是个好女孩／二更食堂
136　瘦不成一道闪电，也能活成一缕清风／第九个娃娃
137　你本可以自己活成一个宇宙／颜　开
138　要活成自己想要的样子／仲仲念
139　做自己的摆渡人／高雨哲
140　如果你是邪恶的，那我又何必提醒你只是个孩子／小小酥
141　对不起，我的善良很贵／董　卿
142　成长是伤口开出的花朵／积雪草
143　美人会迟暮，气质却不会败给时间／莫哈德
144　把嫉妒之心，转化为激励我们向前的动力／大　熊
145　成为优秀百分百女孩／赵　越
146　没有谁比谁更容易，只有谁比谁更努力／惜归小夜

气质女神养成手册

148　爱上独一无二的自己／奔跑的小溪
149　女孩：读书是为了遇见更好的自己／仲念念
150　读书，三个字就够了／爱读书的人
151　美女都是狠角色／李筱懿
152　让读书治愈你／龚海平
153　读书这样治愈了我的自卑／公子逸
155　做个乐观的正能量女孩／张国庆
156　找回那个乐观自信的你／林　芳
157　跨越苦难，破茧成蝶／宋　晨
158　没有人看得出，他也曾抱怨过／佚　名
159　当你直面苦难，你才逐渐成长／夏天不说话
161　不要变成自己讨厌的那类人／李梦瑶
163　我曾像你一样，拥有坏情绪／曾　嘉
164　别让坏情绪，影响你自己／[日]和田秀树
165　内在美更重要／飞　扬
166　繁花似锦青春时／李　睿
167　气质是最美的修行／谷生熊

第一章 少女情怀总是诗

少女情怀是低眉婉转间的遇见；是弥漫着栀子花香气的粉色信笺；是怦然心动时内心绽放的花朵；是"春水初生，春林初盛，春风十里，不如你"。

愿所有纯洁可爱的姑娘，在最好的年纪，怀揣着梦一般的少女情怀，将内心深处的懵懂情感作为实现梦想的催化剂，努力保护、成为更好的自己，在幸福未来的下一个路口，与"他"相逢。

第一章 少女情怀总是诗

在夏日的尾巴上羞涩绽放

文◎童 心
图◎猫 草

❶

　　夏小宝遇到了陈思航,就像春天遇到了夏天,心里那一朵朵羞涩的花,被这热烈的气息激荡着,"哗"地就全开了。

　　这还是去年春天的事情。那时候夏小宝参加学校举办的歌唱比赛,确切地说,不是参加,而是做为歌手服务的勤杂工。周围的人都以为夏小宝五音不全,虽然一个人走路的时候她总爱哼小曲,但若是大家一起活动,让她站在众人面前高歌,羞涩的她就连跑调的曲子都唱不出来了。如果有什么娱乐项目,夏小宝一定是被大家选出来跑龙套的那个人。有时候大家一起去唱歌,大家都争抢着做麦霸,夏小宝就做后勤部长,为大家奔前走后地拿饮料、点歌、买甜点,将脚底下弃置的饮料瓶捡起来放进垃圾桶。大家很少会想起她,只有缺东西的时候才会大喊:"嘿,那个谁呢,哦对,夏小宝,我想吃巧克力夹心雪糕。"夏小宝这时就像跑堂的小二,道一声:"一会儿就来。"便旋风般跑出去了。

　　夏小宝跟陈思航的相识,也是这样开始的。当时夏小宝在后台为歌手们服务,她刚刚将一瓶矿泉水递给一个即将上场的歌手,便听到一声痛苦的惨叫:"啊!"夏小宝循声看去,便见一个长相酷似陈楚生的男生,正捂着左脚踝,咬牙忍着痛的样子。然后便有个长头发的漂亮女生跑了过去,并回头大喊:"夏小宝呢,她哪儿去了?"夏小宝慌忙走上前去,低头看了一下"陈楚生"有些肿的脚踝,立刻丢下一句:"一会儿就来。"说完便跑出了后台。不过是两分钟的工夫,夏小宝便将一盒膏药拿了回来。她细心地将膏药揭开来,贴在"陈楚生"扭伤的脚踝处,又像当医生的妈妈平常对病人那样,安慰道:"不用担心,很快就会好的。"

　　夏小宝说完抬起头,便看到"陈楚生"正用那双含有一丝忧伤的眼睛注视着她。夏小宝从来没有跟人这样对视过,尤其是如此帅的男生。她一向是被人忽略不计的小数点后面的那个女生,所以她的脸倏地一下红了。

　　这样的羞怯,恰好被一旁叫许伊然的那个漂亮女孩看到,她立刻用带有醋意的声调调侃道:"哟,咱们的后勤部长见了知名歌手陈思航还脸红呢,这一盒膏药在包包里准备好久了吧?"

　　向来对人友善的夏小宝,在周围的哄笑声里,对这个嘴巴厉害的许伊然,几乎生出恨意来。

003

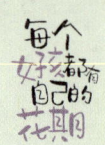

陈思航用一首自弹自唱的校园民谣，夺走了当季校园歌唱大赛的特等奖。陈思航领回奖品后，并没有回自己的位置，而是去了后台。他找到了正扒着帷幕一角看颁奖仪式的夏小宝，当着许伊然的面，说："夏小宝，这份荣誉也有你的一半，所以我想把这张自己录制的唱片送给你，希望你不要拒绝。"

夏小宝被这样猝不及防的感谢给弄得不知所措，紧张得手心里冒了汗。她红着脸憋了好大一会儿，才结结巴巴地吐出几个字："你唱得真好。"

陈思航将唱片递到夏小宝手上的时候，周围有稀稀拉拉的掌声响起。夏小宝低下头，在视线的余光里，看到许伊然正涨红着脸，瞪着她，似乎想要将那张唱片一把夺过去。

夏小宝从来没有被这样关注过，她觉得那张制作素淡的唱片像一块烫手的烙铁。她想要拿过来，却又因为外人的注视，而希望丢掉它。

最后是陈思航帮她解了围，他说："夏小宝，我先走了，我是高一(2)班的，叫陈思航，教室就在你们楼下，以后有什么事，下十六个台阶，就能找到我。"

夏小宝也不记得自己有没有点头说好，反正她听见陈思航的脚步声远了，才悄无声息地挤出人群，一口气跑到学校有绿树遮掩的假山上，坐下来，大口大口地喘气。

当天回到家，夏小宝就把自己关在卧室里，小心翼翼地拆开了陈思航的唱片。这是夏小宝第一次收到男生的礼物，而且她今天才从别人口中知道，初中就在本校就读的陈思航，已经连续四届是校园十佳歌手了。夏小宝只关注自己的那片小天地，也没人跟她说这些校园娱乐八卦，所以她考入这所重点高中半年多了，在陈思航上台领奖的前一刻，都不知道他就是大名鼎鼎的校园歌王。

那张唱片里，留有陈思航的手机和QQ（一种通讯软件）号码，夏小宝仔细地将手机号存进自己的联系簿，又打开自己的QQ，将陈思航的那串号码反复输入几次，最终鼓足了勇气点了申请加为好友，并在验证信息里，写上了"高一(12)班夏小宝"几个字。

几天后，夏小宝就看到自己的QQ头像闪动了起来，头像上写着"四季镇顽主"。夏小宝觉得熟悉，想了好长时间，才终于想起这是陈思航，因为他送她的唱片里就有一首他自己作词作曲的歌，叫《四季镇》。歌词是：我想建一个四季镇，小镇有明朗的春天，清爽的夏天，金黄的秋天，雪白的冬天，我要做镇上最开心的那个顽主，传播笑声，感染快乐。

夏小宝打开窗口，看到一句话：周六8点校门口集合，我们骑自行车去郊游。夏小宝相信这句话应该是群发的，因为陈思航既没有署夏小宝的名字，也没有问她是否愿意去，似乎夏小宝本来就是他群聚的小圈子里的一员。

夏小宝看到这条消息的时候，已经是周五了，她什么都没有收拾，不知道穿什么衣服合适，或者是否又要有唱歌的活动。周围的人知道她不爱在人前说话，也不为难她，可是陈思航那些朋友呢？她与他们根本就不是一个圈子里的人。她若是站在圈外，始终不给面子表演节目，会不会让陈思航难堪？

夏小宝拿出一本笑话大全，匆匆翻了翻，终于找到一个关于猴子的笑话。在将那个笑话倒背如流之后，她无意中瞥见陈思航的唱片。她想，万一他们非要我唱歌怎么办？想到这儿，她迅速将唱片放入电脑，打开《四季镇》这首歌，戴上耳机，一遍又一遍地听起来，一直听到这首歌与那个笑话一样，可以让她倒着哼唱出来。她想不管怎样，即便是唱一句，陈思航也应该是高兴的吧？尽管，或许更大的可能是，她依然在后勤部长的位置上忙碌。

那天晚上，夏小宝抱着耳机睡着了。她梦见自己站在欢声笑语的人群背后，没有人搭理她，但也没有人让她难堪或出丑，夏小宝看着别人的快乐，心底一片静寂。

夏小宝没想到这次出游是许伊然策划的，更没有想到，那天是陈思航的生日。许伊然几乎通知了每一个人，告诉他们要给陈思航准备一份小礼物，

第一章 少女情怀总是诗

唯独没有告诉夏小宝。不过她或许根本就不知道夏小宝要来，因为她看见夏小宝穿着一身洁白朴素的显然是精心挑选的连衣裙站在她面前的时候，很吃惊。

一路上，许伊然的自行车始终跟在陈思航的左右。尽管陈思航一直在高声唱歌，没怎么理会她，可她还是摆出一副策划人的姿态，让这个快点儿，又让那个注意安全。但她唯独对夏小宝爱搭不理，好像夏小宝根本就是一个隐形人。倒是陈思航，总是故意骑慢了，等着夏小宝，又一次次叫她的名字，好像要让每一个人都注意到夏小宝的存在。

目的地在郊区的一片山坡上。那里有大片大片白色的小雏菊，婀娜娇羞地绽放着。夏小宝喜欢这片山坡，她一下车就去采摘那些与她一样朴素矜持的花朵。她听见许伊然在后面喊："嘿，那个谁，哦，夏小宝，不要走远了，我们要在这里野餐。"

夏小宝不知为什么，看到这片雏菊，她便不再怕许伊然。犹如自己的心回归了天然，她在这片与她一样的小圈子里，觉得除了内心的快乐，什么都不再重要。

夏小宝采摘了一大把雏菊，一回头看见陈思航也离开了队伍，跟在她的身后。只是他采摘的是丁香树上的丁香花，那种紫色的花朵，散发着沁人心脾的清香。即便是花朵不在手上了，那香味还若有若无地跟随许久。

夏小宝想问陈思航，他也喜欢这种丢到哪儿都能随遇而安的花吗？可还没等她开口，许伊然就跑了过来，一把抢过陈思航手中的丁香，笑道："嘿，给我的吧？真美。"陈思航无奈地笑了笑，将头转向夏小宝，说："夏小宝，我们去唱歌吧。"

这句话，着实让夏小宝吓了一跳。那首《四季镇》尽管她在来时的路上还一路默唱着，可是真要在人前唱歌，她还真有点儿想要逃避的惊慌。许伊然估计是看出了夏小宝的慌张，笑嘻嘻地过来挽了她的胳膊道："后勤部长，今天你是逃不掉了，没给陈思航准备礼物吧？那至少也得唱一首歌喽。"

夏小宝至今都记得那天被人起哄站起来唱歌的情景，她以为自己会连声音都发不出来。但是当她的视线与陈思航的相遇之后，她的心却很奇异地安静下来，就像她采摘雏菊时般静谧与喜悦。她闭着双眼，很快唱出了第一句歌词："我想建一个四季镇，小镇有明朗的春天……"

那首歌唱完的时候，周围一片安静，没有掌声，也没有笑声。夏小宝紧张地看着人群，想着是不是自己的歌声太难听，把他们吓住了。正不知如何进退，陈思航第一个鼓起掌来，随后，便是响到让夏小宝觉得山坡都在震动的掌声。

夏小宝记得回来的路上，有几个男生总是围着她问东问西。夏小宝从来没有享受过这样的待遇，她一向是连女生们都记不起的存在。她用别人的眼光重新审视了一下自己，突然间发现，原来她也可以和许伊然这样的女孩子一样，有看上去舒服的衣饰，有雏菊一样淡淡的让男生喜欢的芬芳，有惹人注目的温柔，还有连她自己都没有发现过的如此美妙的歌声。

这是去年春天的故事，夏小宝站在今年夏天的尾巴上回忆这段过往，心里依然有无限的喜悦。就像一朵花，寻觅许久，终于找到了一片泥土，可以落下种子，并赶在秋天来临之前，绽放出娇美的花朵。

夏小宝自始至终都没能融入陈思航的圈子里，陈思航依然是校园里被女生们推崇的男生，而许伊然也还是像经纪人一样围绕在陈思航的左右，让其他女生看过去的时候带着浓浓的醋意和嫉妒。

可是夏小宝也因此有了自己的圈子，她开始喜欢当众唱歌，面颊上却总带着一抹羞怯和潮红。她也依然会讲笑话，但没有人再说她讲得乏味或者枯燥，并因此嘲笑她。

彼时，高中已经过去了一大半，夏小宝没有赶得上春天，可是她抓住了夏日的尾巴，并拥有了属于她自己的"四季镇"。MM

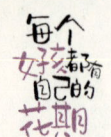

十月照相馆

文 ◎ 巫小诗
图 ◎ ARIA 叮咛叮咛

1. 照相馆少女

彭月跟大部分平凡的女生一样，长相一般，成绩中等，没有擅长的运动，也没有拿得出手的乐器，但她有一样是被众人所羡慕的，那就是她从小在照相馆长大。

彭月家有一家小的照相馆，照相馆开了很多年，比彭月还要大一岁。

当年，彭月的爸爸，就是凭借一手好的摄影技术追到了她的妈妈。当年的爸爸要是放在现如今，就是标准的文艺青年呢。

妈妈对才子一点儿抵抗力都没有，彭月也是。这是她最像妈妈的一点。

父母在结婚后不久，共同开起了这家小照相馆，照相馆的名字叫"十月"。父母的结婚日期和照相馆的开业日期都在十月。十月是对父母而言最浪漫的月份，不冷不热，秋色宜人。

更巧的是，彭月在次年的十月出生，因而名字里也带了个"月"字。只是调皮的男同学喜欢在她的名字后面加一个"长"字，就成了彭胀。微胖却乐观的她倒也习惯了这种戏谑，有时甚至自称为"小胀"。

彭月的爸爸从她出生起就经常给她拍照。哦不，准确地说，是她还没出生，就已经出现在了妈妈的孕妇照里。

那时候还没有数码相机，每按一次快门都是一笔消费，爸爸却从不吝啬。彭月今年十七岁了，她有数不清的照片，一路的成长都被爸爸的相机记录了下来。

彭月一家的生活就像小照相馆的生意一样，不温不火，却简单幸福。

2. 小提琴少年

这一天，彭月像往常一样，坐在自家店里，边写作业边看表边偷瞄妈妈正在看的电视，还同时瞄瞄店外的行人。

"一心一意"这个词从来不会出现在彭月的字典里，她甚至称不上三心二意，十心九意还差不多。

彭月看着时钟无比缓慢地走到了五点。哎呀，他马上就要路过了，彭月偷偷地告诉自己。然后，她似乎有点儿紧张，拨弄了一下头发，坐直了身子，以一个自认为最优美的姿势握住笔，一副投入学习的样子，眼睛却盯着窗外，等待着那个即将路

过的人。

他来了，跟以往的每个周日一样，五点零几分，拎着小提琴，路过这家不起眼的小照相馆。他走得很慢，低着头，若有所思的样子。

彭月佯装低头端庄地写作业，眼神却直勾勾的不舍得错过少年的身影。

照相馆太小了，店面很窄，一下子就让人走完了，即便他每次都走得慢，但进入彭月视野到离开，也只有短短几十秒钟。

但是，今天却不一样。少年在玻璃窗外停下了脚步，这是彭月观察他近两个月来唯一的一次驻足，彭月为此激动不已。

少年侧着头，看着彭月的方向，似乎在思考着什么。彭月想去跟他打声招呼，可是又有些不好意思。

彭月犹豫了许久，但当她鼓足勇气，决定去打声招呼时，少年却走了。

少年走后，彭月开始了无尽的后悔。刚才因为太害羞，发现他在看自己所在的方向时，只敢埋头在草稿纸上佯装写字。别说对视了，连抬头都不敢，只是用眼角的余光瞄一瞄，确认他走了才敢抬起头来。这么好的对视机会，白白被自己浪费了呢，没准一对眼，关系就进一步了呢。

"干吗呢？发呆不写字！"妈妈的吼声把彭月的思绪从九霄云外拉了回来，"咱家玻璃窗是能反光，照个镜子，但你也不至于盯着自己不放啊！"

"什么？反光？"彭月揉了揉眼睛，看着玻璃窗，好像是可以照镜子。难道刚才小提琴帅哥是在照镜子吗？

她顾不上妈妈的话，立马站起身子，跑到店外刚才少年所站的位置，看着自己的座位方向，是能照镜子，但也能看清楚里面的人，那到底他刚才是在看我呢，还是在看他自己呢？

"唉，也许是看他自己吧，他自己比我好看多了。"说罢，彭月垂着头回到了座位上，很不情愿地继续写起了作业。笔下究竟写了什么她也不清楚，她只知道，自己的小虚荣小满足就像刚飞上天就被扎破的气球，干瘪瘪地落到了地上。

3.搞笑同桌

这一周的学习，彭月老是心不在焉，眼睛盯着黑板，思绪却跑个没边，同桌大林渐渐看出了端倪。

"喂，胀胀，你咋啦？这一周老不在状态啊！"大林问。

"我遇到了一些感情上的问题，你这种大老粗，说了也不懂，做你的二次函数去吧，让我静一静。"彭月头也没抬地应道。

"最烦二次函数了，听到这四个字我就跟孙悟空听到紧箍咒似的。学术问题咱不深究，但是感情的问题嘛，我还是可以帮你分析分析的，毕竟我也是追过校花的人嘛。"大林一副老前辈的样子，看起来有点儿搞笑。

"你得了吧，追过校花又不是追到了校花，你显摆个什么劲儿啊，你只会纸上谈兵！"

"纸上谈兵，也比你连兵都没有谈的好。"大林不服气地回道。

"怎么会？我比你强。"

"什么情况？"大林眼睛都瞪圆了，他喜欢八卦的程度，可比一般的女生厉害多了。

彭月意识到自己说漏了嘴，戛然而止，任凭大林百般求问，依然不肯再多说半个字。

这一周，除了纠结小提琴少年那惊鸿一瞥是否为自己，彭月还得忍受着大林的逼问，生活简直糟糕透了。她每天都盼望着周末能早点儿来，就算不为了见玻璃窗外的小提琴少年，也要为自己图个清静。

4.相见无言

今天又是周日，一切都跟往常一样，爸爸出门给商业活动拍照，妈妈在家看店，彭月写着作业，而那位神秘的少年，又会在固定的时间，路过她家的店。

彭月这次决定，如果少年再次停下了步伐，她一定要跟他对视，确保他是在看她，而不是在对着玻璃照镜子。

果然，少年在下午的五点零三分再次路过了。这次，他不是突然驻足，而是，远远地就盯着照相馆的方向。等他走到照相馆正对面的时候，他像上周一样停了下来，他投入地看着彭月的方向，他的眼神，何止是在看，简直是在驻足欣赏。彭月心里小鹿乱撞，自己炙热的目光跟少年的目光刚刚碰上，少年就略显尴尬地扭回了头，慌忙地走开了。那背影，甚至有点儿逃离现场的感觉。

哈哈，他害羞了呢。彭月高兴得几乎要飞起来。

自己对才子真是一点儿抵抗力都没有。虽然没见过他拉小提琴的样子，但是想想那个画面，就觉得美得不敢看，就像偶像剧似的。

周一去上课的时候，彭月满面春风。大林问她是不是上学路上捡到钱了，彭月笑而不语。这个八卦王，还是先跟他保密比较好，事成之后再告诉他也不迟。

好奇心巨强的大林课上课下都在逼问，彭月按捺不住，说："你就当我捡到钱了。"大林虽然不信，但是狡猾的他顺水推舟："哦，你捡到钱不上交，那你要给我封口费，你要请我吃东西。"

"服了你了，你个老狐狸，放学油炸舍走起。"彭月心情好，被敲诈一下也无所谓。

5.相框少女

吃完东西，彭月比平常晚了一些到家。

照相馆一楼营业，二楼住家，但是营业时间楼下不能没人，所以彭月家经常是在一楼吃饭。她回到家，碗筷和饭菜都已经摆好，妈妈问她哪儿去了，这么晚回来，她笑着说："应酬啦。"

妈妈唠叨了几句女孩子家的不能老出去鬼混，就相安无事地吃饭了。

彭月心情好，妈妈说啥都不生气，心情好可是战胜一切牛鬼蛇神的原动力呢。

彭月家家庭气氛轻松，许多小孩儿吃饭的时候家里不让说话，但她家吃饭的时候就经常聊天，这不，妈妈首先就发话了。

"话说琪琪这幅照片真是咱们店里的活招牌，扩大冲印了放店里绝对是你老爸的明智之举，这幅照片一挂，咱店里生意都好些。你爸拍得也好，琪琪长得也好，这姑娘，成绩好、会很多乐器，又乖巧懂事，她妈妈真是好福气哦。"

妈妈口中的琪琪姓沈，名叫沈琪琪。沈琪琪是不远的一个服装店老板的女儿，跟自己同岁，也读高二，和自己一所学校。

她就是典型的那种别人家的孩子，什么都好，还比你努力，把周围所有的人都比了下去，无形中成了附近小伙伴的生存压力。而妈妈口中的这幅照片，就是沈琪琪在她家照相馆拍的一组生日写真中的一张。

照片中的沈琪琪身穿白裙，坐在窗台下，逆光微笑着，美得要成仙了。

照片拍得很好看，爸爸把这张扩印了放在店里当广告，为这事，彭月还吃醋呢，从小到大，爸爸给自己拍了这么多照片，还没有一张被扩印到如此巨大，且摆在橱窗里最显眼的位置。

真是，别人家的孩子，什么都好，连自己父母爱她都好像爱得比自己多，真是想想都气。

妈妈接着道："这不，刚才傍晚的时候，店里还来了一位客人，拍了一份寸照，眼睛却自始至终盯着琪琪的那幅照片，还执意留下了一封信，拜托我务必转交给琪琪，你说奇怪不奇怪？对了，信还在柜台上放着呢，月月，你拿去给琪琪吧，你平常在学校见她容易。"

"哦，好。"彭月继续闷头吃饭，边吃边嘟囔道，"这有什么好奇怪的。没有收过信才奇怪呢。"满满的醋意，整碗饭都酸了。

6.寸照主人

彭月家的照相馆虽然小，但服务很全，基本上，当天拍的照片，当天就可以取，但是傍晚或者之后的，就得隔天。

彭月自己对拍照也挺感兴趣，爸爸拍照的时候她打打下手，爸爸洗出来的照片，她帮忙裁剪和打包。这一天晚上店里关门之后，她像往常一样帮爸爸把洗好的照片放进纸袋里。等等，这是……这个寸照里的人，不就是那位小提琴少年吗？他什么时候来自己家里拍照了？

难道……啊，天哪！彭月简直要哭出来，妈妈晚餐时说的话，加上少年盯着店里发呆的场景，同时像电影的快进一样跑过自己的脑海。

原来是这么回事，原来跟自己没有一点儿关系，他只是盯着店里的照片，恰巧方向跟自己坐的位置一样而已，他只是喜欢上了照片里的沈琪琪，然后像所有普通的男生一样，想接近她，还选择写信给她。

为了不让爸爸看出来，彭月含着眼泪，手几乎是颤抖着把少年的照片放进妈妈写好的纸袋里，她看了眼纸袋上的名字，唐典，什么人啊，浪费了这么文艺的好名字。

然后她佯装无事地回到了自己房间，关上门就开始哭。"女汉子"般的她很久没哭过了，这次哭，一为看穿唐典人品，二为自己一厢情愿的羞耻。真的太丢脸了，她觉得这是自己这一辈子做过最丢脸的事了，盲目自信了吧？打脸了吧？气愤的她脑海中两个小人儿在吵架，不，不是吵架，是一个欺负另一个，一个喋喋不休地说着风凉话，一个只知道哭，没有回一句嘴。

要不事情就这样吧，既然他不是个靠谱的人，沈琪琪也不是一个自己喜欢的好姑娘，不如将错就错，把他的信毁了，不给琪琪，这是给肤浅人类的报应。彭月口口声声地说报应，但她心里知道，那只不过是她的最后一点儿自尊心作祟，自己得不到的，也不让别人得到。

彭月站起身，开了楼梯的灯，独自走下楼，把柜台上的那封信拿回了房间，信封是白的，一个字也没有。

她本想直接撕毁掉，但在嫉妒心和好奇心作祟下，她决定留下这封信，或者说，她原本打算着自己先看完，再撕毁也来得及。

介于从来没有做过这种偷看别人信件的缺德事，有点儿胆战心惊，她把房门反锁，然后颤颤悠悠地撕开了信封。

这居然，不是信，而是，一张乐谱。只有乐谱没有歌词，甚至没有歌名，落款处也是空白，只有短短一句话"看到你时，我脑海中就是这样的音乐"。彭月虽然不懂音乐，但看到这句话的时候，心里"扑通"一声，刚才只是觉得自己好失败，现在是觉得自己失败得体无完肤，居然被自己喜欢的男孩子写给情敌的话感动到了，世界上恐怕再没有人像自己这么窝囊了吧。

看了信之后，彭月不打算毁掉那封信了，而在看信的那一瞬间，她好像没有刚才那么讨厌那个叫唐典的小提琴少年了。他跟大林他们那种肤浅的只知道写肉麻情话的男生，还是有一点儿不一样的，不仅够浪漫，而且没有那么粗鲁，连联系方式都没留下，挺诗意的。

这样一封信，即便女孩子感动得稀里哗啦，也不知道他是谁啊，也没有办法直接跟他取得联系。当然，她可以通过我，我家照相馆发票上有他的联系方式。他们也是挺配的，男才女貌，还都懂音乐，这样一封信要是写给我，我也只当是看鬼画符，哎，他们挺适合在一起的。

等等！我在干什么啊？我居然在祝福我喜欢的男生和我一直不怎么喜欢的女生，我在干什么，我难道要帮助他们吗？我脑子进水了吗？

烦，不想了，彭月把乐谱胡乱塞进了书包里，闷在被子里强迫自己睡觉。

7.神秘乐谱

第二天，彭月无精打采地来到教室里。

大林被她的样子吓了一跳，跟昨天神采飞扬的她判若两人。他贱贱地问："怎么啦？昨天捡的钱今天丢了双倍的？"

"是啊，昨天捡的钱，今天丢了双倍的。"彭月冷冷回答道。

她觉得大林这句话简直就是一个恰当的比喻句啊，自己的处境不就是这样吗？不过不是今天丢的钱，是昨天晚上，不止双倍，自己也不知道多少倍，感觉像赌博一样，自己已经"倾家荡产"了。

"有心事啊？跟我讲讲呗？"大林凑过来，一副不那么让人讨厌的样子。

但是，彭月还是不想说，一五一十说出事情经过的话，感觉自己好丢脸，真的，每当回忆整个经过的时候，都为自己感到丢脸，更别说讲给别人听了。她保持着沉默，埋下了头，趴在课桌上。

低头的时候，她看到了自己的书包从课桌抽屉里露出了一截，这让她想到唐典写给沈琪琪的乐谱还在自己书包里躺着呢。

要怎么处理这个乐谱好呢？可是，真的要把它处理掉吗？好想知道，这是怎样的一首曲子，虽然不是写给自己的，也好想知道，当唐典看见沈琪琪的那幅照片时，他脑子里是怎样的音乐。

是不是像自己看见玻璃窗外的他一样，虽然自己那时候脑子里没有音乐，但那个感觉是很美好的。

彭月似乎想到了什么，扭头看向大林。大林也不是个一无是处的讨厌鬼，他虽然好动顽皮，成绩也不好，但是，他这小子，居然会弹钢琴，听说初中的时候就是十级水平了。

虽然想到他弹钢琴的画面会很跳戏，会很不像他，但此时，他的钢琴特长似乎能派上用场。

"大林，我给你看个谱子，你们弹钢琴的，看到谱子就能弹的吧？"彭月小心翼翼把谱子拿了出来。

"这不是钢琴谱呀，这是小提琴谱啊！这小提琴和钢琴啊，音域不一样，谱号不一样，钢琴用大谱号，小提琴用高音谱号，小提琴有弓法，钢琴是双手指法……"

"停停停，别再说了，我一句都听不懂，直接说一句你弹不了不就行了嘛，跟背书似的叽里呱啦，文绉绉的都不像你了，那咱们班，还有谁会拉小提琴啊？"

"咱班上好像没有了，你为什么不找沈琪琪啊，你跟她不是发小吗，她拉得很好啊，她绝对是咱们学校拉小提琴拉得最好的，我就是在新年晚会上看见她拉小提琴时对她一见钟情的。"

"谁跟她是发小，只是住在一条街，彼此妈妈玩得好罢了。"说完，彭月又把头扭了回去，这个沈琪琪真是无孔不入呢，随便聊个天都能扯出她来，烦人。这幸好不在一个班，不然天天遇见，让人没法活了。当然，也没办法跟她一个班，她成绩好，是尖子班，自己是普通班，这之间隔的，可是相当于银河系的距离。

8.闻乐识人

这一周过得浑浑噩噩，好歹熬到了周末，可是，彭月对于周末也已经没有了期待。

这天下午，不想再从玻璃窗里看到小提琴少年的她，在四点多便独自出门了，怕母亲问起，还背上了书包，说去同学家交流功课。

书包里有乐谱，这张乐谱仿佛很重很重，让彭月走得很慢很慢。

她想，要不就算了吧，反正也不是写给自己的曲子，可是，另一个自己又告诉她，好好奇呢，要不去琴行找卖小提琴的老板拉来听听？不行，也不认识人家，陌生人不一定会答应，花钱的话，又觉得俗了。

她低头走着走着，不知不觉就走到了沈琪琪的家门口，她家也是住在店里楼上的，离自己家店面不远，自己来她家店里买衣服会有很大优惠，她来自家照相馆也几乎不赚她什么钱，两家人关系还不错，唯独自己心里不太待见她，也许是自卑吧。

彭月顿了顿，打算回家了，此时，悠扬的琴声响起，虽然不懂音乐，但彭月还是能听出来，这是小提琴的琴声，而琴声正是从沈琪琪家发出来的。她好努力啊，刚放学就开始练琴了，自己正常步速回家的话，这个时候正在看电视剧吧，所以自己比不上人家，也怨不得别人。

彭月没有迈动步子，她静静地听着。如果说，唐典看到沈琪琪的照片时脑子里是一首曲子的话，此时的彭月，听到沈琪琪的小提琴声，闭上眼睛，脑海里是一幅画，是田野，是风，风吹麦浪。

在这充满画卷气息的诗意琴声中，彭月的自尊心、嫉妒心悄悄地远去了，她竟然打开了书包，拿出了乐谱，径直往店里走去，走到了沈琪琪正在拉小提琴的二楼。

第一章 少女情怀总是诗

她没有打断琪琪,直到曲子结束了她才开口说话,她还是无法说出自己喜欢的少年爱慕着琪琪的事实,只是委婉地问琪琪,能不能拉这首曲子给她听。

琪琪倒也大方,没问什么,微笑着接过曲子,嘴里低声哼哼了几下,轻轻把谱子放在面前的谱架上,便开始了演奏。彭月闭上了眼睛,好像感觉到了阳光,花香,白衣飘飘的少女,啊,那样的画面,不就是橱窗里的沈琪琪吗?

彭月好像感觉到了有什么不对劲,不远的地方好像多了一个声音。

她睁开了眼睛,随着声音走向了窗户,朝楼下望去,楼下有一个人也在拉小提琴,拉着一样的曲子,那个人是唐典。彭月低头看了看表,五点零五分,好巧啊,他刚好从这里经过,这就是缘分吧?

9.离去匆匆

彭月觉得自己在这样的琴声和鸣中显得很多余,多余得不知所措。她没有打断沈琪琪的演奏,直接下楼了,乐谱也没有带走,那本来就是属于琪琪的。

唐典依然在楼下,悠扬的琴声依然在继续,他闭着眼睛在演奏,没有看到经过的彭月,彭月对自己说,看到又怎样,在他的眼中,自己本来就是个隐形人啊。

等会儿,音乐结束,沈琪琪会从窗户里探出头吧,然后他们就认识了吧,然后两个般配又有缘的人就渐渐在一起了吧,真是一段佳话呢。彭月这样想着,眼泪在打转。

彭月回了家,没有吃晚饭,回到房间,锁上了门,一个人闷在被子里大声哭了起来,这种哭,无关嫉妒和吃醋,只是单纯想哭。

哭完,这件事就让它过去吧,还是要吃饭看电视对着帅哥犯花痴的啊,彭月告诉自己。

彭月没有再跟沈琪琪联系,她实在不想从她那里听到关于唐典的浪漫消息。

然后,生活渐渐恢复平常,每个周一到周日,都跟平常一样过,只是每周日的下午,彭月不再期待窗外那个身影了。

人真的好奇怪,当你不期待不去特意注意一个事物的时候,那个事物好像就不存在了一样,彭月再也没有透过玻璃窗看到过那个名叫唐典的小提琴少年。

大约过了一个月吧,甚至更久,她记不清了。爸爸在整理柜台的时候,说:"这个叫唐典的客人,寸照拍了一直没有来取,已经很久了呢,他是不是忘记了,要不要打个电话去问一下?"

爸爸什么都不知道,他不知道唐典就是那个看上了橱窗里的沈琪琪的少年,知道的话,就不会问了,因为他拍寸照就是为了打听琪琪啊,寸照自然可要可不要。

"电话我来打吧。"彭月说。说要忘记还是忘记不了的啊,看过了他的容颜,欣赏了他的琴声和笔迹,但他的声音,自己从来没听过呢,听完这个,也算是为自己卑微的小暗恋画上圆满的句号吧,彭月告诉自己。

那是个座机的号码,电话铃响的时候,每一声都仿佛能听到自己的心跳声。

接通了电话,是个中年女人,彭月说明了情况,对方是唐典的母亲,她说儿子出国留学一个多月了,不久自己全家也会移民,不会再回来了。寸照不必送了,家里有很多,让店家自行处理,然后便挂掉了电话。

出国了?就这样抛下琪琪不管了吗?彭月赶紧给沈琪琪家打去了电话,琪琪却说:"唐典是谁?没有听过呢。""就是那天跟你合奏小提琴的人啊!""我没有看到是谁,演奏完,我走到窗边,楼下的人,已经走了,只有一个背影。"

彭月挂掉了电话,她不打算把这个完整的故事讲给琪琪听,不是出于自私,而是出于感动,这种感动,让她必须把这个故事藏进心里。

10.私享曲

彭月释怀了,唐典真是个很优秀又很善良的男孩,他知道自己马上要出国了,即便心仪的女孩近在眼前,他也不去见面,不见面,就不存在离别,他用琴声寄托着爱慕,尽管对方全然不知。

往后的日子,彭月时常回忆起那个名叫唐典的小提琴少年,她还留着他的寸照,每看一次照片都好像看到他在照相馆外朝着她笑,想他的时候,彭月会去琪琪家听她演奏那首曲子,那首不属于她却只有她明白的曲子。MM

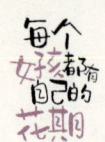

总会遇见你的盖世英雄

文○阿 闹
图○ Daily

一

简当不喜欢简丹丹，这是一个众所周知的秘密。

对于简当来说，如果世界上有一种药叫作后悔药，他一定会不惜一切代价买一瓶，回到刚刚出生的时候，阻止父母给自己取这样的名字。

高二刚文理分班的时候，也不知道班主任怎么想的，竟然把他和简丹丹安排成同桌。其实最初，他并没有觉得有什么不妥。

可刚同桌没几天，班里就有人开起了他们俩的玩笑，人称"简单夫妇"。简当恨恨地想，除了姓氏是一样的，后面的名根本不一样好吗？明明一个后鼻音一个前鼻音，一个只有一个字，一个两个字！

可就算是这样，每次有人叫"简丹丹"的时候，简当第一反应总是以为在叫自己，所以常常会出现一些闹剧。

可心底深处，他还是觉得简丹丹和自己除了名字之外，各方面都相差十万八千里。他简当身高一米八二，会打篮球会耍帅，成绩虽算不上第一，却还是名列前茅的，谈不上迷倒万千少女，却也算是个根正苗红的好少年。

而简丹丹呢，完全是"婴儿肥的平方"，浑身肉嘟嘟的，婴儿肥的脸上常年是两坨高原红，说得直白一点儿，就是个小胖妞。不过好在她胖得并不难看，大概是一白遮三丑的缘故，加上她眼睛大大的，平时总是爱笑，露出两颗小虎牙，总能让人想起可爱的小猫咪。

他对她又实在讨厌不起来。

她平日里话不多，性子温和，对谁都是笑嘻嘻的样子，特别是拿着数学题问他时，脸上的笑容甚至带着些谦卑的意味。

俗语说得好，伸手不打笑脸人。何况她那么可爱，他心里即使一千个别扭，到底也不忍心拒绝她。

也不知道她的智商是不是都增加在吃的方面，所以在学习上确实算不上聪明。明明一道很简单的数学题，简当稍微讲快一点儿，她就理解不了。偶尔不耐烦，他忍不住说她："你笨吗？这么简单的题目都不会！"

她也不生气，总是抿着嘴唇，长长的睫毛扑闪扑闪着，认真地说："我妈妈说过，五根手指有长有短。我虽然不如别人聪明，但笨鸟也能先飞，最后总能到达终点。"

"那你的终点是什么？"

"我想考上一所好一点儿的大学，成为妈妈的骄傲。"她的声音小小的，却很坚定。

那时候的简丹丹，左一个"我妈妈说"，右一个"我妈妈说"。简当想，果然是天真的小女孩，才会永远长不大。

高二上学期的期末考试过后，班主任实行按成绩排座位的方案，简当坐到了前排的座位，而简丹丹换到了教室的后排，两个人再无交集，渐渐地就疏远了。

由于两个人相差甚大，"简单夫妇"这个梗也渐渐被大家遗忘。

简当再次注意到简丹丹，是在高三开学后不久的教师节那天。

前几年的教师节，班上的同学总会一起出谋划策弄一些惊喜，把几位老师感动得不行，尤其是班主任，更是热泪盈眶。

可今年，大家一点儿热情都没有。究其原因，还是大家对班主任有怨气。

开学报名那天，班主任有事没来学校，委托化学老师帮忙，从未接触过报名手续等班级管理事物的化学老师忙得焦头烂额，弄错了好几处信息。

开学之后，就时常找不到班主任，自习课常常人影都没有，甚至好几次自己的课也是找别的老师来看一下而已。

大家的情绪集体爆发在前几天的早上。升国旗的时候他们班没有全部到齐，被校长点名批评，班主任一时没能找出到底是谁没来，一气之下罚了全班人一起跑操场。

好几个女生委屈得边跑边哭。

于是，当上课时班主任兴致勃勃地走进教室，怀着期待的心情在讲台上站定，却看见黑板上空空如也，并不像去年一样有着"祝老师教师节快乐"几个大字。

班长喊了"起立"，全班同学无精打采地站起来，软绵绵地喊了句"老师好"。

她大约是一时没能接受这种期望与现实的落差，明显地愣了下神儿，就在这尴尬的时刻，一个稚嫩的声音响起，在一片懒洋洋的声音中显得格外突兀："老师，教师节快乐！"

班主任明显有些意外，激动地冲声音的主人点头示意，然后招呼全班同学坐下。

所有人都诧异地望向教室后方那个"叛徒"——简丹丹。

简当也意外地回头，这一瞥，倒把他吓了一跳，那还是简丹丹吗？什么时候她变得这么瘦了？校服挂在她身上，令她看起来就像一个稻草人，她扎起简单的马尾，显得下巴尖了不少，原来肉嘟嘟的包子脸不见踪影。

他觉得她脸上昔日的光彩不复存在，嘴唇看上去毫无血色，这减肥减过了头吧？他暗忖。

但让他没想到的是，简丹丹的凳子在午休时被人搬出了教室，理由是，大家不欢迎她这个只会拍马屁的叛徒。

她看着周围咄咄逼人的同学，突然绽放出一个很无辜的笑容，然后淡定地走出去把自己的凳子捡回来，擦干净，自然得像一切都没有发生过一样。

有个女生又当着她的面提起凳子，走出教室，从楼梯口狠狠扔了下去，凳子"哐当哐当"跌落下去，摔坏了一条腿。

简丹丹依旧什么也没说，甚至脸上连生气的表情都没有，而是从容地走下去，捡起她的凳子，途中有位老师经过，问她怎么了，她笑着回答："没什么，老师节日快乐呀。"

说完，她抱着凳子"咚咚"地走下楼。

看热闹的同学都回到了教室，简当坐在座位上，心里很不是滋味。羞耻？羞耻自己的袖手旁观，他甚至是个帮凶。厌恶？厌恶她傻乎乎不懂得反抗的态度，她为什么不为自己辩解？

这一切都是因为她自己太傻。他趴在桌子上这样想，心里坦然了一点儿。

身后有很多在议论她的声音，有人说，她突然瘦下来一定是用了什么疯狂的办法，这个小胖妹，以为瘦下来了自己就了不起了？

看样子，有很多人都准备孤立她。

不一会儿，简丹丹又搬着凳子"咚咚咚"地回到教室，简当抬头一看，原来她去教务处重新换了一只新的凳子。不知为何，他突然有点儿想笑，心里某个地方突然被这个倔强的女孩子动摇了。

几天之后，班长从办公室打听来一个消息，大家这才知道为什么班主任这段时间有些异样。

今年已经三十多岁的班主任自从大学毕业就进了这所学校。

大概是由于她一心扑在工作上，丈夫有了外遇，一直在闹离婚。家里也被弄得天翻地覆，所以她得时常回去商量离婚事宜，班级里的事情就不免失了分寸。

班上的同学都向班主任道了歉，起立时那句整齐的"老师，对不起；老师，您辛苦了"，让她顿时泪流满面。

"老师，我长大了就娶你。"班长嘟囔了一句，大家都被他逗笑了。

一出闹剧就这样收场了，大家知道了班主任最近的遭遇后不仅歉疚，而且很心疼她，不约而同地遵守纪律，不想再给她添乱，但是有一个人仍被他们不约而同地排除在外，那就是简丹丹。

也许是因为她平时就没有什么特别亲密的朋友，所以一被排挤，班上的女生都跟她划清了界限。简当时常见到她一个人走在校园里。

她孤独而沉默。

他觉得她整个人都散发着生人勿近的气息，跟原来那个温和的简丹丹判若两人。

也对，这个年纪的女生，谁受得了被排挤和孤立的滋味呢。

几周后，便是中秋节，放假前一天，快要放学的时候，简丹丹从书包里摸出好些块月饼分给周围的同学："明天中秋啦，请大家吃月饼，提前过月饼节啊。"

没人理她，脸皮薄一点儿的冲她尴尬地笑笑，摆着手说："谢谢，我不需要。"

谁都不想跟她扯上关系。

可是她好像一点儿也不难过，认真地对着一堆月饼挑来挑去，然后拿了一块到简当的课桌前："简当，你也吃块月饼吧，牛肉味的。"

他知道，她其实想说的是："你最喜欢的牛肉味的。"

当初做同桌的时候，有一天早上他带了两个月饼来当早餐，分了半块给她："这可是我最喜欢的牛肉味的，特别好吃。"

他犹豫着到底该不该接受这个月饼，他不想辜负她的心意，光是她记得他最喜欢的口味这一点，就足够打动他。但他也不想跟班上的同学对着干，跟她扯上关系。

最后，他笑了笑，说："谢谢，我现在不爱吃牛肉味的。"

她"哦"了一声，看上去依旧是笑眯眯的，转身往自己的座位走过去。

话音刚落他就后悔了，可始终没有勇气接过那块月饼，他

突然觉得她的笑容有些刺眼，在这样的情境下，她还能若无其事地笑出来，此刻这个坚强而倔强的她，像是穿戴着一副击不倒的盔甲。

终于熬到了放学，今天轮到简当值日，他急匆匆地擦黑板、扫地、倒垃圾，回到教室之后，只剩下一个人了。

简丹丹在他的课桌上摊满了各种各样的月饼，笑眯眯地问他："我没想到你改口味了，这里有好多种味道的，你看你喜欢哪种，莲蓉？蛋黄？还是豆沙？"

她的笑容里隐约透露着一丝酸楚，他有些难过地说："简丹丹，你回家吧，我不想吃月饼。"

她没理会他，又从书包里抽出一张试卷："简当，你给我讲讲这道题吧。"

他看着数学卷子上那道最难的压轴题，摇摇头："这道题我也不会。简丹丹，天快黑了，我得回家了，你也赶紧回去吧。"

她点点头："这样啊，那你赶紧走吧，我来锁门。"

简当背起书包"噔噔噔"地下楼了，却始终没听见她关门的声音，说不上是好奇还是放心不下，他还是忍不住返回教室。

隔着窗户，他看见简丹丹趴在自己的座位上，抱着书包，对着一堆月饼泣不成声。

空荡荡的教室里，她的身影显得那么孤单渺小。她的眼泪打湿了那张数学试卷，又滴落在月饼的包装盒上，发出滴滴答答的声音。

她嘴里喃喃地喊着："妈妈，我好想你……"

此刻的她，既没有曾经的温和，也褪去了白天倔强的盔甲，更没有坚强，而是一个再普通不过的，想妈妈的小女孩。

他有些不忍心，想起她曾经总是扑闪着大眼睛提起自己的妈妈，现在却哭得这般伤心，最终还是走进去，拍了拍那起伏的肩膀。

她受惊般猛坐起来，见到是他，脸上的表情又柔和下去。

 四

简当发现，不知道从什么时候开始，简丹丹成了班上月考排名固定的最后一位，班主任大概也找过她谈话，没能发现症结所在，最后给了她一个不成文的规定，不能交白卷，该做的地方必须做，至

于做得对不对是另外一回事。

他想起那个曾经总爱问他数学题的简丹丹，那时候她虽然笨，但总是愿意笨鸟先飞的，不会的题目就把演算步骤一个个背下来，最后成绩好歹也不算垫底。

而现在，她的书上全是她的随笔漫画。

他想起她曾经认真而害羞地说："我想考上一所好一点儿的大学，成为妈妈的骄傲。"

那仿佛已经是很久很久以前的事情了。

圣诞节快来临时，也正好临近年末，按照学校的传统，圣诞节那天的晚自习可以用来举办晚会，可学校明文规定，不准出现喷漆、泡沫、雪花这一类的东西。

平安夜，简丹丹在她的课桌角粘了一棵迷你圣诞树，引起好些人的注意。生活委员也曾出马，以维护班级卫生和整洁为由，要求她拿掉那棵圣诞树，但她死活不肯。

有人阴阳怪气地嘲讽："她还真把自己当成外国人了，过平安夜必须要有圣诞树呢，只可惜没人送她圣诞礼物，哈哈。"

简丹丹装作没听见，继续趴在桌上认真地在纸上画着圣诞老人、驯鹿、雪人、有烟囱的房子。

简当假装扔垃圾路过她的桌旁，趁机瞟了眼她的画，很美，像远方的一个童话。

第二天早上，大家都围在教室窗户前议论纷纷，简当走上前一看，原来有人顶风作案，用喷漆在窗户玻璃上喷了"Merry Christmas"（圣诞快乐）的字样，分明就是在挑战学校的权威。

大家不约而同地把矛头指向简丹丹，这也在情理之中，瞧她昨天对那棵小小的圣诞树的热情劲儿，就知道她有多想过圣诞节啦。

班主任问起来的时候，简丹丹站起来，声音不大却异常坚定："不是我！"

"你有证据吗？为什么大家都说是你？"班长问。

"反正不是我，你有什么证据证明是我吗？"她瞪着眼反问。

显然这句话没起作用，众人七嘴八舌地商量着怎么从她那里找出点儿证据，简当的拳头握了又握，最终站起来："不是她，真的不是她。"

"你怎么知道？"

"昨晚我把钥匙落在教室里了，返回来拿的时候看见一个黑影跑开了，那影子看上去明显是个男生，但是太黑了，我看不清具体的样子。"没办法，他只能硬着头皮随便编了个理由。

他在班上成绩好，人缘又不错，说话还是有一定分量的，大家这才不情不愿地放过了简丹丹。

同桌的男生奇怪地问他："简当，你怎么帮那个'胖妞'说话？"

"有何贵干？"其实他自己也不知道为什么，只好没好气地回答。

男生讨了个没趣，白眼一翻，不再多说什么。

简丹丹下课的时候趁着没人注意，走过来问他："你真的看见了？"

"没有，我瞎扯的。"

"为什么要帮我撒谎？你怎么知道不是我？"

"你说不是，就不是，我相信你。"

从她向他敞开心扉的那一刻起，他就选择无条件地相信她。只是一开始他缺乏足够的勇气，不敢跟众人对着干，不敢与她交朋友，更不敢公开维护她。

他知道她为什么对圣诞树那么执着。

春节的时候，简丹丹的妈妈突然生病被送进了医院，这一去，就没能再回家，而是开始了长期住在医院的时光。

因为妈妈的病需要一大笔费用，爸爸四处借债，照顾妈妈，又要工作，但几个月后，妈妈最终还是带着遗憾离开了这个世界。

爸爸一心扑在了工作上，一来是要赚钱还债，二来用这种方式缓解妻子离开的伤痛。虽然在物质上对简丹丹还是和从前一样，但再也没有心情来好好关照她。

简丹丹就是这样瘦下来的，也是这样变了性子，她越来越惧怕孤独，尤其是节日。

更因为妈妈不在了，爸爸也不关心她，所以她失去了前进的理由，干脆放弃了用功读书。

这一切，都是在中秋节的那个傍晚，在太阳逐渐落下去，夜幕将要降临的时候，在空荡荡的教室里，她一边哭一边告诉他的。

于是他突然明白，为什么她会在教师节那天做一个异类，坚持要跟班主任说"节日快乐"，甚至悄悄给她送礼物。因为她不想让老师在那本应热闹的节日里，觉得孤独。

因为自己是孤独的，所以她明白这滋味多难

受,所以用心良苦地去保护别人,让他们不再感到孤独。

五

在教室窗户上喷漆的人最终还是被查出来了,是班上一个特别调皮的男生,简当暗自庆幸自己的好运,没想到竟然顺口一说蒙对了,不知道是不是天意。

从那以后,或许是觉得冤枉了简丹丹,以班长为首的那些排斥简丹丹的人都觉得有些过意不去,偶尔会流露出几丝跟她恢复正常交往的意思。但简丹丹既不欣喜,也不拒绝,这种不卑不亢的样子倒是惹怒了他们。

在他们看来,简丹丹遭人排挤很是可怜,如今有人愿意和她为友,她应该很是感激,但她如此不识时务,他们便愤而恢复到从前的样子。

元旦又有假期,简当收拾东西准备回家时,突然想起简丹丹,忍不住叫住她:"你放假干什么?"

"在家睡觉,上网,看电视吧。"

"哦,挺好的。最近《大话西游》又上映了,还不错。"他别扭道。他记得有一次看见她在纸上画画,样子看上去有些熟悉,却想不起来是谁,她告诉他是紫霞仙子。

"我的意中人是个盖世英雄,有一天他会踩着七色祥云来娶我。"

简丹丹说这句台词的时候,眼睛里闪烁着期待的光芒,像是一片清澈明亮的湖泊,带着年轻的无限美好。

"嗯。"然而现在,她只是淡淡地回应。

"你要是无聊了,就给我发信息啊,这是我的电话号码。"他递上去一张字条,"新年快乐,拜拜。"说完,他自己都觉得怪异,赶紧离开了。

第二天,一月一日,简当睡够了,爬起来,随手摸过一本杂志翻看,突然看见其中一页的插画是那个熟悉的紫霞仙子,这明明就是当初简丹丹在草稿纸上画的那个,他再仔细看,旁边写着"图/等待盖世英雄的小女孩"。

他猛跳起来,翻出家里所有的往期杂志,发现其中好多本都有这个插画作者的配图。

他竟然有些开心,带着小小的骄傲。

他就知道,她不是笨,只是在念书方面不擅长而已,你瞧,她画得多好。

离高考只有一百多天时,人人都铆足了劲儿念书,简当向老师申请和简丹丹成为同桌,每天给她讲题。

她仍然笨笨的,一道题要讲好久才能弄懂,但好在比以前更努力,成绩也一点点有了起色。

有人知道是简当主动申请换的座位,不怀好意地问他为什么要和那个怪人坐在一起,他微笑着回答对方:"她只是有她自己的想法而已,也许在她的眼里,你这样才更像个怪人呢。"

来人被呛了声,灰溜溜地回去了。

他再也不害怕别人说他们是"简单夫妇",再也不介意和她一起成为众矢之的,他的内心,已然充满敌得过千军万马的勇气和信心。

后来,有人偶然发现简丹丹的稿费单,才知道她竟然是那本超人气杂志的插画作者,顿时对她师服得五体投地。

从前的排挤嘲笑没了踪影,取而代之的是分不清真假的讨好和恭维。

简丹丹仍是从前那样不卑不亢的态度,既没有因此而骄傲,也不会受宠若惊,因为对她来说,这些都不重要。

这种毫无真心的朋友,也不值得她用真心去对待。她如今已经锻造出了真正强大的内心,有了懂她的人,她已经长成一棵大树,能够抵挡这世间凛冽的风霜雨雪,也能抗击世人所有的打击与追捧。

她常常会想,如果妈妈还在,会不会为今天的她感到那么一点点骄傲?

穿过六月蝉鸣的考场,漫长的暑假过后,简当去了北方一所重点大学,简丹丹则考上了同一座城市的二本大学,也许是老天眷顾他们,两所学校不过一个小时的车程,所以两个人都十分满意。

其实每个女孩都有一颗柔软的心,也许她们的外表看上去并不起眼,也许她们的成绩并不够优秀,但是她们始终怀揣着一颗善良的心,面对世间的风霜雨雪。

她们只会越来越坚强,那些因为悲伤而封闭自己的时光一定会是短暂的,那些想要放弃走不下去的瞬间一定会过去的。

因为你总会遇上那么一个人,他是你的盖世英雄,你一定要相信,有一天,他会踩着七彩祥云来接你。

第一章 少女情怀总是诗

青涩的故事里谁是主角

文◎ 王双增
图◎ AshleyTian

1

米璐不仅是学霸，还是校花。她款款行走在校园里的风姿简直夺人心魄。她像一只旷野中优雅的麋鹿，独来独往，傲视众生，完全是位高高在上的"麋鹿公主"。这样的人按理说不可能跟差生孔超杰有什么过节的，直到有一天她心直口快地说错话。

那天，米璐在跟闺蜜许静开玩笑："静静，赶紧交作业，殿后的光荣任务一向是超杰同学完成的，你就别跟人家抢了！你看，他成绩殿后，上课迟到殿后，升旗排队殿后，参加集体活动殿后……所以交作业也应该是他殿后！"

米璐右手轻翘兰花指，左手食指正在"兰花"上逐项数落，完全没注意到许静的小嘴已经歪了好几次——因为个子高高的孔超杰正站在米璐身后，从上往下一脸冷漠地看着她灵巧白皙的手指。

米璐看到面前好多同学的视线都越过她的头顶，她终于感觉到不对劲了。她转过头仰视，虽然内心有一万只惊慌的小鹿奔驰而过，但还是女汉子十足地一拍桌子吼道："孔超杰同学，还不赶紧交作业？就差你一个了，知道吗？"

孔超杰拿着作业本在许静鼻子前晃了晃，气沉丹田地喊："许同学，还不赶紧交作业？就差你一个了，知道吗？殿后的光荣任务一向是我完成的，懂吗？"

米璐内心刚掠过的一万只小鹿又掉头奔驰而来——妈呀，原来他全都听到啦！

2

孔超杰平时成绩不咋地，但在众多女生面前像一只高傲的孔雀。爱臭美的他总穿着时尚的靓装，梳着一丝不乱的发型，一副孔雀开屏的架势。恰好他又姓孔，便赢得了一个"孔雀公子"的绰号。

可是，自从经历了上次事件之后，孔超杰完全变了：衣服松松垮垮地搭在身上，蓬乱的头发迎风飘摇，关键是他那张嘴啊，简直就是星爷附体。上课铃声才响第一声，就见孔超杰一脸狰狞地大声呼叫："快点儿进教室坐好，快点儿快点儿！班长说了，殿后的光荣任务一向是我的，谁跟我抢我跟谁急！"

然后是周一升旗排队，操场上空无一人，孔超杰却故作紧张地咆哮："快点儿下去集合！班长说了，殿后的光荣任务是我孔超杰的，谁抢我踹谁！"

积极参与活动，抢交作业……孔超杰的转变落实到了每一件小事上。

更有心细的同学惊讶地发现，"孔雀公子"的作业里最近居然出现了一些错误，但是书写比以前整齐、美观多了。以前的"孔雀公子"完全就是学霸的搬运工，所以他的作业虽然字迹潦草，但绝对是零错误。还有同学发现，他有时候竟然在独自研究攻克难题，大有向学霸冲刺的势不可当的架势。

017

同学们震惊之余是满满的疑问："孔雀公子这是受了哪门子的刺激，要洗心革面、重新做人了？"

不再注重外表形象、勇于面对自身短处就是进步啊，况且还能知错就改，完全是很好的征兆。米璐不禁莞尔。

初二期末考试说来就来了。

就在大家渐渐习惯了孔趋杰整个学期的颠覆性表现之后，他突然又恢复了服装亮丽、发型整齐的"孔雀公子"装扮。大家在背地里捂着嘴偷笑，指着他的背影说："看吧，我们熟悉的孔雀公子终于装不下去，原形毕露了。"只见孔趋杰回过头来，嘴角上扬，笑道："各位同学，你们看过真正的孔雀开屏吗？"在众人目瞪口呆的错愕中，"孔雀公子"大步流星，走进考场。

成绩很快出来了，孔趋杰的成绩全年级排名第八十名，这就意味着差生逆袭了。这只帅气的孔雀正在慢慢地开屏，未来学霸的气质展露无遗。本来米璐的成绩在这一头，孔趋杰在遥远的另一头，许静在中间，现在倒好，孔趋杰的成绩狂飙突进插到了她俩的中间！

接着是紧张的初三冲刺，孔趋杰在两个学期里只有两种模式：自由活动时是星爷附体，一个十足的开心果；学习冲刺时又是"孔雀公子"，胸有成竹，势不可当。这个家伙能在两种模式之间实现无缝切换，让众多师生都惊叹不已。

已经具备学霸气质的孔趋杰自己心里最清楚，一切都要感谢一年前的那个下午。他万万没想到偷偷喜欢着的校花米璐，竟然掰着指头数落他是个凡事殿后的家伙！作为差生的他，成绩已然沉入谷底，只能寄希望于自己帅气优雅的外表能引起"麋鹿公主"的青睐，哪知原来在米璐的心目中，他只是一个拖了全班后腿的差生！那一刻，孔趋杰的小心脏碎得跟饺子馅似的。

他突然顿悟，原来差生是不可能入学霸的法眼的！怎么办？怎么办？经历几番痛苦的天人交战，孔趋杰决定说什么都要拼一回，看看自己到底是不是天生的差生！

谁会甘心当天生的差生呢？谁愿意当被蔑视、被鄙夷的"天生"的差生啊！

孔趋杰的小宇宙彻底爆发了。

又是一个新学期，米璐、许静和孔趋杰都考进了市一中。米璐和许静坐在高一（8）班的教室里相对无言，各自发呆。米璐突然很想看一下，考进重点高中的孔趋杰是什么样子。服装亮丽、发型整齐，还是星爷附身、没心没肺？

米璐想起上初二时的那个晚上，闺蜜许静说："孔雀公子好像在偷偷地喜欢你哟！"米璐虽然嘴上不承认，但她心里明白。孔趋杰总是打扮得很帅气，在自己眼前晃来晃去，还拐弯抹角地说帮自己管理调皮捣蛋的同学……她又怎会毫无知觉？可她不喜欢孔趋杰徒有其表的帅气，直说又怕伤害了他的自尊。米璐请求闺蜜许静配合她演一出戏，让孔趋杰知道她的想法。所以隔天下午当孔趋杰走到米璐身后时，许静给她暗示，然后她说了"静静，你赶紧交作业，殿后的光荣任务一向是趋杰同学完成的……"这一番话。

米璐知道这是一着险棋，但她料定高傲的孔趋杰不会这么脆弱。她希望他能因此警觉而正视学业。米璐根本不担心许静笑话自己，谁的青春里没有偷偷喜欢过一个人呢？再说了，孔趋杰是不是真的偷偷喜欢她，谁也不确定是不是？万一根本就没这回事呢？反正能委婉地表明立场，又能刺激孔同学发愤图强就行了。

米璐不知道，许静的心思可完全不一样。她当初配合米璐演双簧，就是希望孔趋杰从此能清醒：一是米璐根本就看不上他这个差生；二是刺激他能发愤图强，跟上她许静的步伐，一起考个普通高中就得了。谁都没想到"孔雀公子"竟然用力过猛，逼着她也一起拼命追赶学霸，一不小心，三个人一齐冲进了市重点高中。

当时那些青涩的心事九曲十八弯，如今看来多么可笑又多么感人。而正是因为心底偷偷藏着一个人，注视着对方的一举一动，才让卑微隐忍的自己有了一股冲劲，想变得跟他一样好。"在麋鹿公主与孔雀公子的故事里，我算不算一个主角？"许静晃了一下脑袋，暗想，"管他呢，反正我是自己人生的主角！"

此时，窗外走过一个熟悉的背影，纯白的T恤上印着一行醒目的字：绽放最帅气的青春，下面是无比可爱的孔雀开屏卡通画。米璐和许静情不自禁地对望一眼，同时会心地笑了。Ⓜ

青春有幸遇见你

文 ◎ 顾南年

我承认,那些年里,我仰慕过他,他也给过我悸动,让那段青春变得无比美好。当然,他也用他的热心,教会了我如何悦纳自己,并勇敢地去改变糟糕的现实。

高中时代,在午休时间或晚自习前,总能听见学校的广播响起。广播站有一男一女两个主播,我莫名地喜欢上那个男声。后来得知,那男声的主人,叫安小城。

为何会喜欢他?是因为他的声音很糯,他娓娓道来的故事中夹杂的青春气息,还是他选配的歌曲正中下怀?我想过很多次,却仍旧说不清为什么。

就像青春期的一场暗恋,只要觉得喜欢,就悄然放在心底,不去追问缘由。以至当其他同学挑剔安小城播音的絮叨,或者说他声音难听时,我总会莫名生气,向他们投去不屑的眼神,抑或是,冲上前同他们争吵。

而他们往往用几句话,就让斗志昂扬的我瞬间蔫下去。那句话是:"你不服气吗?你知不知道他的缺点和你的雀斑一样多?"

在他们得意的笑声里,我常会飞奔回座位,将头深深埋下去,陷入沉默。是的,我有很多雀斑,并常常被同学揶揄。那时的我,已经越来越自卑和孤单。

我经常独来独往。一个人吃饭,一个人在校园里漫步,一个人看书写信,在僻静的角落跟自己对话谈心。

而那些时间里,我总能邂逅安小城。他一如既往地用磁性的声音,讲述他心之海洋的每一朵似浪花的故事,说着他的感悟,偶尔还有生活的点滴。而我也是在入迷的倾听中,获得心灵的抚慰,还有深深浅浅的感受。

就是那些充满青春和成长的酸涩甜美,让我深深地迷恋和依赖。时间一久,我想知道安小城"庐山真面目"的愿望越来越强烈。

但想到自己长满雀斑的脸,我还是在主动去找他之前退缩了,并且退而求其次地选择了在校广播站播音室的门口,偷看他播音的场景。

他戴着大大的耳机,右手不时操作设备,左手则翻阅着提纲或材料,只是他的注意力,还是集中在面前的话筒上。他尽力让自己的声音低沉,富有感染力。

播音时的安小城很专注,极具吸引力,我看着他,觉得一切那么美好。他就是用这种方式,让他的声音传遍了整个校园。蓦然听见他跟全校师生说"再见",我打了一个激灵,立马拔腿准备逃走。他却飞快地跑出来:"嗨,你等一下!"

原来,他早发现我了。我极力掩饰心中的惊慌,回首冲他微笑。他也笑起来,我便看见了他像夜晚繁星一样稠密的青春痘。

和他并肩走在葱郁的校园里,我总是刻意低着头,唯恐他多看一眼我密密麻麻的雀斑,而他似乎并不在意,只是昂着头与我说笑,全然不顾他蓬勃的青春痘……

第二天的广播里,安小城聊了雀斑和青春痘等影响"面子"的话题。最后,他说了句十分温暖的话:"女孩外形再不精彩,都不妨碍她成长为好姑娘;男生不好看没关系,因为魅力只关乎印象,而好的印象,可以被创造。"

那句话,让我长久以来的自卑一下子找到了出口,也让我明白了他在校园里意气风发的自信从何而来。只是我根本没有想到,安小城竟然会约我去他的播音室。

我坐在一旁,安静地看他播音。他布满青春痘的侧脸因为专注,愈加美好动人。他张合的双唇轻轻动着,却也充满了吸引力,让人不自觉地,就陷入了某种情绪。

播完音,安小城顺手拉开手边的抽屉,让我看听众写给他的信。各种风格的笔迹,写着他们对他的恋慕和喜欢,而他笑着解释:"其实,骂我的同学也不少,只不过,这些美好的鼓励，就足以让我觉得温暖和幸福了。"

而我，同样渴望被同学认可。那么，我是否也可以同安小城一样，用声音给那些正成长的心灵带去滋养和呵护？我试探着问安小城，他竟爽快地答应了我！

我的播音生涯在安小城的悉心指导下开始了。渐渐地，我也开始被一小撮同学喜欢。到后来，我对播音的喜欢更甚，以至于填报高考志愿，我没怎么犹豫就选择了播音系。

毕业后，班上同学告诉我，安小城当时是暗恋我，才肯让我加入广播站，而我笑而不语。我承认，那些年里，我仰慕过他，他也给过我悸动，让那段青春变得无比美好。当然，他也用他的热心，教会了我如何悦纳自己，并勇敢地去改变糟糕的现实。

直到现在，我都没有忘记安小城，没有忘记他曾长满青春痘却无比熟悉的脸。若能再遇见，我想对他说："安小城，谢谢你出现在我的青春，让我有幸，找到更完美的自己。" MM

是什么理由，让你终止了暗恋

文◎佚名 图◎mio

年少时的暗恋往往无疾而终，心动来得快去得可能更快。或许比起暗恋的少男少女，我们更爱的是心中幻想出的完美恋人，用自己的喜欢为他镀上金身。然而，没有美颜的暗恋就像一盘散沙，分分钟就被小风吹散。

1
高中喜欢过篮球队的一个男孩。有一次，他打完篮球，我给他递水。他比我高二十厘米吧，抬头看到他汗流浃背大喘气鼻孔放大的样子，那一刻我觉得他像一只猩猩，然后这段暗恋就戛然而止了。

2
记得高中的时候，因为每天早上要早起来半个小时和他一起走，坚持了两天就不想起了。真是对不起那个少年。

3
高中喜欢隔壁班一个好人缘男生。大学找人要到手机号码之后娇羞万分地发了短信，问他最近在干吗。他说在学校卖联通卡，问我要不要买一张，还要我出邮费，聊了几句之后当晚删了联系方式。

4
高中时终止了自己的暗恋，是因为一次升国旗的时候，他站在我前面，一抬头他脖子后面都是肉……

5
我是一个近视眼，但是不严重，平时不戴眼镜看谁都好看三分。曾经暗恋一个男生好久，有天突然戴了眼镜，看见他脸上毛孔大概粗了两倍，我受不了这种刺激，断了暗恋的心。

6
记得电视里有个采访，记者问小姑娘喜不喜欢她旁边的小男孩。姑娘说："昨天为止还是喜欢的。"记者问："那今天为什么不喜欢了呢？"姑娘一脸嫌弃地指着小男孩的脸说："因为他这里被蚊子咬了个包，我就不喜欢他了！"

7
高中时住宿，有一天和当时的暗恋对象吃早饭，突然发现他头发很油，感到一阵恶心，又仔细重新审视了他的脸，得出结论：我怎么能暗恋这么丑的人，遂绝交。MM

第一章 少女情怀总是诗

我们就那么站着。那个曾经站在操场等信的男孩，那个站在教室走廊看着我的男孩，此刻都同你一起站在那儿，看着我。

我趴在教室外的阳台上。一只脚离身体远一点儿，微微跷起，形成一个慵懒而又不颓废的姿势。楼下种着一排不知名的树，在秋天的风里摇曳着，却鲜有人欣赏，除了我和你。我拆开一根橘子味的棒棒糖，塞进嘴里。看着两片树叶从树枝上逃离，一片落在你乌黑的发顶，遮住了你好看的发旋儿，一片落在你的肩头，停留了一会儿，终究还是掉下去了。

我站在三楼，假装追随着落叶，目光不经意地看向你。你捧着一本书坐在树下，穿着白色的衬衫和浅灰的牛仔裤。这让我想起了许多年前，那个站在操场上张望的男孩。

彼时，我站在三楼的楼梯口，看着操场。你站在那儿，穿着黑色T恤和牛仔裤。你皱着眉同一个走近你的男生讲话，那时候视力还很好的我，猜测着你的唇语：

"信呢？"

"没有。"

"怎么会没有，快给我！"

的确没有信！那天的我没有委托任何人给你回信。你前一天写给我的信，我已经看过了，并且在夜晚昏暗的灯光下，在压在数学课本下的一张白纸上完成了回复。

可是那天早晨我没有带出来，更确切一点儿来描述，是我刻意地把它留在了抽屉里。

该结束了，我对自己说，不能和你再有任何的信件往来，不允许再有任何类似班主任在班会课上明令禁止的行为了。

在很多年后的记忆里，那个站在操场上的你，被我用来反复回忆，安慰自己——瞧那个男孩，瞧瞧他的焦急与失落，他在转身前朝教室看的那一眼，带点儿气愤，带点儿不解，带点儿不舍。

可是那时的我一点儿也没有发现，我陷入了这突如其来的、喜欢上一个人的恐惧。

我躲在那个你看不见的楼梯口，心脏在胸腔里激烈地跳动着。我在心里暗自赞叹着自己的果断与勇敢。那份随着你的背影远走而出现的空洞与失落，我还来不及消化，学不会品味。

那封永远被锁在了抽屉里的信，我早已忘记自己写了什么，也许只是些无关紧要的话。但那时的我没有想到的是，我的心，就这么跟着你，走在这漫长的青春岁月里。

九年级那年的一天晚上，我躲在"逃出"校门的庞大队伍里，一点儿也不起眼地跟着你走，其实也不是跟着你走，我们只是走在回家的路上。

你的身边还有一个女孩，你们的手，随着步子慢慢地晃着。然后，我把目光从你们的手转移到了那个女孩身上。我看见她对着你含笑的侧脸，模样肯定是漂亮的。她留着长头发，瘦瘦的，穿着一条格子裙，披了一件米白色的针织开衫。

放学的大部队一直走过那座桥，大家开始往不同的方向走去。你们向东，而我向北。周围一下子安静下来。这下好了，我想。这条漫长、空荡的路足够我好好回味你们的模样，好好琢磨琢磨自己的心情。

又一年秋天到来。我们还没有搬至新校区，而旧校区完全是按二十世纪七八十年代的文艺风建造的。灰色的墙壁，铁红的栏杆，到处都是树，高

再见了，我的少年

文 ◎ 呦呦鹿鸣
图 ◎ 猫草

021

高大大地承载了许多回忆。十六岁的我，一个扎着小马尾、捏着红色信封的女孩，在遇见你的两分钟前，走在秋天梧桐的影子里……

这几乎是我高中所有记忆的序幕。

学校文科和理科分在不同的教学楼，大概是因为想培养出文理生不同的气质。

我走在鹅卵石铺成的小路上，此时离上课只有五分钟的时间，我小跑着来到另一栋教学楼，一下子就明白了学校执着于把文理科分开的原因：走廊上全是人，短短的课间十分钟也让你们演绎得如此生动有趣。我有些惭愧。我捏紧了信封，走到最边上的一间教室，挑了一位"面善"的男同学，拜托他帮我请出某某。

大概是因为座位靠后，我要找的人从教室后门走了出来。

他靠着门的一侧，我飞快地走过去，把那封某个女孩拜托我转交的信塞在他手里，然后靠在门的另一侧，开始解释这封信的来历。

我匆匆地说了那个女孩子的名字，便立马转身。就在那时，我看见了你。我所有准备起跑的动势在那一刻全部消失。我突然想起我来的时候你并没有在那儿，我明明记得的。是什么让你突然出现？我找人的时候你看到了？我送信的时候你也看到了？所以刚才你才会那样看着我，仿佛在说：你居然……你怎么可以……

最近一次见你，是因为我们回家时坐在同一辆长途汽车上。我所在的城市是你回家的必经之地，也正是看见你的那一刻，才突然明白这是我当初固执地选择这座城市的原因之一。

你找到的座位，也是靠窗的，在我的斜前方。你一坐下来便开始看窗外。我也开始看着窗外。

有多久没见你了？有多久没有想起你了？很久吧！自从毕业后，想起你的次数比那个经常批评我的高中班主任的次数还要少。不喜欢了？不是的，肯定不是的。如果不喜欢，那我心里堵着谁？你就像一座雕像一样坐在我心里，不给任何人腾地方，也没人搬得动。

窗外的景色在飞快地变换着，就像时间，一眨眼就消逝了。我看着车窗上雨滴聚在一起成股地流下，突然想起多年前的我们。不是那个站在操场上的你和躲在楼梯口的我，还要更早些：一个扮新娘的小女孩和一个扮新郎的小男孩。那是多年前一场不能当真的游戏。

那时候小小的我被簇拥着坐在一只小木凳上，他们把红枕巾盖在我的头顶，然后把你拉到我身边。我低着头从红枕巾下看见你穿着凉鞋，露出的脚趾不安分地动着。我忍着笑，你拿根木棍把我的"红盖头"掀开。

"结婚喽！"周围的小孩儿在我们头顶撒一把撕碎了的红色喇叭花。他们尽量把这场游戏玩得像模像样。你坐在我对面，用一个六岁男孩稚嫩的脸去演绎严肃与正经。我却咧着嘴对着你呵呵傻笑。

"呵呵。"想到这里，我不自觉地笑了笑。原来这场漫长的暗恋早有源头。

雨一直下，天也不如先前那般亮了。我偶尔转过头看看你，只能看见你头顶几缕调皮的黑发。你仍在看着窗外，我奇怪是什么景色能让你这么醉心。又或许你和我一样也在回忆过去。那么，你回忆的片段里又是否有我的参与呢？

两个小时过去了。我们都到达了目的地。我随着乘客走下车。此时，雨又大了些。许多改装过的红色三轮车停在附近，等待着他们的生意。我走向其中一辆，师傅热情地为我打开门，询问我去哪儿。

去哪儿？我突然停下了脚步，摇摇头。

我转过身，发现你此时也正站在一辆车前，静静地看着我。这是我们这么多年第一次没有逃避对方的眼神。我们就那么站着。那个曾经站在操场等信的男孩，那个站在教室走廊看着我的男孩，此刻都同你一起站在那儿，看着我。

我突然觉得感动，我想我大概已经流下了眼泪，还好没有人分得清雨水与泪滴。

真好，我还能遇见你。真好，感谢你愿意为我回过头。

我想好好看看你，可惜天太暗了，可惜雨水模糊了我的眼睛。这样也没有关系，你和我记忆中的一样，长大了。无论过了多少年，我们都是一样的。等到我白发苍苍的时候，你也会变成一个小老头儿。所以你不用靠近我，就那样站在那儿，多好！

好了，现在我该走了，你也需要回家。看看你的头发和衣服全被淋湿了啊！

我们的家在相反的两条路上。真不幸，要说再见了。再见了，我的少年。

第一章 | 少女情怀总是诗

记忆中,所有难忘的事情都发生在那两张窄窄的课桌之间。

高中时代,就像台湾的小清新文艺片,我的眼前总是不由得浮现出这样的画面:

窗外的知了在茂密的枝叶间不知疲倦地歌唱;数学老师在讲台上扯着嗓子唾沫横飞地讲解一道道艰深枯燥的立体几何或三角函数题;头顶老旧的电风扇发出巨大的噪声,而我则目光呆滞地望着黑板上密密麻麻的解题步骤,昏昏欲睡。这时,你用笔戳了戳我的后背,我旋即清醒过来,然而不到两分钟,却又开始犯困:"快,快使劲儿掐我一下。"我伸出手给你,"最讨厌下午上数学课了,本来就听不懂,又老是犯困……"你只是冲我笑笑,露出整齐而洁白的牙齿,小心翼翼地问我:"痛不痛?"我摇了摇头,萎靡不振地说:"再用力点儿。"

这座江边的城市一到夏天便热得不像话,夜晚更是闷热无比。头顶的电风扇呼呼地转动着,惨白的灯光下,所有人都在埋头完成一张又一张试卷。我的手心里满是细密的汗珠,每写完一页练习册,便要在裤子上蹭一蹭。"数学作业写完没?借我抄一下。"我扭过头,低声问你。你机敏地瞥了一眼讲台上的老师,小声说:"自己做,不准抄,不然永远都不会。"我笑吟吟地说:"你明知道我不会。""哪里不会?我给你讲。"你低着头,在我耳边轻声细语,不时扭头看我。时间就这样在一道道枯燥的数学题和温热的指缝中流逝。待到下课铃声欢快地响起,我拉着你的手,一起朝小卖部冲去。我们捧着巧克力和香草口味的冰激凌,站在凉风习习的教学楼阳台上,看着夜空中闪烁的星辰,有一搭没一搭地聊着天,方才因数学作业带来的低落情绪很快一扫而空。

有时,我们也会在晚自习时一边做作业,一边悄悄地听歌。我们都留着披肩长发,因而老师看不见我们的耳朵里都塞着耳机。我向来喜欢校园民谣,你笑我太文艺,又太落伍;我说,校园民谣的歌词虽然简单却有味道,像是一首首美丽的小诗。《同桌的你》里老狼的歌声粗犷沧桑,总让人想起一张张泛黄的老照片。

　　明天你是否会想起
　　昨天你写的日记
　　明天你是否还惦记
　　曾经最爱哭的你
　　老师们都已想不起
　　猜不出问题的你
　　我也是偶然翻相片
　　才想起同桌的你

这首歌伴我们走过了很多年,直至高中毕业。我曾经在一个又一个被数学作业折磨的夜晚气馁地想,我这个样子怎么考得上大学!你安慰我:"你其他的科目都很好,只是数学差一点儿,只要好好努力,肯定能考好的。"这让我想起《那些年,我们一起追的女孩》里沈佳宜与柯景腾的对话:"你该不会常翘课吧?""当然啊,我本来就不喜欢念书啊。我是为了你才念啊!"

高考成绩公布的那天晚上,我流了很多泪,彻夜未眠。我考了一个从未有过的低分,十余年的寒窗苦读和不可一世的骄傲都付之一炬。我突然想起了《那些

谁还记得
同桌的你

文◎鲁　静
图◎绚　莹

023

年,我们一起追的女孩》里,沈佳宜哭着对柯景腾说:"我一直那么用功读书,可还是考不好。"那些日子,我躲在家里,不敢出门见人,更怕面对亲友的询问,只有你在电话里一直安慰我,对我说:"文穷而后工,真的,相信我。"

你去了一座陌生的城市,在一所师范院校念英语系。而我得过且过,来到一座海滨城市,亦念了一所师范院校,只是好在专业是自己喜欢的中文系。每每与你通电话,彼此除了感叹大学生活的空虚和无聊,怀念高中的充实与纯真外,便是对未来的迷茫。这时你说:"大不了毕业回家当个老师嘛!反正女孩子也挺适合做这个的。"

听到这话,我不由自主地想,等来日我们站在讲台上,看着那一个个埋头苦读,偶尔窃窃私语的身影时,会不会想起当年的自己也是这般单纯宁静,无忧无虑。

那时候天总是很蓝
日子总过得太慢
你总说毕业遥遥无期
转眼就各奔东西
谁遇到多愁善感的你
谁安慰爱哭的你
谁看了我给你写的信
谁把它丢在风里
……

我有时还会用电脑循环播放这首《同桌的你》,虽然早已对它的歌词和旋律烂熟于心。校园里的凤凰花开了一季又一季,蒲公英被风吹落天涯,香樟树在微风中吟唱着不朽的诗篇。所有的爱和眷恋,所有的大雨里潮湿的回忆,所有的眼泪和拥抱,都已变成青春记忆里一朵伶仃的花。我们将永远也回不到那个白衣飘飘的年代了。

青春若有张不老的脸,该多好。

哎呀呀,我在唱歌,你听到了吗?MM

如何让异性朋友对你的好感翻倍

文◎职业君

1
讲话温柔,见解有分歧也不随意反驳,能够耐心地听别人将话说完再适当表达自己的看法。

2
见面交流时,不要随意地摆出双臂交叉的姿势,并且要适当地模仿对方的姿势,这样才会产生一种潜在的亲近感。

3
对对方的一切展现出浓厚的兴趣,包括日常生活、学习情况、家庭成员、喜爱的宠物等,总之,你若能"爱屋及乌",就能快速地赢得别人的好感。

4
但你最好也不要太过随意地"爱屋及乌",也就是说不要做"中央空调",企图跟每一个人都建立起所谓的"好感",毕竟,适当的距离还是很重要的。

5
对自己有约束,对别人比较宽容。

6
不随意打探对方的隐私,懂得保护别人的隐私。MM

第一章 少女情怀总是诗

每个少女的心里都住着一百只小鹿

文◎文星树
图◎绚莹

一个女孩在给我的信中写道:"我喜欢上了一个网友,我想逗他开心,想跟他在一起,才十几岁的年纪,我居然想跟他有一个家,给他全世界。"

内容有些伤感,由于女孩贸然表白,男孩第二天就把她拉黑了,女孩很伤心,觉得自己的爱情从此破灭。

我知道,每个少女心里都住着一群小鹿,每当渴望爱情的念头出现,这群小鹿就会到处乱撞,让她们不得安宁。而这些,都只是成长的一个过程。

记得我那时候心里也有一百只顽固的小鹿。我最爱看琼瑶小说和台湾偶像剧,对小说和偶像剧中帅气多金的男主角迷恋到近乎发狂,以至于做梦我都在把自己代入故事情节,代替女主角跟他们进行一场又一场的浪漫约会。于是下课之余,除了讨论偶像剧,我最喜欢的事情,就是与同桌谈论班上某个帅气的男孩。那时我不知道爱情是什么,所以喜欢的男孩也是一个星期换一个,偶尔是学习优秀、性格安静的帅气学霸,偶尔是喜欢把裤脚挽起,总是逃课的叛逆少年。

说到喜欢的那些男孩时,我心里的一百只小鹿会忍不住乱撞,我会幻想他们牵着我的手走在海边的场景,还会幻想他们抱着我,像童话故事里王子抱着公主。于是,我开始注意自己的形象,为了打扮得更漂亮,我不敢再吃零食了,把钱省下来,去买漂亮的衣服和饰品。对于那时候的我而言,爱情是那样神秘又美好的存在,也许年纪再大一点儿,爱情就会降临了。

大人们不理解我们的心事,认为十几岁的孩子第一要务就是学习,如果有其他与学习无关的事情充斥其中,就是不懂事,就是问题学生。所以深谙大人心思的我们,只能自己把很多的小情绪慢慢消化。

是啊,谁都不想当早熟的问题学生,可是每个少女,都有一颗蠢蠢欲动的心啊。

我们的心里住着对爱情的向往和憧憬,住着单纯美好的爱恋,住着骑着自行车,被风鼓起衣袖的男孩,还住着整整一百只活蹦乱跳的小鹿。

可惜的是,我的爱恋并没有以喜剧收场。青春期的男孩们似乎并没有那么成熟,我喜欢的所有男生,无一例外地都对我不感冒,明里暗里拒绝了很多次。

十几岁的我们总爱幻想爱情的模样,总觉得那应该是一场曼妙的邂逅,是翩翩少年驾着白马到达,是至尊宝脚踏七彩祥云,是罗密欧在朱丽叶窗下,是梁山伯与祝英台促膝并肩。我们甚至会以为,爱情中的那个他会出现在我们需要的每一刻,他会像一个盖世英雄,为我们遮挡这世间的所有风雨。他一定是体贴稳重又心思浪漫,专一钟情又温柔如水的人,他一定可以给我们一场轰轰烈烈的恋爱。

现在,我才突然觉得,与其说爱情是一场盛大而灿烂的烟火,还不如说是一条奔腾不息的长河,爱情有它的美丽,自然也有它的烦恼。可是,那些对爱情充满向往,心里住着一百只小鹿的少女时光,是我们青春的见证啊!

夏绿蒂十八岁，在台湾读大学一年级。新学期伊始，她共接到表白三次，分别来自学长张、同学李、邻校篮球队前锋孙，其中，孙和李还是好朋友。

夏绿蒂有些迷茫。学长相貌帅气，同学成绩优异，篮球队前锋更不用说了，在球场，他是耀眼的明星，投三分球时，所有女生都会尖叫。夏绿蒂陷入人生第一次因感情带来的苦恼中。

夏绿蒂将烦恼向妈妈倾诉，问道："现在，我该如何选择？"妈妈说："都拒绝，谁都得不到，慢慢地，你周围的人就会知道夏绿蒂很难追，要用心对她，好好珍惜。"

给少女的爱情课

文◎林特特
图◎Daily 团子

夏绿蒂将信将疑，她试着做，令人惊讶的是，被拒绝的三位似乎越挫越勇，攻势愈来愈烈，月夜下的吉他、电台点歌告白……一时间，夏绿蒂成了整个学校的焦点，同学们热议的是，她为什么这么难追？再过段时间，大家习以为常，哦，夏绿蒂是"女神"。

夏绿蒂最终选择了同学李。因为他最有诚意。辅导她功课，陪她温习，她病了，主动上门讲解试卷，还带着巧克力……每次考试发榜时，他总是在第一，做他的女朋友，夏绿蒂觉得好温馨，好荣耀。

然而，暑假来临，李却没有了最初的殷勤。再见面时，夏绿蒂提起最近喜欢看的漫画、爱玩的游戏，李将眼神中的诧异直接用语言表达出来："马上就要升大二了，为什么你还可以这么安心地玩下去？我们最近还是少见面、不见面好。"

夏绿蒂再笨，也听出了弦外之音。她红着眼睛去客厅倒一杯水，正撞上妈妈。

母女俩秉烛夜谈。"李一定觉得你不够上进。"妈妈分析，"他是个骄傲的男孩，希望身边站着一个能匹配他的优秀的女孩。"

妈妈又拿来一张白纸，画一个小人儿，标注"夏绿蒂"；画两条路，一条写着"继续做自己"，虚线往前延伸，虚线分几个段落，分别写着"继续看漫画""继续打扮"……

另一条路写着"改变""学习""让他大吃一惊""挽回他的心"……事情的解决无非就这两条路、两种结果，夏绿蒂将信将疑地选择了后者。

事情果然又朝着妈妈预言的方向发展了，李同学又回到了努力的夏绿蒂身边。当然，妈妈也预测到学生时期的爱情并不稳定，所以，一段时间后，李又出现忽冷忽热的状态时，妈妈提醒夏绿蒂："你是不是有了情敌？"

夏绿蒂亲眼看到李和邻班的茉莉上了同一辆公交车而去，而李之前给她的理由是"今晚要参加学校的社团活动"。夏绿蒂因为妈妈的神预测，心中已有准备，并没有太激烈的情绪。

按妈妈的建议，夏绿蒂第二天就和李摊牌了。她说，自己喜欢上了别的男生，"对不起，谢谢你的陪伴"，说完转身而去。

"不可挽回，就别挽回，谁先提出结束，谁的痛苦就会少一些。"妈妈的话被夏绿蒂写在日记里，日记的标题：今天，我结束了初恋。

这个故事是夏绿蒂的妈妈讲给我的。夏妈妈说："我给她上爱情课，既是拉近距离，更是教会她如何更好地爱，如何不受伤害。"

"爱情无非就是如何接受，选择，挽回，继续，结束……"夏妈妈笑，"我们在恋爱中学会和人相处，和人分别……我爱她，才给她上爱情课。"

同时夏妈妈也想告诉更多的父母：你的孩子绝对是唯一的，是有自己的天地的，不过这个天地需要父母和孩子一起走过。

第一章 | 少女情怀总是诗

我们未成年，情书已抵达

文◎楚问荆
图◎鱼　姬

高二时，我倾心于隔壁班那个叫齐一的清俊男生，每天课间他都会从我们班经过，去走廊尽头的卫生间。他走过时，总是高声唱着Beyond的歌，莫名觉得青春又热血。当年十七岁的我禁不起这样的日日撩动，头发一长，暗恋的小情绪便开始暗暗滋长。

在一个晚来风凉的夏日，我写下了人生中的第一封情书。

情书派送计划很快被提上日程。我几番纠结，还是选择匿名，在情书的落款处化名为"高一学妹"。而为了将齐一收到情书时的状态尽收眼底，我还自个儿编了个剧本，联合当时正在读高一的发小儿菜平，当众演出了一场大戏，意图以此冒充与写情书一事无关的"中间送信人"。

那天在教室门外，我看着菜平从兜里掏出的粉红色信封，故作讶异道："这是情书吗？"菜平立即露出一副"你明知故问"的嫌弃表情。不过她受我所托，还是强行入戏："对啊，我同学写的，帮忙转交给你们班的齐一。"

没错，我还强行编了一出"迷糊学妹将齐一班级记错，菜平将信送到我这里"的小剧情。情书"阴差阳错"地送到我手里，我就可以顺理成章地帮"高一学妹"转交给齐一！

小算盘打得如此精明，我还颇有点儿沾沾自喜，可没想到生活远比剧情要精彩，也远比剧情要千变万化。齐一突然从我们身后的楼道走上来，在我们转头看到他的瞬间对我们友好地笑了一下。我当时就傻了，愣愣地看着他经过我们身边回教室的背影，开口就是一句："那就是齐一，你去把情书给他吧。"菜平愣了，在我耳边咬牙道："大姐，没有这句台词。"事出突然，毫无防备的我们演技就此双双掉线。菜平不想当着走廊这么多人的面去送情书，而原本就承包情书转交戏份的我更是慌了神，连叫住齐一的勇气都没有。

在我俩呆立在门口面面相觑、无计可施之际，一直在暗中观察的陶红看情况不对，从教室里冲出来给我们解围。我们三个凑在一起商议一番后，决定临时改剧本，原本是编外人员的陶红成功挤走了我，夺得了转交情书的重要戏份。而我，因为实在不争气，丧气地沦为带着菜平去领盒饭的龙套角色。

这场由翻身编外人员陶红领衔主演、男主齐一发蒙出演、走廊围观群众打酱油出演的年度尴尬大戏就此落幕。虽然没有按原剧本进行，但好歹情书最后还是辗转到了齐一手中，也算是"功德圆满"了。

说起来当时我们接触到的众多影视剧中，有着不少女主为喜欢的人变得优秀的桥段。看多了虽觉得腻味老套，但还是会被女主青涩而勇敢的努力感动。

所以就算到最后，我还是没敢在情书落款处写下自己的真实姓名，但仍然不可免俗地在末尾加了一句："假如有一天我变得优秀，有勇气站在你面前时，希望你不会惊讶。"对于当时的我而言，这不仅仅是一封情书，更被我赋予了见证者的意义，包含着对自己的美好期许。

我原以为情书送出去两年后，也就是高三毕业时，我会成长到有勇气站到齐一面前说"你好，我就是一年前给你写情书的'高一学妹'，我叫楚问荆"，我甚至都想好了那一刻，我该在他面前呈现出来的语气和表情。但事实是，这句我早就拟好的对白和那句我心心念念的喜欢都在高三之初，我得知齐一转学的消息后无疾而终了。

有时候我也会想，是不是像我这种略带自卑情绪的女生的青春里，都会出现这么一个男生，你和他甚至都没有过对话，但只要见到他，就会莫名产生一种想变优秀的冲动。而这一想法一旦扎根，当某一天你突然了悟并为此感慨万分时，却发现带给你美好的那个人，早已从你的全世界路过了。MM

027

"在我们每个人的内心深处，都藏着一个人，每次想起他的时候会觉得一点点心痛。但我们依然愿意把他留在心底。就算今天我们不知道他在哪里，他在做什么。但至少知道，是他让我们了解什么是'初恋这件小事'。"

是的，这就是泰国电影《初恋这件小事》片头的开场白。

寥寥数语拨动心弦，层层的涟漪悄悄漾起。宛如那朵轻轻绽放在年少时光里的小花儿，淡淡的清香从岁月里沿路悠悠飘来。

那年，英俊的学长阿亮，是小水偷偷喜欢的男孩。她初一，蘑菇头，肤色很黑，是一个很平凡的女孩。他篮球、足球样样都行，挂着相机到处拍照。

她每天坐在一间店的窗旁，只为见他骑机车从店门口经过的身影。看到心仪的学长后，小水会傻傻地甜甜地微笑。这样的瞬间，唤醒我们久违的记忆，好像又看到情窦初开的自己——单纯地关注一个人，不敢轻易走近；咫尺天涯的距离，留存心底的悸动；惊鸿一瞥的遇见，蕴藏小小的幸福。

青涩的小水，用自己的方式执着地喜欢着阿亮学长。她对着满天星星写下他的名字，将巧克力放在他的机车后座上，把他请她喝的可乐瓶贴上"禁止饮用"的标签，将他弄丢的纽扣当成宝贝收藏，听到电话里他的声音后开心得跑到阳台大叫大跳。

这些简单的情节被女主角演绎得真实生动，我们的情绪也随着她的欢喜起伏澎湃。犹似温柔的风拂过脸颊，吹起散落在岁月里的点点初恋的感觉，那朵透明的小花儿曾羞涩而倔强地绽放在年少纯粹的心里。

然后，小水为了他去演话剧、参加舞蹈社、当乐队指挥、努力学习。

她用了三年的时间喜欢他，也令自己从丑小鸭蜕变为美丽的白天鹅。她有了众多追求者，甚至连他的死党阿拓也喜欢上了她。

她心里最柔软的地方却只藏着阿亮学长。无数晶莹的花瓣快乐地环绕着这个秘密。暗恋，不是彻底的寂寞，里面有着心动，更有微妙的幸福。她徜徉在属于自己的幸福里，静静注视着自己倾慕的男孩。

毕业时，她终于鼓足勇气在学校游泳池旁向阿亮学长告白，得到的答案却是：他已经有了女朋友。

她整个人都恍惚了，只能强颜欢笑祝福他，甚至忘了自己前面是游泳池。她一脚踏了下去，浑身湿透，还说自己没事儿。所有的泪水，在她转身的那一刻决堤。心痛的感觉，从

情窦初开的
淡淡香

文◎胡 炀
图◎heathery

银幕中传出，直刺入我们的内心，如此清晰和真切。我们以为这终究是失败的告白，是一场自己的独角戏。

此时，镜头转换。当阿亮得知自己被选入足球队即将去曼谷，一个人躲进房间微笑着翻阅相册时，一张张各个时期、各种神态的小水的照片出现在观众的眼前。

轻柔的旋律动人地响起，歌声娓娓诉说阿亮对小水隐藏的爱恋。原来，他在她为演好白雪公主而努力时就已经喜欢上了这只丑小鸭。她的努力，他都看在眼中，记在心里。

他偷偷送苹果给她，又偷偷咬了一口；他给她讲鱿鱼牵手的故事，很想她成为他的女朋友；他亲手种下白玫瑰，情人节那天送给她，却说是朋友拜托他转交的。

年少爱恋难以启齿的羞涩，答应死党阿拓不追小水的请求，让他默默地将这份单纯的情感深深埋藏于心底。只在临走时，他在小水家门外留下那本记载她蜕变过程的相册。小水，则怀着对阿亮学长的不舍与感伤，远赴美国求学。

最初的情感，或许不过是年少时光里成长的起点。总有那样一个人，让我们知晓心动的美好，让我们明白爱情的感觉。大多数的初恋，都是无奈地错过，因而也显得刻骨铭心和弥足珍贵。

九年后，已是摄影师的阿亮与服装设计师小水竟然在电视节目中重逢。

她紧张而忐忑地对他说："我想问……阿亮学长，你……结婚了吗？"

他回答："我一直……在等……那个人从美国回来。"

这句话让小水激动得微笑哭泣，也让千万观众在影院忍不住落泪。

电影以圆满的方式结尾，让有过类似经历的人带着初恋错过的遗憾倾听阿亮的话，仿佛听到自己初恋多年后希望听到的告白。

昔日岁月里轻轻绽放的透明之花，又悄然摇动心弦。情窦初开的淡淡香气，柔柔地于当下时光翩翩起舞……

这部电影，牵动了我们的记忆，令人陶醉其中。那种难忘的爱情感觉，记载着年华里闪光的刹那温暖，撼动过真情无悔的宝贵青春，抚慰经年后心底微微的痛和浅浅的伤。

也许每个女孩都做过"小水"，也许每个女孩年少时都有自己仰慕的"阿亮"，但现实远远不像电影般圆满。

世间之事，难如人愿，情缘错落，终究转身陌路。大多数人的初恋，慢慢化作余音袅袅的遗憾。最初的心动，最真的感觉，固执闪亮于红尘的旅途。不曾忘记，不会忘记，有了那样的欢喜与感伤，才会有对爱的渴望与憧憬，才有了生命里隽永深刻的情窦初开。那朵小小的花儿，那种淡淡的清香，会一直一直，留在我们心底。

纵观整部电影，平实的内容，折射出现实中你我的影子，不经意间悄悄抓住了我们的心。影片由两位新人导演首次执导，缺少经验反而让影片呈现出未经电影语言处理的真实感。片中的歌曲旋律唯美动人，歌词紧紧扣住剧情，音乐与情景交融相称。男女主角饰演者Mario Maurer（马里奥·毛瑞尔）和Pimchanok Luevisadpaibul（平采娜·乐维瑟派布恩），也将阿亮与小水的角色演绎得相当到位。但从专业角度来说，这部片子无疑有很多不足。结局的完美处理也有些牵强，以致部分观众颇有微词。

无论怎样，仍然感谢《初恋这件小事》。它让我们再次聆听青春日子里最纯的心跳，再次经历年少时光最初的情感心路，再次感受那朵透明花儿轻轻绽放的淡淡香。

虽然岁月不能回头，时空无法逆转，遗憾未能弥补，但简单纯粹的美好感觉我们会永远珍藏。就算今天我们不知道他在哪里、他在做什么，我们依然愿意为那个让我们懂得爱的人送上最真的祝福。当面对新的感情，未来的人生，我们保留着那些纯粹的感觉，将它化作积极向上的动力，引领我们走上通往幸福的路。这，才是影片最想表达的主旨，也是最想要我们领悟到的意义所在。

电影里的故事，在女主角微笑哭泣中完美地结束；银幕下的生活，却在现实里不停地延续。

那朵情窦初开的花儿，散发着淡淡清香，缓缓盈润我们的生命，升华为行走红尘所需的勇气与力量。它将相伴岁月的旅程，让我们淡定理智地挥别过去，明白珍惜和把握当下，无惧爱情中的千回百转，从容应对人生路的曲折起伏。

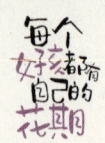

很早以前,我看过一部叫作《花与爱丽丝》的电影。

电影没有什么特别的剧情,大抵就是关于青春期的喜欢:眼神清亮的少女,地铁上看书的少年,锦簇的花朵,以及湮没在海浪声里的告白……我一个人在深夜里看完这部电影,然后做了一整张理综试卷。入睡后,梦境里有浮浮沉沉的纸飞机。

没有花和少年。

那时候,班上的女生大都有了喜欢的人,会花时间挑选可爱的发卡,也会在幽深的夜里谈论少年的名字,声音轻柔细密,在草木清雅的香气中一直延续。而我躺在床上,将睡未睡,哪怕心底也有个名字在葳蕤繁盛,却无论如何也无法像她们一样说出口。

无法将喜欢说出口!我是那个在梦里也无法开口的笨蛋。

每次月考之后,少年的名字都会出现在学校的光荣榜上,而我装作不经意地驻留,竟生生被只有两米的高度逼出遥不可及的错觉来:温和、明亮、优秀,他是和我迥然不同的存在,以至于自己连"喜欢"两个字都觉得是妄想,只能低垂着头,如负罪之人一般走过。

"很多时候,平凡本就是罪过。"

也曾在无人之时偷偷翻看过少年的课桌,里面有一摞叠放整齐的教科书。有一本简装本的《时间简史》,有半包没吃完的薄荷糖,还有一本涂满了花朵的画册,扉页上有"献给莉莉安"的字样。

天空是一片幽静的深蓝色,而我站在原地,只觉得那个名字和花朵一起在耳旁炸裂,美好得让人说不出话来。自此,我的英文名字改成莉莉安。

莉莉安。每次英语对话念到这个名字的时候,前座的少年总会回头看我一眼。但我佯装无知无觉地看书,心里的欢喜几乎快要溢出来——直到对方转身说出那句话。

"你为什么会叫'莉莉安'啊?"他的表情十分困惑,甚至语气也是认真的,"总觉得不太适合你……有点儿奇怪。"

像是所有的凤尾花忽然凋落,也像是薄荷味的夏天仓促结束。

而在喧嚣的心跳声中,我听见了自己强忍住哭腔的那句道歉:"对不起,明明如此糟糕却毫不自知的自己,真的是太对不起你了!"

花与莉莉安

文○吴梦莉
图○宅野小王子

第一章 少女情怀总是诗

十七岁的时候，我开始买了画册学习绘画，画大团的花朵，也画长长的枝叶。那些植物安静地躺在白色的素描纸上，角落处仍是三个字的签名——莉莉安。

这个被喜欢的人评价为不适合自己的名字，终究长成了心底的一根刺：我学着其他女生的样子改小了校服，也开始试着去附和、讨好有人气的同学……那些笑容和眼泪闪烁成夏日里的覆盆子，而我强撑着去扮演的那个人，不过是为了证明，自己并不是一个连好听的名字都配不上的人。

我不能是一个连好听的名字都配不上的人。

少年对我的变化未置一词。两个人本来也没有熟悉到无话不谈的程度。

他还是那个会在试卷的空白处画画的人，而我则将指甲涂成透明的粉色，并在红红蓝蓝的笔记里，靠着绵长的少女心事来打发每一天。我连喜欢一个人都是战战兢兢的，更遑论是去期待未来。

"想要的生活是什么样子的？这种事情，我从一开始就不知道啊"。

无法坦然地接受现在，也无法勇敢地希冀于未来，一直以来，我都是痛并厌弃着自己的人生的！哪怕表面上装作若无其事，眼神也是不甘的，而少年正是看出了这一点，才会指责我的名字不适合：一个无法喜爱自己的人，是不可能与"安"字相互匹配的。

放弃了对他人形象的拙劣"扮演"，把弄卷的头发重新拉直，并扔掉了各种不适合自己的发卡。

镜子里的我，面容模糊到难以辨识的程度，眼神沉寂无光，像是一个人行走在黑夜中，也像是在独自度过一个漫长的雨季，但是啊，我已经不再害怕了。

一个人看书、做题，在草稿纸上画线条复杂的花朵，喝咖啡的杯子是妈妈从超市淘来的搪瓷杯，极简，像是大瓣的荷花玉兰……空气里有辛辣的清凉油味道，人仿佛可以从"沙沙"的书写声中汲取力量——那是我可以想象到的，最青春的事情了。

毕业的时候，少年给全班同学送了花。

小朵的、白色的茉莉花，花瓣基部染有浅浅的青色，枝梗上还有滚动的水珠，少年将它们细心地分成花束，再依次送给每个人，并在清甜的香气里说出了"前程似锦"一类的祝福语……轮到我时，他说的句子却是："希望你成为真正的莉莉安"。

这是我收到的最好的毕业赠言。

在所有痛哭流涕的深夜，在被恐惧压迫得不敢迈出脚步的日子，我都会想起那天茉莉花清甜的香气，想起天空中清浅流动的云，想起自己曾经被喜欢的人所希冀过的，成为真正的莉莉安，温和、干净，并且笃定心意。

"只要被人期待着，自己就会有绽放的勇气。"这是我在十七岁领悟到的人生哲理，自此一直支撑我到现在，并仍然有继续延续下去的趋势。

新来的室友有喝花茶的习惯，每次都用透明的小茶杯冲泡。

干瘪的花朵在水中一点点舒展开来，渐渐地弥漫出一室清雅的香气。

地面上有从窗外投射而下的树影，而我坐在她身边看书，忽然听她提及自己的初恋："他最喜欢茉莉花了。"

像是被气味打开了开关，那些有关爱与花朵的画面全部倾泻而出。

我忽然记起自己第一次看《花与爱丽丝》这部电影的原因——那是少年最喜欢的电影。

真奇怪啊，我们居然是在对他人的喜爱中成长起来的。

因为一个人而去尝试芥末的味道也好，因为一个人而去喜欢繁盛的夏天也好，对于青春期的我们而言，喜欢着实是一件非常辛苦的事情，是一件自己必须用尽全身力气却不那么需要对方回应的事情。

那更像是一场可爱的独角戏，而最终所有的能量都将回归于自身，我们会带着心脏上的疤痕前行……

"疤痕也是力量。就像是花朵之后的种子"。

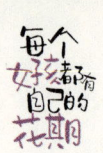

十三岁的夏天

文◎阿蒙
图◎猫草 刘虫虫

①

前几天，跟朋友聊天时谈到两部关于性侵女童的电影，这是很久之前看过的片子，而且当时因为影片过于残忍，只看到一半我就停下了。但再次提起，我的心依然充斥着无法排解的愤怒与恐惧，我甚至不知道该如何形容这种心情，所有的语言都是苍白的，正如我十三岁的那个夏天。

那年我刚念完初一，一下子增多的科目让我无所适从，数学成绩开始明显下滑。

为了初二时学起来不太吃力，爸妈给我报了个补习班，补数学和英语。

办补习班的老师是我姨的同学兼好朋友，因为我妈也认识她，所以就把我送了过去。她家在我们小县城的中街，一条很窄很窄的胡同里面。我们两家离得并不远，我骑自行车也就十五分钟的路程。

一天中午，天气干燥闷热，我吃过午饭，照例骑车往老师家赶。

路上并没有什么不同，聒噪的蝉鸣，街道两旁的商铺蔫了似的暴晒在日光下，只有主人家的狗卧在屋檐下，露出一条大舌头，呼哧呼哧地喘着气。

我双脚飞快地蹬着自行车，拐到老师家那条细窄的胡同里，终于感到一股久违的阴凉。老远，我看到胡同中间的自行车上停着个人，就在老师家前一户的位置，刚好堵住了我的路。

越走越近，我看清了是个中年男人，手拿一部老式诺基亚手机（那时正流行）。

我心里纳闷，他怎么没有一点儿往旁边靠靠让我过去的意思？毕竟这么窄的巷子，他双脚支地霸占了几乎所有的路，我根本没有信心能在剩余的空间里骑车通过，虽然那时候我一直认为自己骑车技术一流。我缓慢地移动着车子，心里有些狐疑，握着手闸停了下来。

"你知不知道玉连（音）家在哪儿住啊？"他开腔了，四周没人，他是在问我。

哦，原来他是在找人呀，我放松了警惕，热心又充满歉疚地答道："不好意思啊，我家不在这儿住，我不知道。不过我可以帮你问问我老师，她应该知道。"我边说边用手指着他身后那栋房子。或许当时我也是在提示他你先让我过去吧！

但他丝毫没有让路,我不记得他还说了什么,或许什么都没说,只记得一只很大的手掌放在了我的大腿上!我"啊"了一声,头脑一片空白,只有双腿无比清醒,飞也似的往老师家跑,我扑在关着的大铁门上使劲儿地拍门,心里充满了恐惧,我不敢回头,生怕他追过来。

不过几秒钟的时间,我却感觉过了好几年一样漫长。

老师和同学们都出来了,他们一遍遍地问我怎么了,我却不知什么时候已经泣不成声,语无伦次地说着刚才噩梦般的经历,同时心里泛出阵阵恶心。

在我十三岁的年龄里,连跟爸爸都不愿有肢体接触的敏感的青春期,一个陌生男人的手掌毫无征兆地放在了我的大腿上,那一刻,我毫无防备,无处躲藏,只感到全身的每个细胞都散发着巨大的耻辱。

男同学把我倒在地上的自行车推到老师家的院子里。我已经不记得自己当时是怎么从自行车上下来的了。

胡同里聚满了人,原来是我的声音太大,惊动了四周的邻居们。我听到几个大妈扯着大嗓门儿骂骂咧咧地说着"欺负人家一个小女孩干啥",我哭哭啼啼地坐到教室里,温柔的老师安慰着我。但那个下午,我的精神恍恍惚惚,丝毫不记得讲的什么课了。

奇怪的是,当时乃至此后的几年里,我都认为那时那个男人的目的是想要偷我的钱,因为那天我穿的是一条长及小腿的马裤,他手放的位置刚好有一个口袋,口袋里有几块钱……

天真如我,始终纳闷几块钱至于吗?又百思不得其解。

直到前几年,看到一些"猥亵少女"的新闻时,我才惊觉当时那个人的心理!我不禁后背发凉,原来当时的大人们是知道的,我庆幸没有人说透,也庆幸自己瞒着父母,甚至,有点儿庆幸自己的无知,仅是小偷就让我如此恐惧了,无法想象如果当时我知道"猥亵"这个词时,该会留下多大的心理阴影。

但不论他当时动机如何,我每次回想那只放在我腿上的手,就感到阵阵恶心。实际上,自那以后,我的防备心就很强,走在路上如果感到身后有男人走近,我就会快步走远。

基本上,我已经丧失了对异性的信任。以后不论是问路、打车都会选择女性,甚至看到谈恋爱的男女过分亲近,我都会生出一股厌恶感。

这种情况,在我大学时才得以缓解,因为我终于意识到自己已经不再是当年那个手无寸铁的小孩子了,如果我再遇到那种情况,我不再只会哭,而是一定会勇敢反抗。

其实,初中的时候还发生了一件让我恶心的事。

当时我坐在教室的第一排,教我们英语的是一个四五十岁的独居男人,一年四季穿一身破旧的军绿色外套,一讲到"there be"句型就露出他那颗金牙,紧接着书本上一定会被唾沫星子喷出一个透明的小圆圈。

虽然他不是班主任,但他有一颗班主任的心,喜欢眯着眼睛在班上唾沫飞扬地说"哪哪班的男女生把小麦滚倒一片……"

男生们哄堂大笑,他终于满足地摊开课本,回归到一个老师的身份。

当时我并未发现他讲的"笑话"究竟笑点何在,只觉得他的样子很猥琐。

那时候,很多女生刚来月经初潮,本就有些羞涩不安,也没有人给我们进行青春期性教育,虽然当时的生物课本解释了男女身体构造,但那个担任我们生物课的瘦削老头儿又过于腼腆,上到那一章的时候他竟然跑了,说让我们自己看!于是我们上了几节自习,自学了这一章可能"不太重要"的内容,那时我才了解了生命源自何处。

就是那样傻傻的年纪,也有一些发育早的女生已经出落得比较成熟了。

莎莎是我当时的同班同学,我们小学就是同班了。她在同龄人中很显眼,因为她的个子比我们高,身材又很饱满,我们那时没有校服,牛仔裤穿在她身上绷得紧紧的。

一次晚自习,是英语老师辅导,他翘着二郎

腿坐在讲台边的长凳上，同学们陆陆续续进班，他拿着一根牙签若无其事地剔着那颗金牙，莎莎是最后一个进班的，他望了望她，她低着头从他面前走过，然后走向自己的座位，教室有十排，前后桌和过道都很拥挤，第一排的我甚至常常从桌子底下钻到讲台上出去。

莎莎在后排坐，所以她走得很慢，而我们那尊敬的英语老师——他停住手里正在忙碌的牙签，眼睛直直地跟着莎莎的背影。

不是我想太多，也不是我冤枉他，因为整个过程，我都是那只"黄雀"，他盯着她，我盯着他。

时间已经过去了十年之久，但那幅画面，清晰如昨。那一年，我厌恶他，连同厌恶英语，自然，我的英语成绩也好不到哪里去。

前几年，听说那所中学频频传出男教师的负面消息，我不知道是如何处置的，也不知道那里的中学生是不是跟当初的我们一样，单薄而又无知。

跟朋友谈起这件事时，他说他在那里上学时，有一个体育老师，也是个老头儿，总是让女生去他办公室睡觉，以前年龄小不懂得，现在觉得真是禽兽。

这几年，乡镇中学的学生已经越来越少，大多是留守儿童，父母常年在外打工，据说十几岁的孩子都有自己的银行卡，父母会给他们定期汇款，好像有了足够的钱，孩子就能幸福一样。爷爷奶奶都是本分的农民，他们懂得春天播种秋天收获的道理，却不懂得青春期的孩子也会像小麦一样拔节生长，不论是生理还是心理都会发生一些微妙的变化。

可这是他们的错吗？没有人告诉他们青春期是一生中最美丽的时期，你不用担心自己的与众不同，也不要害羞于自己身体的变化，只管挺胸昂头大步向前走。

没有人告诉他们美丽的花朵也会有自保的荆棘，在危急时刻手无寸铁的你该如何保护自己⋯⋯

一定有过孤独的时刻吧，那无法排解的情绪或许只能一个人咽下去。

但是，女孩，不论有什么意外降临，这都不是你的错。

我们在人生最初所受的教育中都是真善美，这些美好的成分让我们成为一个单纯的没有防备的小孩儿，我们不排斥生活的组成部分的确大多数都是美好的。

但如果有一天，人性恶的一面突然间来临，让人措手不及，那么之前所有对这个世界建立起的信任都可能会瞬间崩塌，这个时候，该怎么补救？

如果在我们很小很小的时候，就能有明辨是非的能力该有多好，即便不能，也应该给我们打一剂预防针，疾病可以预防，伤害或许也可以。

作为一个终将走向大人的小孩儿，我们有权利提前明白这个世界的游戏规则。

如果有人曾告诉我们，不该百分之百信任别人，哪怕是看起来衣冠楚楚的男教师，哪怕是看起来和蔼可亲的邻家爷爷。或许我们就会对外界形成一层保护膜，至少可以对他人心怀戒心，而不是被伤害过后才懂得。

亲爱的少女，如果有人走近你、威胁你、恐吓你、侵犯你，不论是身体还是内心，你都要勇敢一点儿，虽然我知道这对一个十几岁的孩子来说很难，但我真的后悔为什么当初没有打那个人一耳光，哪怕只是狠狠地瞪他一眼，这样也许会让我未来十几年的心里能够好受一点儿。

我只想让你懂得反抗，懂得发声，而不是沉默、低头、忍受。 MM

第一章 | 少女情怀总是诗

伤害，只是你长大路上的一朵小浪花

文◎冬 凝
图◎冷色系

女儿，这几天，我一直回避着不跟你交流这件事，怕回忆再次带给你伤害。可是，原谅我，我还是有很多话忍不住要对你说。

周一放学，你第一时间给我打了电话，说有事跟我讲。上周刚刚进行完月考，我以为你只是通知我你的成绩或者名次。当时我正跟领导以及同事讨论我们项目上的一个重要细节，所以未加考虑武断拒绝。我说："女儿，妈现在有事，晚上回家咱们再说。"

于是你生生地把难受憋到了肚子里。老师在电话里跟我说这事的时候，我真的一无所知，做梦都没有想到这样的事情会发生在我的女儿身上。

老师在课间把你叫到讲台上，想问问你最近不认真、浮躁的问题。因为下节课的英语老师已经到达教室，怕影响英语老师以及其他同学，老师便叫你出去谈。

然而我的女儿，你并未随老师出教室，转身回了座位。

老师说她火气陡起，跟过去高声叫你出去，但你置若罔闻，摆弄着手中的英语卷子不动。在老师暴怒着再三要你出去你却沉默不动的情况下，老师把你拖出了教室。

女儿，作为你的妈妈，我了解你的品性，我不敢相信这是你做的事。

当我诧异地询问你时，你抑制不住地大声哭了。你告诉我，老师第一次要你出去的时候，你并没有反应过来，因为英语老师已经开始布置当堂课的任务，你以为老师要你回座位。然而之后你回到座位，老师跟过去，当着全班同学以及英语老师的面暴怒着再次要你出去时，用了"滚"字。你说，这个"滚"字让你彻底蒙掉，你没法服从也不想服从。

我自知是你的妈妈，自带袒护功能，所以我跟你的同学核实。你的同学为我还原了当时的情形，证实你所说是真实的。她说当时月考成绩刚刚出来，不理想，老师本来就很恼火。

很久，我都没说话。我一时反应不过来该怎样对你说。

我相信你跟老师针尖对麦芒的那一刻，师生二人都忘记了自己的初衷：你忘记老师只是出于对你负责的好意而找你谈话，只听到老师盛怒之下对你的不尊重从而引发你的傲然沉默与抵触；而老师她，也并没有意识到她的学生并非有意顶撞，你只是急于进行下节课的课堂任务，没缓过神来，误会老师是要你回座位。端着老师的身份受到学生如此的不尊重，被不冷静席卷的老师不经意中说出"滚"字，却没有察觉这个字是恶化这场事件的导火索。

于是你们各自偏离轨道，相悖而行。

我懂得你的感受，我的女儿，但我也特别能理解老师，都不是故意的，都不是。

我的女儿，由此，你应该记住的教训是遇事一定要冷静，永远以你的头脑左右你的语言与行为。因为无论哪个人，不冷静地做事都是可怕的。

2

我在了解整个事情之后第一时间向老师道歉。我在我的房间给老师打了电话，打完电话到你屋里，你问我，打完没节操的电话了？

你认为我的道歉是没节操。

然而，女儿，你真的忘了，中考在即，老师为你们操碎了心，强烈的责任心让她一丝一毫也不敢疏忽，白天在学校，晚间在微信群。刚刚不理想的月考成绩让她近乎焦躁，老师找你谈话的初衷只是因为对你好，为你负责。这个时候，女儿，如果我们选择有节操，是去跟老师理论对错还是任由与老师的关系自此僵持？

聪明如你，女儿，你顶撞了老师，我们应该认错。

你弱弱地跟我说，你不想再看到老师，不想上学。

这完全不可能。但我懂得你的感受。

那个瞬间就像一场噩梦一样，会在你的脑海里回放很多遍，回放一次，伤害你一次。然而我的女儿，请相信妈妈的话，这是你长大过程中必须经历的。这一次一次把伤害嚼碎的过程，其实就是你长大的过程，当未来某一天的你，能够把这些曾经认为了不起的伤害拿出来风轻云淡地调侃时，必然会是释然之后的巨大收获。

不过，与此同时，妈妈想告诉你的是，一生那么长，有的伤害与挫折是无法避免的，但像今天，女儿，你完全可以把这个伤害规避掉。真的，可以绕过去。

当老师盛怒着对你吼出"滚出去"的时候，以你的聪明，蒙掉之后用不了几秒，肯定会反应过来自己只是因为没弄懂老师的意思，才惹得老师大动肝火。

此时如果你可以过滤掉老师的"滚"字，马上解释只是因为自己没听明白才回了座位的话，那么再不通情理的老师，也不会继续追究了。

对，妈妈要教给你的是，宽容对方错误的同时，也要及时又诚恳地承认自己的错误。

事情的发生不可控制，但结果圆满与否，取决于你的心量和你的心态。

3

接下来，我要你第二天自己去向老师道个歉。可是遗憾的是，女儿，我话音未落，你的眼泪就不容商量地砸了下来。

我跟你说事实摆道理，你连连点头表示同意。但我再次要你向老师道歉时，你又忍不住憋红了脸大声哭泣。

如此五次三番，我选择了放弃。因为我知道，虽然道理你都懂，可你并没有消化，就是说对于这件事你并没有释然，它像一个毒瘤，硬硬地盘亘在你的心里。

我吻你，抱你，安慰你。我懂你此刻的感受。老师伤了你的自尊。你说你不想上学，不想再看到老师，都是由此而起。

明天你上学的时候，你会觉得每一位同学、每一位老师都在身后对你指指点点，你会想，他们都在说："看，就是这个女生，昨天老师当着全班同学的面让她滚出教室……"

女儿，让我们先来弄懂"自尊"这个词。很简单，从字面上看都看得出来，自尊就是自我尊重的意思，自己尊重自己。换句话说，不就是自己太把自己当回事吗？

可是你又想过没有，你是谁，别人才会在意你，会把那么多时间花在你的身上？反过来想，你在意别人多少？又花了多少时间在别人身上？你的尴尬，其实真的没人在意。你只是把自己看得太重，过于爱自己，太在乎别人的眼光了，不是吗？

当然，我并不是要你不爱自己，适度就好。

被骂几句，实在没什么关系，何况是对你负责的老师。在我看来，我的女儿，遇到这种事情的时候，你最在乎的不应该是别人的眼光，而是明确给予自己一个定位，就是你自己如何评价这件事情中自己的行为。

你错在哪里，对在哪里，是不是满意自己的做法，如果不满意，你应该如何改正，之后着重克服自己的哪几项缺点。把这些弄明白，足够了。

女儿，只有这样你才会不断完善自己，不断进步，一点点成长。即便有人对你指指点点了，那又怎么样？

知道自己的目标是什么，然后坚定而专注地去做。并且做到。其他都是细枝末节，不必看重。

伤害的意义，不是让你沉湎其中，而在于它催

第一章 少女情怀总是诗

生了我们的目标及动力。

我的女儿，妈妈的怀抱只能给你今天的抚慰，这并不是妈妈的本意。我今天可以给你一份安全感，但我更希望教会你，在未来离开妈妈视线的每一天，无论面对什么样的境况，你都可以无所畏惧。

一辈子瞬间而过，很短，可是一天一天走过去，一辈子又很长。

这么长的时间，没有哪个人能一帆风顺地过，今天的事情相比将来你会遇到的沟沟坎坎，只是大海里的一朵小浪花。在那些真正的挫折与苦痛来临时，你可以选择沉溺在苦痛与焦虑中，被残酷的生活压倒；也或者会自我封闭，从此与外界格格不入，但我的女儿，我更希望你可以清醒睿智地把伤害咀嚼，继续平和而微笑着面对当下，追寻自己想要的生活。

也就是说，你需要有足够的心理内存、足够的自我供给以及容纳自己和恶劣环境的能力，才能正常运化你的情绪，去适应，去改变，去掌控自己的生活，去与这个世界和解。

我亲爱的女儿，你可以做到，且会做得更好。妈妈相信你。MM

花样年华，自尊与自爱

文◎谢珊珊
图◎虚镜游灵

花样年华的我们充满着朝气与希望。我们渴望得到别人的关爱，我们期望得到他人的尊重。可怎样才能达到这一点呢？"欲人尊己先自尊，欲人爱己先自爱。"——古人早已给了我们最好的答案——自尊自爱。

自尊就是尊重自己，既不向别人卑躬屈膝，也不容许别人对自己歧视侮辱。自爱就是爱惜自己的生命，爱惜自己的人格，爱惜自己的名誉，树立良好的个人信誉。屠格涅夫说过："自尊自爱，作为一种力求完善的动力，是一切伟大事业的渊源。"可见，自尊自爱是一个人灵魂中的伟大支撑。

自尊自爱于人生十分重要。人生在世，不能懵懵懂懂、马马虎虎地活着，更不能活得让人讨嫌，这就要自尊自爱。知道自尊自爱的人，就会生活得有声有色，让人仰慕，令人敬重。而不懂自尊自爱的人，就只能被人瞧不起。自尊自爱是为了建立和维护自己的尊严，一个自尊自爱的人是有理想、有抱负、有气节、有人格、有个性、有主见、有毅力的人。知道自尊自爱的人，就有了做人的自觉性，他们的行为既不是做给别人看的，也不是别人逼出来的，而是发自内心的一种高尚精神，无论是别人在跟前还是自己独处的时候，都不做一点儿卑劣的事情。

自尊自爱是做人的关键品格，也是美好的生命之花。

自尊自爱是人们在道德实践中表现出来的一种高尚品质，也是道德评价的重要内容。一个自尊自爱的人，总是希望在别人的眼中自己是一个美好的形象，包括外在的美和内心的美，希望时时处处给人以美感，而绝不愿意被人厌弃或视为丑恶。因而自尊自爱能推动人们去创造和维护美，去千方百计地塑造美的形象，成为一个行高于众、德才兼备的人。MM

每个好孩都有自己的花期

身边越发频繁发生的女生遇害案、少女失踪案等敏感事件，不是电影电视剧中戏剧式的展现，而是真真切切地发生在现实中。

在这个越来越不安全的社会，你不知道哪里会潜伏着坏人，你不知道危险会在什么时候突然降临。前段时间，一本小说《房思琪的初恋乐园》引起风议，美女作者林奕含把自己童年遭遇的巨大痛苦付诸笔端后离开了人世。为什么？明明是受害者，为什么却由她来承担这一切？

这种事就像刺，深深戳在所有女性的心上。姑娘们，这一生你们会遇到很多人，你不知道跟你搭话的那个人、主动帮助你的那个人，甚至是你身边亲近的人到底是好是坏。

我们无法看透所有人，我们能做的，只有好好保护自己。你是女生，要智慧而冷静，要勇敢而强大。

以下是女同胞们的亲身经历及自己总结出的女生自保指南，条条都是忠告。

埋在心中的那根刺

文◎华侨大学新媒体工作室
图◎猫　草

@ 仙女一号

当时在路上和同学买东西，看到一个寸头夹克男抬着一辆摩拜单车上人行道，当时跟同学聊天没太注意。夹克男把摩拜单车抬到人行道以后就骑着单车迎面而来，从我身边经过直接上手猥亵。因为单车骑得很快，相对冲击的情况下不仅被猥亵还很疼很疼，我旁边的同学以为我被撞上了，问我有没有事，那个人有没有跟我道歉。我当时气急败坏地说："他是色狼啊。"然后回过神就看到他骑着摩拜溜了，真的骑得很快很快。所以别说什么"揪住他啊""手机拍下来啊"，首先女生力气就比男生小太多了，其次发生这种事你根本没办法反应。至于后续，我买了一大堆防狼喷雾随身携带，还买了报警器（一拉开关就响警报的那种）。然后从那以后看到迎面而来的陌生男子都会下意识地防卫，还有走路就不要玩手机了，不然色狼到你面前了你都不知道。

@ 女汉子一号

一个下雨的夜晚，我一个人回家，有一个三十来岁的西装男，跟在一个打电话的人后面。我以为他俩是朋友，后来西装男在我面前晃了两次，我以为他是忘记拿什么东西了，也没放在心上。大概两分钟后，一双大手拍在我肩上，西装男抓住我的衣服不断向我靠近，还和我说："我喝醉酒了，你能理解吗？"从小练习军体拳和格斗术的我，一个反手就抓住了他的胳膊。虽然力气不太够，但好歹握住了，最后用尽全力用手肘顶他前胸，代价就是外套上用来装饰的两颗小球被扯掉，打斗声和尖叫声引来了人，然后他跑了，我也安全回家了。（仅供参考……萌妹子们还是要注意尽量避免直接和坏人发生冲突！）

@ 仙女二号

有次夜晚回家的路上，那天觉得路上灯还挺亮，就打电话让家里人不要来接了，因为离家也不远。刚挂掉电话，准备过马路，一辆摩托车就停在身边。车上坐着一个染着五颜六色头发的男生，扯了扯我的衣服说了句"要不要上车"。当时的我，吓得不行，那时候四周一个人都没有。我冷冷地说了句："不要！"然后车就开走了，我本以为没事了，没想到那车掉了头又朝我这个方向开来！我立马打通家里的电话，边打边跑，然后躲到某个小区的保安亭里，等着家里人来接……从此我留下了心理阴影，很长一段时间晚上不敢独自出门。女孩子夜晚独自外出真的要注意，能找到人来接就让人来接，千万不要逞能、怕麻烦别人，让坏人有机可乘。

@ 女汉子二号

之前在网上看到，有人假装穿着制服要收你的身份证，说是例行检查，然后骗你的钱。有一次，我在厦门北站候车站那边等着滴滴司机来，当时有两个穿着制服的男人围住我，说让我拿出身份证，要例行检查。当时因为之前看过类似的经历，就没有立马拿出，向路人询问没有人理我，趁着人多我就没有理他们，迅速转身离开了。我觉得遇到这种情况不要乖乖交出身份证，有可能是遇到了骗子，如果人多要尽量往人多的地方靠，找机会躲避他们的纠缠。

@ 仙女三号

那次我和舍友在外面游玩，我看到有个男的一只手拿着手机状似打电话，另一只手却在解腰带。舍友当时离他很近，我赶紧叫她过来，然后两个人快步离开。走了好一段路舍友觉得后面好像有人，一回头发现那个变态就在身后不到一米的地方尾随，几乎快贴上来了！我头皮发麻，差点儿哭着叫出来，舍友拉着我一路狂奔出巷子，再回头就发现那个人出了巷子往另一个方向走了，衣服仍然挡在身前，另一只手已经伸出来了。提醒女孩子尽量不要单独一人出门，尤其是晚上，能拉个男生最好，不行就拉个胆大反应快的女生。如果不小心碰上坏人了，一定不要被吓傻了，赶快跑到人多的地方！这次是被尾随，下次说不定就会遭遇更可怕的事，一个人出去一定要注意安全！

总结女孩子自我保护技巧，这不是老生常谈，而是十分必要！

★ 理智面对一切搭讪，莫让善良捆绑了你
1.出门在外如果有陌生男子来跟你搭讪，一定要理智面对，别为拒绝帅哥的搭讪感到可惜。
2.如果遇到接近骚扰的结识方式，装听不懂、不接对方的话，或戴耳机装聋扮哑。
3.别轻易答应邀约，即使对方是女孩子、老人或孕妇。

★ 盖世英雄还没来，你要保护好自己
1.曾经离开过视线的饮品不喝。
2.别轻信朋友的朋友。
3.事前最好把行程告诉你的父母或信得过的朋友。
4.酒精类饮品一定要适量。
5.别佩戴贵重饰品，财物不要外露。

★ 一个人不坚强的话，软弱给谁看
1.女士包上可以安装防狼报警器，一旦遭遇抢劫时，及时拔下报警器，报警声会引起路人注意，并刺激歹徒迅速放弃抢夺的包。
2.善用随身携带的物品防身，钥匙、戒指、雨伞或高跟鞋都能作为反击武器。

★ 没有"如果不发生"，永远不要低估了现实
1.当怀疑被跟踪时，请相信自己的第六感，马上进入附近的便利店、地铁站等。
2.致电家人、朋友，让他们过来接你，宁愿麻烦，也别抱憾终生。
3.用脚或皮包拍打路边停放的车，触响警报器，引起别人注意。
4.经常变化路线，选光线好、人多的路线走。

★ 还没遇到你，我要保护好自己
1.别行走在靠近机动车道的地方。
2.别一边走路一边听歌或玩手机。
3.手机预设家人或报警电话的快捷拨号键。
4.一个人走夜路时，尽量别像猫一样仪态万千，而是像猫一样警惕。
5.身边有辆车和你并行，害怕包包被抢走的话，就要向车子行驶方向的反方向逃跑。

他人"献殷勤"，一定要小心

文◎周舒予

2014年1月的一天下午，贵州省某县中学刚放学，几个男生正在操场上打篮球。突然，其中一个男生发现操场边上站着一个漂亮的女孩，女孩正和身边的朋友说说笑笑，看上去很开心。

其实这个"男生"并不是这所学校的学生，而是一个十八岁的社会青年刘某，他不过是来学校打篮球消遣的。而被他看上的那个女孩，则是学校里一名刚上初一的女生，名叫小莲。

刘某对小莲颇感兴趣，直接走过去和她搭讪。涉世未深的小莲，被刘某的几个笑话逗得哈哈大笑。紧接着，刘某便对小莲献起了殷勤，又是夸她漂亮，又是说她很能和自己聊得来，小莲听了害羞不已。

刘某见事情有进展，便哄骗小莲想要带她出去玩，同时还信誓旦旦地表示自己一定会照顾好她，保证不让她受委屈。单纯的小莲在刘某的百般劝说下，果然跟着他离开了学校，在天色已晚的时候，走进了一家歌舞厅。

在歌舞厅里，刘某原形毕露，对小莲动手动脚，在小莲表示反对之后，他依然不死心，反而用猜拳游戏哄骗小莲喝醉酒。趁着小莲昏昏欲睡的时候，刘某对她实施了侵害。

等到清醒之后，小莲悔恨不已，但也赶紧报了警。最终，警方将逃回家中的刘某抓获，以强奸罪对其定罪。

俗话说："无事献殷勤，非奸即盗。"大致意思就是，如果有人对我们献殷勤，那么我们就要判断他是不是带有某种目的，这种目的也许是不怀好意的。看看小莲，她就遭遇了"无事献殷勤"，结果让自己受到了无端的伤害。

可是，说句实在话，被献殷勤，任谁都难免会产生心理优越感，进而放松警惕。身为女孩子，本来就喜欢被人捧着、赞着、夸着、"宝贝"着，也会非常享受这样一个过程。再加上我们本来就没有那么多心机，太过单纯，所以几句花言巧语就可能将我们诱骗至陷阱之中。

既然已经知道了自己的弱点所在，我们就该想办法去弥补，要学会辨别他人的"献殷勤"，并能察觉到这些"献殷勤"背后的不良动机，以更好地保护自己。

首先，小心不要落入别人的"糖果陷阱"。

有句话说，"除了父母，不会有人无缘无故对你好"。看上去这句话很俗气，但说得很对，那些无缘无故对我们看上去特别好的人，可能都是想达到自己的目的罢了。

也就是说，当他人不断地夸赞我们的时候，我们不要骄傲，不要心安理得地享受；当他人跑前跑后帮我们做了那么多事的时候，也不要觉得这是对方心甘情愿的表现，最好多想想，如果有可能就多和对方聊聊看，了解他们为什么这样做，以免我们陷入对方的"糖果陷阱"还不自知，最终只能任人摆布。

当然，有些人可能真的是想对我们好，比如那些真心想和我们相交的朋友，那些真的为我们着想的挚友，但我们也要在充分了解这个人的前提下才能接受他的付出，而且对于对方的付出我们也要有所回报。

其次，对于异性的献殷勤要格外警惕。

小莲之所以会遭遇那样的惨境，就是因为她对异性的示好没有防备之心。其实，这也是人之常情。几乎所有女孩子的内心都希望自己是公主，都希望能有人好好欣赏与爱护自己，异性的示好、夸赞、呵护，都会让感情方面更单纯的我们感觉颇为满足，从而卸下防备。

这才是最危险的情况,其实要严格说起来,该对所有向我们"献殷勤"的异性说"不",那些都是花言巧语,有些是不现实的话,不过就是用来哄我们开心的假话。

实际上,我们理应认清自己,了解自己本身的特点,明确自己的长处与缺点,不要轻易就被几句奉承话捧得找不到方向。

其实,要警惕异性的献殷勤很简单,只要他们一开口夸赞,我们就该在心底拉起防线,提醒自己"不要被迷惑"。可以将他的夸赞当成一种聊天的内容,听听就算了,可千万不要太往心里去。如果他趁着献殷勤再提出什么其他要求,我们就要严词拒绝,以免上当。

最后,不要忽略同性朋友的"献殷勤"。

如果说男孩子对女孩子献殷勤多半是有目的的,那么对于我们的同性伙伴献殷勤,很多女孩可能就会忽略其危险性了。毕竟都是女孩子,彼此夸赞吹捧一下也没什么。实际上,有些心怀不轨的女孩恰恰就会利用这时我们的疏于防备而达到她的目的。

比如,曾经有一个女孩,在朋友不断献殷勤之下,答应了朋友的借钱要求,结果将家中的大笔存款尽数送人,最终令她追悔莫及。还有的女孩专门坑骗身边的好姐妹,为了满足自己的私欲或者受了坏人的蛊惑,就对其他女孩献殷勤,用花言巧语和彼此的亲密姐妹关系,来打动身边的女孩,说是带着大家去见识新鲜世界,出去挣钱自己花,结果却是把朋友骗去做不合法的事情。甚至还会将她们送到拐卖者手上,把她们"转手倒卖"。

因此,即便同是女孩,即便彼此是朋友,我们也要多一个心眼儿,别轻易听信对方的花言巧语,凡事多思考,尽量保持冷静和理智。

遇到陌生人搭讪怎么办

文◎张晓峰

少女的防范意识比较薄弱,所以,可能在行走或者出行的时候遇到陌生人搭讪。如果你遇到有不认识的人搭讪,你要怎么处理呢?

1.保持警惕

这是关键的,不管对方出于什么目的,你要做好逃跑,或呼救的准备。

2.不要靠近

陌生人让你看东西或让你指路,这时候,不要与陌生人有过近的距离,要保持距离,对方如果向你走来,你就要反方向拉开安全的距离。

3.可以拒绝

陌生人如果提出一些问题,你无法回答的话,则可以直接拒绝,告诉他,我不太清楚,你可以找别人问一下。

4.观察环境

陌生人搭讪,如果有坏心的话,会找一些偏僻的地方。这时候,你要观察一下环境,看好逃生路线,或者把陌生人往人多的地方引。

5.观察对方

有些人是可以观察出来的。例如,一些外地人来问路,我们可以通过表情、情绪观察,而有坏心眼儿的人可能很淡定或沉稳。

6.不要同情

现在的陌生人也有伪装得好的,尤其是一些带小孩子的妇女,所以,你不能抱以同情心,否则受到伤害的就是你。

7.不跟其走

如果陌生人让你跟他一起走,这时候,要拒绝对方,不要好奇,不要过分热情,远离陌生人,则是远离危险。

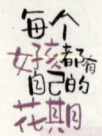

愿纯洁友谊，陪你度过校园时光

文○周舒予
图○繁 繁

异性交往一直是很多老师和父母格外重视的问题，尤其是我们到了青春期，该如何与男生相处，便成了老师、父母最为紧张的事情。但正因为处于青春期，我们的情绪、情感也都进入了一种不稳定的状态，对异性的好奇，导致我们的情感开始萌芽，而对感情的好奇，又会使我们的情感释放得不得当，最终便很容易和我们自认为的"男朋友"一起，跨越友谊的界限，开始一场不合适的感情。

虽然不能说所有自青春期开始的感情都是错误的，但青春期开始的感情是不牢固也是不够真实的。因为青春期的孩子身心都在发生强烈的变化，此时很容易头脑一热就做出不理智的行为，一旦我们不能很好地处理与异性之间的关系，青春冲动的情感火焰，可能就会将我们烧得体无完肤。

也就是说，在还不能很好地把握自己的时候，我们更要理智地与男生相处，不要轻易就打破友情与爱情的界限，而是要让纯洁的友情陪伴我们度过快乐的校园时光。

因此，在和男孩相处的时候，女孩最好记住以下几个注意事项。

1.要与男生分彼此

女孩和男孩是好朋友，这是很常见的事情，就像女孩和女孩之间会有亲密无间的友谊一样，有些女孩和男孩之间的友谊也会变得"亲密无间"，甚至到了不分你我的地步。如果到了这个地步，我们可就要好好考虑一下了。

因为男生毕竟是男生，他们的思维方式和我们是不同的，我们觉得彼此就是"好哥们儿"，但他可能不这么看。尤其是青春期的男生，他们对于女孩所做出来的任何一个看似亲密的举动，都可能产生误解。

因此，别和男生太亲近，要时刻记住他的身份。别动不动就勾肩搭背，表现出彼此的友好，而是要保持一定的距离，彼此间减少不必要的身体接触。同时，说笑间也要留有女孩特有的矜持，可以大方开朗，但不要口无遮拦。衣着也要符合年龄和学生身份的特征，别给男孩留下遐想的空间。

2.多做女孩该做的事情

有的女孩的行为处事可能会偏男孩一些，也很喜欢男孩的游戏，做男孩乐意做的事情，虽然不能说有错，但这容易导致我们迷失自己的性别。可男孩依然能清楚地认识到我们是女孩，他们也许就会误以为我们这些看似大大咧咧的表现，是在向他们示好，这种误解也许会给彼此间的友谊带来冲击。

女孩还是该多做女孩的事情，玩玩女孩的游戏，和女孩子一起说说知心话。可以和妈妈多聊聊，从妈妈身上感受一下女性的魅力。当然，也可以去问问爸爸，看看从他的角度来说，希望女孩应该怎样表现。我们最好还是找回自己身上那独属于女孩的特性，好好表现女孩的特点。

3.最好多结交朋友

多结交朋友，可以让我们更好地协调自己的性别认知，从而使自己更好地把握自己的性别和个性特点。具体来说，我们可以在女性朋友身上感受到女性的特质，也可以在她们身上参考该如何与男孩相处。如此一来，我们也就会在这样的环境熏陶下更好地保持自己的女性特质。

而在男性朋友身上，也可以去感受他们的女生认知，反过来就能更好地调节我们自己的行为，以免给对方造成错觉。

总之，当我们能自如地和朋友交往时，也许就不会因为只和男孩交往而产生错误的友情了。

第一章 | 少女情怀总是诗

没有谁能困住向往蓝天的你

文◎小猿姐姐
图◎虚镜游灵

昨天小猿姐姐收到猿宝（我的粉丝）的一封来信，跟我讲述她在学校遇到的烦恼。

因为户口原因，小丫从外地城市转进老家的一所高中读书。小镇这所学校同学的观念、生活习惯和原来的学校都有着很大的差别，她们并不太追求成绩，而小丫原来成绩本来就挺不错，在考试中逐渐崭露头角，稳居全校前三。

优异的成绩再加上是中途转校生，似乎更招来了同学的嫉妒和冷落。渐渐地，同班同学和舍友开始对小丫冷嘲热讽，甚至是一些言语攻击，小丫做的任何事都会被同学误认为是在说别人坏话。

她觉得同学们都在疏远她，并不断怀疑自己，觉得自己很失败，变得很敏感，特别在意别人的看法，因而成绩也直线下降，现在高三的她非常焦虑。

小丫遇到的苦恼很多同学应该似曾相识，甚至有的同学更严重。

这就是典型的校园冷暴力。

与吵架、打架、斗殴不同，冷暴力的发生是悄无声息的，你很可能遭受过冷暴力，你也很有可能是施暴者之一。

在冷暴力中，施暴者可能是一两个室友或同学，也可能是整个班级；手段包括语言攻击、冷漠敌视、孤立、诽谤等；时间可能是一两周，也有可能是一个学期或几年。

较轻微的冷暴力可能发生在同桌或室友之间，两个人置气几天就和好了，这样的冷暴力影响范围小，伤害也小，并不会带来很大的困扰。

但严重的冷暴力则涉及人员多、范围广、延续时间长，给人带来的伤害也是持久而难以修复的。在从众心理的影响下，很多平时你认为是朋友的人也会站在施暴者的一队，他们从孤立他人过程中获得一种快感、优越感。

校园冷暴力最可怕的地方在于它永远怀着最大的恶意揣度你，认为你做的任何事情都是不合规矩的，甚至是令人所不齿的，在背后无限地议论、咒骂、污蔑一个人。

比起身体上的伤害，这样的冷暴力在心理上会带给人无休止的摧残，如果持续时间长，甚至会造成无法挽回的后果。曾有统计，曾受到校园冷暴力的人群犯罪率会比正常学生高出很多。

以下就是一个真实的故事。

7月10日，当其他同学兴高采烈地参加结业典礼时，十三岁的小学毕业生秀秀却永远离开了人世。秀秀给自己的班主任写了一封信，但直至自杀都未发出。

"班里的同学在和我闹矛盾时会不屑地说：'考六七十分的差生！'"从秀秀留下的遗书来看，这不是偶然的一次、两次，也不是个别同学这样待她。本是鲜花即将绽放的烂漫季节，本可以与同伴无忧无虑地嬉笑打闹，可同龄人一而再、再而三地讥笑与讽刺，使原本性格就内向的秀秀背上了沉重的心理包袱。

终于，她在一段时间拼命努力，却仍然考不到高分的情况下，选择了自杀。她在留给父母的遗书中这样写道："我是个差生。""我死了可以帮你们节约10万元。"

早在20世纪，联合国教育会议就留下了一个推论：

21世纪就要到来，全世界面临第一位的挑战，不是新技术革命，而是德育问题。如果教育不懂得关注孩子的交往能力与做人态度，那么孩子就有可能产生"非人化倾向"——失去了人性而像机器一样运转。

校园冷暴力不仅仅来自同学，老师也可能是隐藏的施暴者。

知名心理学家、作家毕淑敏就曾坦言遭受过来自老师的冷暴力。

毕淑敏十一岁时个子很高，在班级很抢眼。毕淑敏的音乐老师，不知为什么，这位漂亮老师左看毕淑敏不顺眼，右看毕淑敏不舒服。她当着同学们的面，把毕淑敏赶出学校里的合唱队，斥骂毕淑敏是一粒老鼠屎坏了一锅汤。

从此，毕淑敏就不会唱歌了。

这位音乐老师还曾愤怒地打量着毕淑敏，呵斥道："你小小年纪，长这么高个儿干什么？"

毕淑敏吓坏了，她无法把身高再缩回去，只能弓起身子弯着腰，希望能够让老师满意。此后，毕淑敏从少女到成年，都保持着这个难看的姿势。

老师在学生时代有着"一人之下万人之上"的权威感，学生都以能得到老师关注为骄傲，老师的一举一动都像风向标影响着学生，而在全班面前公开批评、羞辱一名同学，有时无异于"公开处刑"。

好的老师却也能在冷暴力中救学生一把。

在《我是演说家》中，一位男孩在舞台上讲述了他的故事。

站在台上，从他一开始说话就能明显地感受到他的特别之处，用很俗而且有点儿贬义的话说就是，他很娘。

他说，自己的说话做事方式从中学开始就一直是这样，但是自己是个绝对的男子汉，不管别人怎么说。

因此，在上学的时候他也是遭受排挤的那个，所有男生都不愿意和他玩，女生也觉得他奇怪，背后被戳脊梁骨、当面被嘲笑是常有的事，甚至有一个老师也因为看不惯他，每次上课都会故意刁难他，甚至对他进行人格上的辱骂。

他说，每个人天生就是不同的，为什么一定要因为别人的眼光而把真实的自己藏起来呢？

他很有勇气，但是在所有人都不认可、鄙夷的眼神中一直坚持自己，也是一件非常难的事，一时间，他也对自己产生了怀疑。

"幸好我遇到了这位老师，她也是我的班主任，如果没有她，就没有现如今自信的我。"

这位老师是唯一一个没有因为他的行为而区别对待他的人，很难得。

在班里对他的排挤到了非常严重的时候，他的班主任对他说，你可以坚持自己和别人不一样，但是你也要学会如何和这个社会以及社会中的人相处。

讲到这里，他有些哽咽，这句话对于他就是黑暗中一盏明灯，他懂得了要在社会和自我中寻找平衡。他说，如果没有老师的指引，也许他会再痛苦好几年。

他说，在冷暴力的承受者中，自己算是一个心理承受能力较强的人，但每每回想起被孤立、诽谤、嘲讽的日子，心中的痛依然难以平复。

"我不知道心里的这道伤痕多久能够恢复，也许等到我足够强大吧。但我想说的是，作为一个中学生，很少人能有足够的承受能力，我希望用我的亲身经历告诉大家，不要忽视身边的冷暴力，遇到问题及时处理，更不要当一个冷漠的施暴者，因为你无法想象，小小的举动会给一个人的心理带来多大的伤害。"

男孩是学跳舞的，演讲最后，他表演了一段爵士舞，很自信，很美。

听完他的故事，我们觉得很庆幸，他将冷暴力中受到的伤害降到了很低。

但并不是所有人都能像他一样幸运，能够遇

第一章 | 少女情怀总是诗

到一位好老师，有自我调节能力。往往很多遭受冷暴力的同学都会自我怀疑，就像开头提到的小丫，觉得自己做什么都不对，变得敏感、多疑，分外在意其他人的眼光，承受了巨大的心理压力更无心学习，更严重的甚至像秀秀一样选择轻生。

小猿姐姐希望所有的孩子都不要遭遇这样令人难过的事情，但是这种现象在学校中很常见，而很多学校都没有心理咨询条件，遇到此类情况时应该如何正确面对呢？

首先，心理上正视这个问题，而不是一味地逃避。

如果让你宽容那些孤立你的人，恐怕是非常困难的一件事。对于他们，你心里更多的是仇恨，甚至想如何能报复他们。你始终憎恨他们，你只能独自承受这份痛苦，你会习惯他们的存在，把一切问题都归咎给他们。

可是你要知道，不能让一次苦难毁掉你的一生。

你要改变，第一步就是宽容，正视曾经的校园冷暴力事件。它是一群涉世未深的青少年所做的伤害行为，你要做的不是报复他们，而是调整自己，不然你与他们又有何异？

其次，重新建立自信。

经历校园冷暴力的同学都会深度地自我怀疑，每做一件事之前都会考虑是否正确，会不会让人误会，潜意识怕自己的行为引起别人的不满。渐渐地，你对自己的所有的认知全部来自别人的评价和看法，而失去自我，刻意迎合其他人而非做自己，也会越来越痛苦。

这是校园冷暴力带来的非常严重的后果，你必须学会克服它。

你要尝试做出自己独立的判断，一件事到底会不会给别人带来不便？是否符合情理？并不是迎合了其他人的做法就一定正确，因为你迎合了一个人的同时，有可能造成另外一个人的不满。

在没有伤害到别人的情况下，按照自己的想法做事，不必承受别人的谴责，如果被指责参照上条。

在这段或短或长的难熬的日子里，能有一个真心的挚友，能够帮助你更好地走出来。

真正的好朋友不一定是处处认同你、对你点头称赞的人，他是会在你犯错误的时候为你指出，在你不知道怎么办的时候帮你出主意的人，他可能对你并不是完全认同，但是他会真诚地提出自己的建议。

遇到这样的人一定要好好珍惜。

但如果你没能遇到这样一个人，也不要惧怕独自面对。

比起努力用笑脸迎合孤立你的人，或是把所有的责任都推卸给别人然后自暴自弃，坚守自我，在关键时间去做最正确的事，才能在将来的日子里不后悔。

我见过一个女孩子，她高三的时候也经历了这种苦难。

她说："我不知道自己到底做错了什么，但是在最后的一年里，我的目标只有一个，就是考上好大学，高考的时候又不需要别人帮我答题，我干吗非要求着她们？"

她一个人学习、一个人吃饭，尽量避开不喜欢她的同学，干什么都是一个人，她不断充实自己，让自己没有时间去胡思乱想。

在那段日子里，她的成绩反而上升得很快，最后如愿以偿，进入了不错的大学。

在大学里，她有了一片新的天地，有了很多新的朋友，很快乐。

也许有时候并不是你做错了事情，只是和一些人性格不合，世界上的人千千万，你的性格绝不会和每个人都融合。

而在中学里，圈子就那么一点点，你别无选择，可当你出来之后就会发现，其实你完全可以有一个自己的舞台。

电影《肖申克的救赎》中，主人公安迪蒙冤在监狱里待了二十年，但是没有什么能关得住他，他注定是要飞向蓝天的鸟儿。

你也是，每个人都没有理由被摧毁，我们都值得更好的未来。

校园冷暴力，也是人一生苦难的一种，它只是你人生的一段弯路，你不能无视它在歧路上越走越远，你必须从弯路绕一个圈子，让自己走回来。

虽然不容易，不过要说这事情有一点儿好处，那也是一旦你经历了，你走出来之后，其他苦难你也可以从容面对。 MM

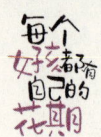

走开，令人讨厌的骚扰者

文◎染 染

对于青春期的女孩来说，一定要注意防范骚扰，面对骚扰要正确处理，那么骚扰到底是什么？我们又该如何面对呢？

骚扰是一种不受欢迎而且带有不正当意识的接触。如果一个人用各种方法去接近另一方，另一方不喜欢、不愿意接受这些带有性意识的接近，都可以叫作骚扰。

女孩常见的骚扰有以下几种形式：

身体的形式：不必要的接触或抚摸女孩的身体，故意擦撞、紧贴女孩，强行搭女孩的肩膀或者手臂。

言语的形式：故意和女孩谈论不健康的话题，例如，讲色情笑话、故事等。

非言语的形式：对女孩吹口哨，身体或手的动作具有暗示，用色眯眯的眼神看女孩，给女孩看色情书刊、海报。

一些骚扰情景：

1.电话骚扰

骚扰方式：通过打电话，"你怎么忘了我？""你怎么会不认识我？"对方会想尽各种理由跟你闲聊。他很有可能会一而再、再而三地打电话。

处理方法：遇到上述情况，最好不要用激烈的言辞反唇相讥，应该用严正的语气说："你打错电话了！"若对方是个经常骚扰你的陌生人，只要他打进电话，应该马上挂电话，不要理他；或者告诉他这部电话装有追踪器或录音设备。最后，要记得告诉父母事情的经过。如果对方要到家里来，马上报警处理。

2.收到糟糕的物品

骚扰方式：公交车上赠送与男女有关的礼物或展示色情刊物。

处理方法：不要畏缩或偷偷将其处理掉，要用坚定的语气向对方说："你的行为实在无聊，若你不收回，我会投诉。"并将事情转告其他相识的人，留下物品作为证据；消除贪小便宜的心理，不要轻易接受异性的邀请与馈赠。

3.交通工具内遇到骚扰

骚扰方式：遭遇故意抚摸或擦撞。

处理方法：对于有骚扰行为的男性，千万不要退缩或不好意思，可以大声斥责："请将你的手拿开！"可以狠打其手，也可以告知同行的伙伴，引起公众的注意，使侵犯者知难而退。

对情节恶劣的可报警；如果穿了高跟鞋，可以毫不客气地使劲儿踩他的脚。

4.受到大人骚扰

骚扰方式：个别品行不良的人对女生假意"关心"和"照顾"。

处理方法：最好不要单独去，有可靠的同伴陪伴，更为保险；如果遇到骚扰应该明确地表明，你不喜欢他的言行，并提出警告。若事情没有好转，或被对方威胁，应该向家长和学校寻求帮助，或者向有关部门报案，未成年人可以申请法律援助，并可由父母和律师代理出庭。

另外，女孩在日常生活中，要尽量避免穿露背装或超短裙之类的衣服去人群拥挤或者僻静的地方。

去公园或者在比较陌生的环境中，要多留意身后是不是有不怀好意的尾随者，要尽早躲避开他们，去人多的地方。

晚上尽量不单独出门，独自在家要关好门窗。

如果遇到有人对你骚扰，一定要及时地回避和报警，这并不是丢人的事情，你要有自我保护意识。

如果没办法躲避，一定要大声呼救，以免遭受伤害。万一受到了严重的侵害，应尽快去医院检查。女孩们一定要学会保护自己，爱惜自己。MM

第一章 | 少女情怀总是诗

1. 不要让对方觉得你是孤身一人

结伴出行,遭受伤害的概率当然会大大降低。但是这又不太现实,毕竟没有一个人能够做到和你形影不离,一刻也不分开。

那么退而求其次的办法,就是不要让对方觉得你只有一个人。

我的朋友小媛晚上独自打车回家。在车上,她感到司机总是不怀好意,偷偷地从反光镜里看她。她心里害怕,但住的地方本来就偏僻,这时又不敢叫停,独自下车。

于是她灵机一动,假装给室友打了一个电话:"我已经在车上了,几分钟后就能到家,记得给我留门啊。对,是出租车……车牌号码?我已经发到你的微信上了。"

其实她平时自己住,根本没有室友。上车的时候她也忘了拍下车牌号。但是假装打过这通电话以后,她发现司机老实了许多,最后把她安全送到了目的地。

2. 时刻留存证据

虽然最后小媛安全回家,但她仍然心有余悸。

此后每次打车她都会事先拍下车牌号码,并且真的发给朋友或家人。因为万一遇到危险,这就将成为最重要的线索,她获救的时间将大大缩短。

表妹大学毕业找工作,每一次面试,她的妈妈都要她发过来具体地址,甚至要求具体到房间号。

表妹开始觉得很麻烦,但后来看到有女孩面试遇到骗子,进而遭遇不测的新闻,就每次都乖乖地把信息发送到小姨的手机上。

或许发生危险的概率很低,但小心一点儿,总不是坏事。上面列举的那些伤害事件,无一不是意外发生的随机性事件。

你要知道,即使发生危险的概率只有万分之一,可是一旦遇上,对于自己和家人来说,就将是百分之百的悲剧!

3. 姑娘,请你拥有理智的善良

还记得那个扶孕妇上楼,却被孕妇的丈夫杀害的善良的女中学生吗?德国留学生李洋洁,也是因为想要帮助别人,而被别有居心的人残害。

有些人正是利用了女孩子的善心进行欺骗,这种美好的品质,却成为她们最致命的软肋。

不是女孩子们不可以善良,也不是要大家拒绝帮助别人。但是姑娘,请你在善良的同时,也一定保有清醒的理智!

比如,遇到需要进入陌生人家里的求助,就应该有所警觉。提前问清楚状况,不要轻信别人,哪怕对方是女性或者孕妇。所到的地方,都要拍照留下证据。

最好的办法,是帮对方寻求第三方的帮助。比如孕妇说肚子疼,最好的方法是帮她打电话给家人,或者帮她叫救护车。这样既能让对方得到最有效的帮助,又可以在最大程度上保护自己。

善良的你,
请拾起戒备之心

文◎番 茄
图◎神笔画室

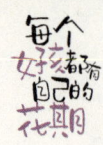

1.时刻牢记安全，随时随地警惕

一个女性朋友和我说，有次她一个人去逛商场，正好碰到一家美发店开业。推销员一个劲儿地夸她人美气质好，并且说开业做活动，可以给她很大的折扣。

她原本也想做头发，鬼使神差地跟着推销员走了，发现美发店在商业街后面一条偏僻的小巷子里。刚进去她就后悔了，因为理发师连同所有的服务员在内，清一色的都是男性，甚至连一个女顾客也没有。

她当即慌了神，坐下几分钟，就借口还有事情逃开了。想想真是后怕，如果当时真的遇到坏人，她一个女孩子面对十几个大男人，连挣脱的力气都没有。

后来她反思了一下：自己平时有固定光顾的理发店，一般不会轻信这种推销，更不会轻易地和陌生人走。但那个推销员实在太会说话，让她产生了信任感，以至于在非常放松的状态下，失掉了戒备之心。

所以，学习一千条应急的方法，都不如始终铭记一点：女生在外，要有安全意识，始终保持理智。遇到事情多想一想，这件事是否可能会对自己造成危险？

这个世界对于女孩子而言，有时候并没有想象中那么友好，甚至时时刻刻充满了危险。

我要为每一个身处复杂的世界中，还能翩翩起舞的姑娘点赞。最勇敢的一件事，是无论这个世界多么不堪，仍然相信美好的存在。

既可游刃有余，又当小心翼翼。你们每一个人，才是真正的正能量女神。🅼🅼

潜伏在身边的危险

文◎乔 乔

女性作为弱势群体，可能会面临各种危险。少女天真、乐于帮助他人，很容易被不法分子利用或者伤害。所以教育孩子注意性保护刻不容缓。为此，专家提出如下十条忠告：

1.让孩子明白自己的身体任何人都无权抚摸或伤害，受到侵犯应向信赖的成年人和警察求助。

2.孩子外出，应了解环境，尽量在安全路线行走，避开荒僻和陌生的地方。

3.晚上女孩外出时，应结伴而行。衣着不可过露，不要过于打扮，切忌轻浮张扬。尤其是年幼女孩外出，家长一定要接送。

4.女孩外出要注意周围动静，不要和陌生人搭腔，如有人盯梢或纠缠，尽快向大庭广众之处靠近，必要时可呼叫。

5.女孩外出，随时与家长联系，未经家长许可，不可在别人家夜宿。

6.避免单独和男子在家里或宁静、封闭的环境中会面，尤其是到男子的家里去。

7.在外不可随便享用陌生人给的饮料或食品，谨防有麻醉药物；拒绝男士提供的色情影视录像和书刊图片，预防其图谋不轨。

8.独自在家，注意关门，拒绝陌生人进屋。对自称是服务维修的人员，也告知他等家长回来再说。

9.晚上单独在家睡觉，如果觉得屋里有响声，发觉有陌生人进入室内，不要束手无策，更不要钻到被窝里蒙着头，应果断开灯尖叫求救。

10.受到伤害，要尽快告诉家长或报警，切不可因害羞、胆怯，延误时间丧失证据，让坏人逍遥法外。🅼🅼

第二章 无处安放的青涩少女心

花季的少女举手投足间带着一股青涩，纯净得像清晨的露水，像山间的晨曦。

"少女"这个词，大概可以列为这个世界最美好的词之一了。

而越是青涩的少女越会有一颗敏感而脆弱的少女心，她们会默默地躲在角落，会因为不够出众的外表自惭形秽，会因自己衍生出的嫉妒心、虚荣心，甚至是叛逆心感到愧疚。

但她们仍旧是独一无二的天使。

那些蔓延在心中的敏感终会成为羽翼，帮助她们穿过迷雾，拥抱阳光。

第二章 | 无处安放的青涩少女心

在这个夏天天荒地老

文◎夏 迁
图◎猫 草

1.姜花总是和夏天一起出场

在父母离婚的第二年,路野走路就开始低着头,好像一只永远不会再抬起头来的鸵鸟。那天,她在花贩那里买了一束姜花。

一块钱一束,一束四朵,她买了五块钱的,高高兴兴地捧了一束走在街上。街道干净,空气干净,心也很干净。捧着一大束花的女孩,不管是玫瑰还是姜花,都应该有故事要发生,或者即将发生点儿什么故事。

她把头仰起来,看见湛蓝的天空,还有不知道谁丢的一个粉红色的气球,正在树顶上挂着。

她在一个露天篮球场停下来,看到一个穿麦秸色衣服的男生在打篮球。

她站在那里看了很久。这个男生是昨天才转来他们班上的,叫秦商,他自我介绍时,她就坐在自己的座位上,静静地看着他。他转身在黑板上写下了自己的名字。那个名字一笔一笔地写进她的心里。

他跑过来隔着铁丝网和她说话。她不敢看他的眼睛,但是凭感觉,她知道他在微笑。

那些对话都是一些烦琐的问题,比如班长的姓名,任课老师的脾气。

其间她一直低着头。最后,她从那束姜花里抽出一朵,小心地从铁丝网的网眼里塞进去,怯怯地说:"送给你。"

她不经意地抬起头来,就看到了那双眸子,在夏天的空气里,夹杂着一丝姜花的香味,忽然就把她心里的那扇门给推开了。

2.是没有资格还是没有勇气

在她生日的前一天,秦商把一个小小的东西塞进了她的书包里,她在窗户外面看到了。

那一瞬间,她的脸有些燥红。她假装剥着窗户上长出的绿苔,心却惊得快要蹦出来。

放学时,她恰好听到有女生在谈论秦商。他家中很有钱,家庭美满。

那时候,她的心开始下沉。她想到了自己离异的父母,头像鸵鸟一样埋了下去。

秦商送给她的是一个小小的香囊,她小心地打开时,看到里面放满了纸折成的星星。纸上有花的味道。

她把星星摊开,看到了里面写的东西。

看完以后,她笑了。

笑完之后,她又有点儿忧虑。最后,她不动声色地把香囊还给了他,里面写着:我不够优秀,不能成为你的朋友。

第二天,秦商在她家门口拦住了她。他固执地要把生日礼物送给她,她说什么也不肯要,于是两个人推推让让的,直到她的母亲在楼上轻咳了一声。

她大惊,赶紧跑上了楼。上楼梯的时候,她对他挥手说:"你快走吧,快走吧。"秦商固执地不肯走,最后说了一句:"和我成为朋友这么难吗?"她走上楼的脚步微微减缓。那一刻,她有些动摇。

可她是个自卑的孩子,她因为自己的家庭自

051

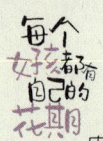

卑，怕不够优秀的自己遮挡住他的光芒。那时候，她就明白秦商与自己之间的鸿沟无法逾越了。

3.我想和你成为朋友

在高考填报志愿的时候，秦商和她填了同一个城市的学校。她的成绩优秀，可是秦商的成绩一般。她在重点学校中挑了又挑，而他在三本和专科里固执地填了和她一个城市的。谁都看得出来秦商的执着，看出他想要走近这个敏感的少女。她却假装什么都不知道，高考成绩下来后，她的成绩让所有人都觉得意外。母亲总觉得是自己的离异影响了她。

她去了一座很远的城市读三本，和秦商上的那所学校天各一方。启程那天，秦商在她家楼下叫她的名字，她没有下去。

走的时候，她是从另一扇门走的。远远地看到秦商的背影，她的眼泪就滚落了下来。

她开始觉得自己的命运是不可逆转的，始终荒凉，始终悲哀。

她在大学里更加自卑，甚至卑微得有些自闭。她不喜欢出宿舍楼，连平时在校园里转一转都不愿意。大家都觉得这女孩子很奇怪，总是觉得她有满腹的心事，不愿意讲出来，像一个脸上写满了悲伤的玩具，却不知为什么被做成这样哀伤。

那天她正在刷牙，一嘴的泡沫时，就听到电话响了。

寝室里没有人，她们都出去了。于是她急匆匆地跑去接电话，听到了秦商的声音。

她的眼泪"唰"地就落下来了。

秦商问："你为什么在高考过后，就一直躲着我？"她没有回答，只是不停地落泪。

秦商又说："我问了很多同学，才问到你的电话。我说过要和你成为朋友，你以为我不会吗？"

她想说些什么，可是话到嘴边，又被生生地咽了下去。她就一直在听他说，絮絮叨叨地说着他在大学里的生活，他班上的女孩、寝室里的男孩。

她很安静地听着，一如他第一天进教室自我介绍的时候，她坐在下面静静倾听的样子。

秦商每天都给她打电话，他给她讲他身边发生的事情。每次电话结束的时候，他都会等待几秒。她知道他在等什么，可是她不敢说，不敢负担，不愿意让他知道实情。

如同置身于假面舞会，对方已经伸出手来，自己却迟迟不肯接过。

4.姜花在这个夏天天荒地老

秦商依旧给她打电话。

后来，秦商对她讲起班上的一个女生。他说："你知道吗？她可胖了，班上的男生常常猜她的体重。她该去减肥，太胖了真的难看。"

她忽然就怔了一下，再也没有说话。

秦商依旧给她打电话。

可是她再也不接了。她的室友偶尔帮她去接，她就躲得远远地向她们打手势，让她们告诉秦商，她不在。

没过多久，秦商就从她的联络簿里消失了。

假面舞会上，伸出来的那只手，终于还是累了。不管再怎么笃定，还是有疲累的一天。

秦商消失后，她又从一个花贩那里买到了姜花。她捧着花走回学校，很大的一束，路上的人纷纷侧目。

她到宿舍后，把花插在了几个瓶子里，整个房间里都是姜花的香。

这四年里，每到夏天，她都会买回花来插在宿舍里。

毕业后，她没有回去。她在一家私企找到了工作，是一个小小的会计。她在用电脑的时候，可以上网，然后进入了高中同学录。

她联系到了大多数高中的同学，唯独没有联系到秦商。她听他们说，秦商就快要结婚了，未婚妻是一个知书达理的女子。

又是一个夏天，冗长，闷热，孤独。

天黑之后，她下班了。在经过一家服装店的时候，她久久地驻足，惆怅地看着里面那件麦秸色的衣服。这种颜色让她想起了一个人。想起那个夏天，她一直在躲着他，不是因为她没有考上理想的学校，也不是因为她不喜欢他。

是因为她病了，一个夏天的激素治疗，她忽然长胖，胖得连行动都变得迟缓。

她一直都是自卑的，敏感的，脆弱的。她很早就明白了，自己最好的状态就是一个人生活，如同姜花的花语，永远将记忆留在夏天。

这样就可以天荒地老。永永远远地留在两个人年少的记忆里，充盈着今后的生命。MM

第二章 | 无处安放的青涩少女心

青春期不美

文◎西瓜姑娘

我总是羞于提起自己的青春期，很显然，和各种青春电影小说及歌曲里白衣飘飘的十六七岁完全不一样，也和很多人光彩照人的青春期不一样，我整个青春期都在灰头土脸地学习和读书。

我好像讲过一个童年的故事，学前班的时候，我还是个爱漂亮的小女孩，天天穿花裙子去上学。直到有一天，我穿了条白色的公主裙，班上一个女孩和其他人窃窃私语："啧啧，你看她好恶心，超臭美的。"大家都笑我。一个小女孩受不了这些。后来我一直到高中都很少穿裙子了，因为怕别人嘲笑我。很长一段时间，我以美为耻。

高中我曾经穿着肥大的运动裤，去篮球场看崇拜的学长打篮球，也递过卑微的小字条——"好喜欢你哦！"当然没有任何回应，没有人会想对穿着肥大运动裤和维尼熊卫衣的女孩有回应。这是我后来才明白的事情。

那时候没有空气刘海儿，也没有长发披肩，更没有白衬衣、格子裙、半截袜黑色小皮鞋的校服。青春期真的像文艺作品里那么美吗？至少对于我不是。我整个青春期都在和自己拧巴较劲，我不喜欢自己，不安于现状，但现在回想起来，那时最好的事情是：至少还有一丝幻想尚存——面对现实，可以不知廉耻地举起一块叫作"等我长大了"的遮羞布。那是我忍受所有东西的唯一慰藉。那些文艺作品在我们缅怀青春期的时候给了一个不好的指向——我们想起的全是好的故事，然而那就像一部烂片中间的广告那么短，那些吉光片羽，根本不值一提。

真实的青春期实在是不美。我见过和经历过太多故事。真实的青春期充斥的都是混乱、迷茫、自卑、嫉妒、幼稚、不知所措以及不断的自我否定和自我重建。

是的，每天都和自己争吵，和这一知半解的世界对抗。

我见过校园暴力，遭受暴力的那个女孩很久都不敢和任何人说话。而在我们学校，也发生过校园暴力，一个我认识的女孩，被一群打扮时尚的女孩子围堵。每当这件事被提起，我总想起，那个女孩脸特别白，瘦弱，说话轻声细语。

我总记得一个画面，每天放学，走到学校门口，总有一群吊儿郎当的同龄人站在马路边"谈笑风生"。那时候我总是很害怕，低着头从他们身边走过。心智未成熟的小孩儿，不懂得"爱""宽容""克制"以及"珍惜"这些词的含义，实在很难干出类似电影里美好的事情。

我青春期唯一能称作美好的回忆，是初中默默暗恋的男孩。他那时候很好看，转校生，弹钢琴、打篮球、不爱说话。学校很多女孩提到他的名字就会尖叫。我仰慕他，奇怪的是，他似乎也有一点儿喜欢我。那时候，我不会打扮，不穿裙子，不会折腾自己，仅有一些勉强算是真诚的感情，和其他人并无二致。

后来很多人跑到我们班来看，这样一个男孩喜欢的姑娘是什么样，据说都是说着"天哪，就这样？凭什么"便回去了。那时候，他把尹丽川的诗抄给我：你一定感觉得到，你虔诚勇敢的表情，就像一块油漆未干的牌子。谁都想在上面，按一个手印。

后来我们再无交集，偶尔看到他的动态，竟然也泯然众人。但我很感激自己的幸运，让我在提起不美的青春期的时候，能有拿出来可以满足虚荣心的部分。

但我从不以我不美的青春期为耻。那段不美的青春期，我读过的书，比我上大学后到现在都要多，我没有为感情轰轰烈烈地流过眼泪，却在午夜读王小波的时候偷偷躲在被子里哭——"原来真的有这么自由美好的灵魂"。而青春期的各种未实现，都在我后来的日子用更完整的人格加倍地补偿了回来。

不是所有人都有完美的青春期，也不是每个人的青春期都阳光灿烂，无忧无虑。我后来明白了，若未经历过迷茫的日子，永远不会懂得如何跨过迷茫。未曾和自己较劲过的人，也无法战胜自己。

木马有首歌叫作《她是黯淡星》，谢强唱："我们有形体，并非不美丽。"这首歌送给所有对青春期有遗憾的人。

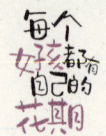

胖姑娘的青春期

文◎闫晗

我小时候,身体一直是十分轻盈的,万万没想到,初中的最后一年开始发胖。

那一年,我处在发育期,每天都饿且馋,饭后还能塞进一个椰蓉面包或几块"蜜三刀",结果是个头儿长得不够高,宽度却增加了。

直到妈妈给我照相,洗出照片来,我才不寒而栗:那个胖子是谁啊?

照了照镜子,发现自己像充了气一般鼓起来,粗胳膊、粗腿、大圆脸,亲戚看见我都惊呼:"怎么胖成这样了?"

我曾经想通过跑步让自己瘦一点儿。

跑了一段时间,有一天偶然听见一个晨练的中年男人大声跟同伴说:"这个小姑娘真有毅力。"

我没有受到鼓励,反而因为被人注意到而感到羞赧,不再坚持了。

我妈总觉得胖点儿无所谓,口头禅是"健康就好",她把对我的爱主要放在食物里,每当我显露出要减肥的想法时,她就会很惊慌,把减肥这件事说得极其严重,一定要说服我放弃这个可怕的念头。

她希望我朴素健康,好好学习,不要讲究穿戴。

长得好看容易受到诱惑,做个审美差、生活俭朴的胖子是一件令父母安心的事情——连早恋的可能性都没了。

有一次上体育课,自由活动时,女同学围在体育老师周围,叽叽喳喳地讨论玩什么游戏,气氛民主而友好,一贯沉默的我也活跃起来,随口提议说:"我们玩球吧。"

中年体育老师散漫地瞄了我一眼:"还玩球,我看你就像个球。"

这个调侃突如其来,寒意也如五行山一般沉重地压过来,让我心里一凉。

那一天,我默默想了很多。

除了反思自己的体形之外,我也想起了成长中遇到的其他胖女生。

高中时,有一个块头很大的女生,据说是小时候生病服用的药物里有激素的缘故,她胖得真的像个球,走起路来脚步都有点儿沉重,晃晃悠悠的。

虽然没有接触过,但人人都知道她的名字,她是学校里最出名的人——并不怎么正面的出名。

我时常听见班里的男生吵架时说:"你娶了那谁谁吧,你喜欢那谁谁吧。"

他们彼此都觉得这是极大的羞辱。

就因为她胖,和她的名字联系到一起都显得无比羞耻。

高一时班里还有个很聪明的女同学,皮肤黑,身材矮胖,穿着有些土气,因为聪明而有些强势,请教她数学题时,她会流露出一种骄傲感。

我觉得这骄傲是应当的,但后排的两个男生很反感她,原因是"长得黑胖丑还矫情",并给她起了外号"猪鼻子",私下里对她的外表极力嘲讽。

他们坐在我的身后,每一句嘲讽我都听得清清楚楚。

那个女同学有一次跟我说,初中时她妈妈给她缝了一套白色的短袖短裤,作为一个胖子,她穿起来显得体积更大了——白色有膨胀感,又很惹眼,这是我后来才知道的穿搭常识。

老师叫她到黑板前做题时,莫名其妙就引发了同学们的哄堂大笑。

她说:"我妈缝的衣服也并不是太奇怪,款式简单的圆领短袖衫,如果是瘦的人穿就还好。"

说这话的时候,她坦然地笑着,对自己的胖似乎很接受,也并没有感知到其他人对她的恶意——我希望她不要知道。

作为一个胖子,青春期太过艰难,从那时起,我知道了世界上存在着无端的恶意,有些事并没有确切的为什么,它只是存在或发生了。

没有遇到的人,不过是侥幸成了一个"普通人"——他们成绩中等,没有被孤立、被歧视过,这才是理想中的普通人吧。

第二章 无处安放的青涩少女心

谁动了你的情绪奶酪

很多生性敏感的人，都有被动受伤的体验，时常会问自己这样的问题：他们怎么可以如此对我？为什么受伤的总是我……当你情绪脆弱、心如玻璃般易碎的时候，有没有想过，所有这一切，真的都是别人的问题吗？

都是"被动"惹的祸

具备玻璃心的人，多半把自己放在被动接受的层面，喜欢被人夸赞、被人肯定，一旦被动期望没有被满足，就会产生心理落差，就会有种被忽视、被否定、被伤害的被动性负面情绪。

知心话：你的情绪遥控器不在别人手中，而是在自己心中。在情绪"受伤"的时候，反思一下，你是不是把自己的位置搞错了？谁动了你的情绪奶酪？不是别人，是自己。过于自我才是这一切烦恼的根源。

别人怎么看并不重要

玻璃心其实可以和不自信画等号。出众的才华是把双刃剑，因为有才华，所以易出位；因为易出位，所以容易被聚焦，也就迫切需要被肯定、被认同。其实别人重不重视、认不认可，真的那么重要吗？一个充满自信的人通常会是一个内心强大的人。受得了挫折，挨得起批评。因为不管你自不自信，生活就在那里，该来的要来，该走的留不住。想要让别人记住你，与其努力刻画，不如顺水推舟。

知心话：当你觉得自己处在别人的非议之中时，完全可以跟自己说，我只是坚持了自己内心的想法，他们爱怎么说，爱怎么评论，随他们去好啦。

从玻璃心到金刚钻

不当冲动鸟。

冲动是玻璃心的人经常出现的情绪起伏状况。嘴快不经大脑，是很多麻烦的根源所在。冲动之下的人很难做出正确的决定，脱口而出的大多是灵魂深处的真实想法，而真实的想法多半是伤人伤己、不顾后果的。

应对方法：延时法

这里说的延时，不只是延迟说的时间，还要延迟动作反馈的时间。如果你是个急性子，那就要习惯戴上一块表，凡事要脱口而出时，先看表，延时五分钟，再想一下，观察一下事情的走向，明确当下的目标和目的，然后再问自己要不要冲动地发表意见。

过去就等于结束

一个只活在当下的人是最幸福的。千万别一有事，就陈芝麻烂谷子都翻出来当话题。

应对方法：咨询法

一旦在情绪或情感上有纠结，找三两个值得信赖的亲朋好友，问问他们的看法，算算是非比。注意，咨询别人时，一定要信任结果。千万不要一边问一边疑，搞得大家都不开心。

坦率胜过猜疑

直面情绪问题，先要接纳自己。因此，当有玻璃心、暴躁情绪时，不要压抑，不要猜疑。与其反复思考，没有结果地忧虑，不如直接去问当事人，不拐弯抹角，直截了当，更易解决问题，尤其是在工作关系中。

如果你有一颗玻璃心

文◎妍紫 图◎葡萄

055

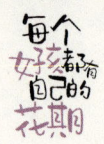

应对方法：微笑法

微笑是应对一切情绪问题的良方。科学研究表明，即便是装出来的笑意，身体也会产生良性化学反应。只要有和缓的情绪在，就不会产生激烈的争执。

跟孤独说"再见"

具有玻璃心的人，因为讨厌自己的情绪被别人带着走，所以很多人喜欢自由自在的生活、工作环境，喜欢独立完成某项工作，仿佛只要这样就可以避免麻烦，就可以一直保持好心情。其实这是不对的，孤独是自闭者的借口，真正的成功，都是团队配合的结果。

应对方法：拓展法

每当你要逃避人群，想要独立完成某件事的时候，你要跟自己说："也许可以找个同事、朋友一起来做。"拓展你的朋友圈、交际圈，接触越来越多的人，你最终会发现这个世界是多元的，不是只有一个衡量好坏的标准。

好汉要提当年勇

当坏情绪侵占你的思维空间时，不逃避、不闪躲，找方法解决依然没有效果的情况下，你完全可以跟自己说："我就是正确的，我当年也曾……"好汉提提当年勇不是坏事，鼓鼓斗志，夸夸自己，肯定自己，让向上的力量成为引导自己情绪的方法，很多时候更加有效。

应对方法：暗示法

人的情绪是很复杂的，心理暗示有时能解决很多明里无法解决的问题。每天清晨，当你跟自己说："我今天心情很好，我今天很开心，我今天一切都会顺利。"事情很可能就照着你的心绪走下来了，一帆风顺也说不定呢。带着好情绪上路，必然会收获满园春光。Ⅷ

敏感少女，如何委婉说拒绝

文○宋　晓

拒绝别人常常伴随对方的失望，如果拒绝不可避免，又不想让对方太为难、尴尬，可以试试以下四个小技巧。

1. 停顿一会儿，再拒绝

当别人向你提了一个不合理的要求时，先不要急着拒绝，可以在听完对方的话后停顿一会儿，表示自己在考虑，然后再有理有情地说自己帮不上忙。不要害怕这个小小的停顿会让两个人之间的对话显得尴尬。要知道，这时无声胜有声。

2. 说完"不"后，再说个"但是"

直接说出"不"，有时的确会让对方感觉有些丢面子。如果能通过一个"但是"引出你所能提供的其他帮助，就会让对方的心里感觉好受很多。因此，想要委婉地拒绝别人，我们应该掌握"不，但是……"这个有用的句型。

3. 让我看看计划

如果对方邀请你去做某件事，你感觉直接拒绝容易伤到对方，那么你不必先说"不行"，可以先说一句："这个主意不错，不过先让我看一下自己的计划，如果有空，再答复。"这样一来，你就在拒绝对方之前，设置了一个有效的缓冲。

4. 显出忙碌的样子

对于很多不懂拒绝的少女来讲，最难拒绝的其实是来自朋友、家人提出的要求。此时你需要做的就是，把自己目前正在忙碌的各项事情如实地摆出来，从而让他们认识到你目前的处境。Ⅷ

提起害羞，你也许会说，那只不过是一种于人于己都没有害处的性格。其实不然，害羞会给生活的各方面带来负面影响。如果你性格害羞，见到人不敢说话，在寻找幸福和成功的路上你就会失去很多机会，这全是因为你无法轻松自如地与人交流。你和别人交流，特别是和你不熟悉的人交流时表现出的畏首畏尾，会让你付出极大代价。但是不要泄气，你能够战胜害羞的弱点，找回快乐的心境，实现属于你的理想。

1.害羞实质上是对社交的焦虑及内向的性格

几年前的一天，我下班后打算坐火车回家，路程一共不过30英里（约48公里）。在车站，我看到一位年轻的母亲和她生病的儿子，可能和我在等同一列火车。那个男孩看上去3岁左右，和我的儿子年纪差不多。男孩剃着光头，瘦得可怕，这一切显示出他可能患有癌症。他想把一小瓶水拿到嘴边，就连做这么一个简单动作时他的手都在哆嗦。他刚喝几口，就趴在一个塑料袋上呕吐起来。他的妈妈关切地照顾着孩子，但是似乎有些焦躁不安。孩子呕吐时，她使劲儿捂着孩子的脑袋，以免他吐得到处都是。

我的心一沉。我为他们感到伤心，在那个站台上，母亲和孩子都处在极大的痛苦之中。我非常想和那位母亲说说话，给她一些鼓励，让她从烦乱的思绪里暂时解脱一下。我想对那个男孩说，我有两个儿子，和他年纪差不多，他可以和他们成为好朋友，但是我什么都没说出口。我不敢走近一个我不认识的人，迈出这一步需要克服心中的脆弱，我做不到。

为了给自己没有帮助他们找借口，我连忙在心里这样安慰自己："就算你走过去，能和他们说什么？我有什么可给他们呢？钱？你又不是有钱人。时间？你是朝九晚五的上班族。鼓励？你能帮忙照顾那个男孩吗？"

那天，我没和他们说话，这成了我永远的遗憾。

2.害羞阻挡我获得幸福和成功

害羞会损害一个人的生活，因为人类是群居生活的，与他人的交往能力会影响到我们的整体生活。以人的成功为例，人们说："你的社交圈子就是你的净资产。"但是，如果你一见人就害羞，就很难按部就班地搭建起一个社交网。或许你确实把自己与身边人的关系经营得不错，但你无法扩大自己的交际圈——我就"堕落"到了这一地步。甚至没等你往前迈一步，通往成功的道路就对你关闭了。

幸福不是来自一个人的金钱和地位。事实是，对于幸福来自何处，科学家也只能给个模棱两可的说法，但是他们发现了就幸福而言唯一一个普遍认同的衡量标准：人际关系。对有些人来说，人际关系的质量和数量就是他们幸福与否的原因所在。那么，如果你是个害羞的人，从交往的一开始你就会处于被动。你无法主动开始一种关系，想保持人际

不要让"害羞"害了你

文◎美迈克尔·斯塔维奇
译◎孙开元
图◎白月棱

关系平衡地发展下去也会困难重重。

有了这个发现之后，人们就更清楚地理解了害羞和抑郁症之间的连带关系。如果你不能建立起人际关系，可以说你的生活就失去了一些快乐。

害羞如同魔咒，它的阴影会笼罩你的生活，侵蚀你的快乐、成功，以及与这两种人生美好事物相关的一切事情。所以，你需要克服这个性格弱点，摆脱害羞对你的束缚。

3.害羞的根源是恐惧

英语中，"害羞"（shy）一词的词源来自原始日耳曼语"恐惧"。在德语、古法语、古意大利语中，"害羞"分别表示逃跑、易惊、逃避，这些也都属于恐惧的表现。

为了克服害羞，你必须要面对自己的恐惧心理。但是能够引起人害羞和恐惧的事情，每个人都不尽相同。比如，别看我这么害羞，我却不怕当众演讲。我曾经很多次在众人面前演讲，现场听众从几个人到几百人不等，但我从没像与一个陌生人说话的时候那样胆小。我逃避的是和我不认识的人交流。在我被动地和陌生人交流时，比如在商店问店员某件东西时，我不会很害羞。然而要让我主动和一个陌生人交流，特别是如果对方是一位很有魅力的女士时，我作为男士就不敢首先开口说话。我被恐惧的情绪控制，心里一个劲地告诉自己不要和对方说话。

我可以给众人做一整天演讲，但这对我一对一的社交能力没有多大帮助。社交焦虑、内向性格和害羞有着千丝万缕的联系，而它们表现出的程度不同，形式各异。害羞是一个复杂体，你需要了解它，然后克服它。

克服害羞的简单几步

1.面对恐惧

想要和别人开始一次谈话，但是感觉嗓子里好像堵着一块东西，张着嘴却说不出话来，你是不是有过这种时候？说话只是上嘴唇碰下嘴唇，可有时比干任何体力活都累。

当然，一开始尝试的时候，恐惧感会占上风，你就是抵挡不住它。你的身体在和你对着干——膝盖发软、两手颤抖、张口结舌、腹内翻腾、脸红出汗。你可能体验到以上一两种感受，或者一次体验到所有感受。

在写《从害羞到"嗨"》这本书的过程中，我回忆起一些临床心理学书籍中，对于害羞引起的人的各种身体感受所给出的定义，这些定义简直就是在说我。假如你和我一样害羞，即使一想到将要面对也许让你感到紧张的人，你就会有和我一样的身体反应。但是，尽管心里恐惧，也要勇敢面对，除此之外别无选择，任何逃避都不是明智之举。

为了改变自己的害羞弱点，我为自己确立了一些信念，核心信念之一就是坚信装聋作哑是注定让你失败的愚蠢办法。如果我一事不做，就会一事无成。如果我放弃，永远不会见到结果。人在起跑线迈出第一步的时候就没有足够的动力，怎么能达到目标？

我的另一个核心信念是，即使最不起眼的行动也会带来结果，甚至最不起眼的结果也比一成不变要强。所以可以说，半途而废是不理性的。确实，我努力得到的结果也许令我失望，但如果我放弃尝试并且在害羞面前无作为，连最不起眼的改变都不会出现。

有了这些信念和态度，我得出结论：绝不能放弃努力，甚至连想都不要想。放弃的想法空耗时光，我要把宝贵的时间用来思考如何改进行动，或者反思是什么阻挡了我前进的步伐。如果你不主动排除你的恐惧感，就摆脱不了害羞笼罩在你心头的阴影。

有一种观点宣称，人在接纳自己的同时也应该接纳自己的害羞，我不同意这种观点。你能欣然接受自己欠佳的皮肤，这无可厚非，但是我罗列出的害羞给人生活带来的负面影响条条是真，我自己就深受其害，怎能任由它摆布？如果你希望过一种完整的生活，那你就必须学会改变这些伤害你的弱点。

我发现，改变比维持现状给我带来的痛苦要小得多。短期来看，一点儿不高兴，或者一些不成功不是什么大不了的事情，你可以适应这些事情。但是害羞引起的恶果会积少成多，多年的害羞比你几个月面对恐惧所带来的痛苦要更严重。

就我而言，害羞是一副无形的枷锁。我真的很想帮助更多的人，但我就是羞于走近他们。在我不能克服内心的恐惧去帮助他人时，我感觉自己不是一个完整意义上的"人"。我有提高自身素质的愿望，这本身就给了我一种正能量。最重要的是，在

第二章 无处安放的青涩少女心

认为他人需要帮助的时候,我有关爱之心。

在克服恐惧感的实际行动中,你会发现,克服它的难度甚至还不到你想象的一半。找到克服恐惧感的理由,每天至少在脑中重复一次。时刻在内心保持克服恐惧感的美好愿景,这会帮你勇敢地走出害羞的避风港。我以自身经验向你保证,不久之后你就会知道,走出封闭的自我,外面的世界和"避风港"一样能让你活得自在。

谨小慎微怕失误,只能加大你改变的难度。直面恐惧是一件痛苦的事情,但你第二次、第三次勇敢地面对恐惧时,这种痛苦会逐渐减轻。随着时间的流逝,你会变得强大,恐惧会变得越来越渺小。有句谚语说得好:"恐惧只不过是对真相的误解。"一旦你勇敢面对,你就会发现你的恐惧多么可笑。

曾几何时,一想到和陌生人说话,我的心里就充满了恐惧感。而当我面对这种恐惧时,我惊奇地发现,对方没像老虎一样咬我一口!他们没朝我吼叫或敌视我,所有的担心都是我的凭空想象。我从一个陌生人那里得到的最糟糕的回应,不过就是对方表现得有些冷漠,仅此而已。

2.规划你的行动路线图

你将怎样面对你的恐惧?这要看你自己的想法,要看最让你担忧的挑战是什么。你是在异性面前才感到害羞吗?你在公共场合说话时感到害怕吗?你是否和我一样,不敢走近一位陌生人?

好消息是,你知道了你的问题所在,而且有解决的办法。答案不必向外求,就在你心中。问一问自己上面几个问题,你就会获得答案。我在问自己"我怎样对待自己的害羞"这个问题时,答案明明白白:我需要和陌生人说话。

起初,你也许不清楚具体应该怎样做,然而你已经知道了自己心里的诉求。一旦你知道了症结所在以及解决的办法,你就明确了目标。真的实行起来可能是一个屡经尝试和失误的过程,只要你坚持下去,达到目标只是时间问题。

最初决定和陌生人说话时,我努力张嘴、鼓足勇气,每天寻找机会和新认识的人说话。我在那种时刻感觉自己的身体和僵尸差不多,因为就我的怯懦和保守性格而言,改变给我的冲击太大,一时难以适应。我还没达到能和陌生人说话的境界,走近一个人,还要张嘴和对方说话,这些会令人难受

至极。每次尝试这样做,我就会心跳加快、两手乱颤,像怀里揣了只兔子。

(1)改变习惯,面对问题

我把自己正在实行的一些习惯写在了一张纸上,成功的时候就给它们标一个加号,失败时标一个减号。我把和陌生人说话当成一种任务,每天进行。

几个星期后我发现,我标出的减号很多。我觉察到,我还没做好和陌生人说话的准备。急于尝试只能消耗精力、消磨自信。我应该改变一下做法。

反思之后,我决定重新规划自己的行动。行动是必须的,所以我把和陌生人说话留在了计划列表上,但是这次我打算从小处做起。

我决定先和陌生人进行目光接触,对他(或她)投以微笑。我太不善于交往,即使这些小动作对我也是一种挑战,我仍然会在纸上给自己的尝试标出一些减号,但是我不想停止微笑的尝试,所以我将困难由弱至强进行了三种等级的细分——

容易:和陌生人进行目光接触并微笑。

较难:在一次别人正在进行的谈话中插话。

最难:主动和陌生人说话。

我花了很多时间和精力研究这些细节,以此帮助我纠正行动、保持信心。

(2)明确前进的细节可以产生"速效"

我的经验是,你对自己的行动记录得越细致,见到成果就越快。我每天对一位陌生人微笑一次,完成这项任务并满意地记录下之后,这一天的其余时间我就不用再多考虑这件事。我把完成每一项计划都记录下来,成效来得快并且振奋人心。

当然,你记录得越详细,越麻烦。你需要把更多精力用在第一项行动中,行动也会花费你的一些时间。每一项计划也许只要花一两秒,但是,如果你要总结行动的次数(比如微笑),总体时间就长了。

而且你可以自己掌握进度、是否记录更多行动细节。你知道了自己需要做到何种程度,以及想要

何时彻底摆脱害羞的束缚，主动权在你手上。

3.将计划落到实处

我想过很多主意，但真正有用的是行动。为了达到不同目标，你需要采取不同行动。主意再好，没有行动你就不会前进一步。

从理念到成果有这样一个过程：从理念到信心到行动再到成果。

这是一个良性循环圈，我们都有美好的愿望，都希望见到成果，但没有行动这些都是空谈。而且，每一次进步没有变成习惯之前，我也不承认它是真正的进步。如果你没按照既定目标每天练习，那就要做好失败的准备。每天练习是你能建立的基础，借此才能走向成熟。

（1）从小事做起，但要坚持到底

要是制订的计划让你无法坚持，那你就是给自己开了一个失败的处方。制订一个能每天实行的计划，跟踪记录就可以了。我的体会是，记录帮助我认识到骤然和陌生人说话是我无法长期保持的"大习惯"，所以我才决定先以目光接触和微笑开始。

练习得越多，效果越好。你应该每天至少实践一次，这是我给任何人做任何事提出的忠告，这个方法可以帮你将好办法养成好习惯。

你每天做一件事情时，就会切实关注自己的行为，你感觉自己投入了很多，就会尽心尽力地完成，而不会放弃。

用3分钟回答下面几个问题：

A.我在社交中怕的是什么？

B.社交给我带来的感受是什么？

C.我希望获得的是什么感受？

D.我应该怎样做？我应该成为一个什么样的人？

E.我每天应采取什么行动，从而使梦想成真？

马上回答和深思熟虑的回答有同样效果，你此时是这样一个回答，明天还可以随机应变地修改。

你会发现，从一开始到树立信心，最小的行动都发挥着巨大作用。不怕行动小，只要能坚持。

（2）万事开头难

刚开始改变自己时会很难，但是你有了这个愿望就好。如果你惧怕当众演讲，可以先在心里想象一下自己正信心十足地当众演讲。如果你惧怕和陌生人说话，见到陌生人时，先在心里和他们打招呼。这样做可以给你一些信心，但是你不能总是依靠想象，自信心的真正提高要靠行动。

每一次和陌生人进行目光接触并对其微笑时，我都会对自己说："我能行！我能进步！"

（3）你也能行

克服害羞不需要你有超众的容貌，但是你要养成与人交往的习惯，习惯成就了你这个人。如果你一见到陌生人就低头逃避，那么每天在一个令你不安的社交环境中，你就尝试多抬几次头。

这些小小的改变就能带给你信心，就能影响你的整个生活。随着你的胆量增长，你就能开始更大胆的行动。

自从我挑战自己，养成了一些好习惯，我的生活发生了以下一些改变：我结识了一些新朋友，包括网上的和现实生活中的；我拓展了职业技能，找了份新工作（薪水增加了35%）；我知道如何在网上建立交际圈；我成功地减了肥，过去三年一直保持标准身材；我成为作家，出了12本书，卖出了17000本；我的故事影响了其他人，几位读者看了我的书后，也开始写书并且已经出版。

这些事都是我以前不敢想的，但最重要的是，我更喜欢他人了，我不再是躲在壳子里的可怜虫。

2012年2月，一位著名作家邀请我去做一场演讲，并且打算将演讲视频上传到网上。我答应了他。坐火车时，我注意到坐在我身边的一位老太太正在祈祷。我想：我平时也祈祷，问问她在祈祷什么。这时，我的害羞又冒了出来，在脑子里对我说："人家会烦你，不要问！"

但是我这次战胜了恐惧，和老太太搭起了话。原来她有两个孙子都患有重病，一个是心脏病，另一个是自闭症，而且老太太的儿子没钱给孩子治病。从此，我定期拿出钱给老太太寄去。

老太太的儿子是位无神论者，经常嘲笑基督教徒，后来，我的行动感动了他，他不再嘲笑有信仰的人。而且，去年圣诞节时，他说他的妈妈现在不但为孙子祈祷，还为我祈祷，我听了，感动得落下眼泪。

我和老太太的谈话改变了我的生活，也让别人的生活更美好，这是第一次，但绝不是最后一次。我斗争过，我胜利了。

现在，我更有爱心了。你也能行，行动吧，树立目标，建立信心。从害羞的束缚中摆脱出来，过一种更有爱的生活。 MM

第二章 | 无处安放的青涩少女心

姑娘，如果你胖的时候自卑，瘦下来依然会自卑

文◎二嬷嬷 图◎新 野

有人说，你不自卑，是因为你没胖过。

特别是在这个以瘦为美的社会里，不管是别人异样的眼光，还是面对着镜子里肥胖的身躯时那种挥之不去的厌恶，会很容易让受肥胖困扰的人产生自卑感，但自卑不光是因为肥胖。

可能有人会说，对自己狠一点儿，少吃多运动就行了啊，你肯定能瘦下来。

这话听起来没错，但瘦下来之后就真的能摆脱自卑了吗？

我曾在大学社团认识一个女孩，她叫沙沙。她是个很善良的人，却从来不在意自己的感受，社团组织活动，她从来都做后勤，不出现在人前。

社团聚餐，沙沙被我硬拽着去唱歌，她躲在角落，只是跟着音乐点点头，却从来不主动去唱，我看着她那样挺难受的。

每每社团的事情结束后，沙沙总是会留下来打扫卫生。我恰巧有一次把钥匙落在教室，跑去拿，沙沙正在打扫卫生，嘴里轻轻哼唱着歌，我站在她身后听了会儿，她唱得很好，很到位，我在她身后鼓掌，沙沙被我吓住，不作声，只是尴尬地笑笑。

我也只是笑笑，说："沙沙，不错呢，没看出来你唱歌还是有两下子的。"

沙沙没说话，还是继续做自己的事。

社团联欢，每个社团都要出节目，我们想了许多点子，准备了小品、唱歌，只是人选还没定。我力荐沙沙去唱歌，所有人都震惊了，因为他们都认为沙沙唱不好，还会给社团丢脸，因为她本身是个胖子。

社团成员几番商议不下，便准备下次再商量。我和沙沙结伴而行，回去途中，我问道："沙沙，你刚才怎么不为自己说几句？你明明可以，那天我听到的……"

沙沙不作声，看着夜空，呆呆地望了会儿，说："阿九，因为我胖呀，社团里很多人都会在背后笑我。

"我听到过闲言碎语，也从来不说什么。我也努力减肥过，可是你知道吗？我努力了很久却没有瘦下来，我很自卑，也甚少在社团中发言，默默地做个路人甲就好。"

沙沙说着，声音开始沙哑。我突然想起刚才推荐她时，那么多人反对，都在说她，她觉得尴尬，自卑感更严重。

许多人，总是管不住自己的嘴，凭自己的肉眼去评价一个人，用言论去伤害他人，只图自己开心。他们是否想过别人的感受？不要因为一些缺点就否定别人，多一些尊重和鼓励才是最好的方式。

沙沙缓了缓心情说："谢谢你，阿九，你刚才力荐我去唱歌，这份鼓励是我收到的最好的礼物。"

沙沙对我感谢，我却有些惊讶："沙沙，你错了，胖又不是你的错，这不能成为你自卑的理由，你完全可以做好自己。其实你很优秀，只是你太自卑了，不要在意别人的评价，那样你岂不是活得更累。"

这个拼颜值、拼身材的时代，许多女孩一味跟风走，把自己活得那么累，没必要。做最好的自己就行了。

沙沙对我说的一番话很惊讶，点点头说："我

061

会的。"

没过几天,社团再次召开会议选节目,其他人七嘴八舌地讨论着,沙沙有些紧张,手心冒汗,最后站起来说:"我报名唱歌。"

成员们一脸的惊愕,夹杂着嘲笑。沙沙说:"我一定会表现好的。"我第一个站起来鼓掌,陆续有许多人拍手,社长便同意了,只是希望不要出糗。

沙沙开始每天认真练歌,任何空闲时间都不放过,为社团联欢做准备。

社团联欢那天,所有人都到齐了,节目陆续开始,快到沙沙时,她很紧张,我安慰着她,放松自己,不要看任何人,以平常心去唱歌。

沙沙一出场,让很多人都笑了,可她开口后,大家都安静下来,都在静静地听她的声音,一首歌结束了,所有人欢呼,为她喝彩。

沙沙成功了,她激动得哭了,没想到自己的特长得到了肯定。

我和她一起吃了庆功饭,为她的表现干杯,她说:"阿九,我从来没想到我会有被肯定的一天,我以前甚至因为胖而自卑,快要绝望了,还好是你告诉我,这不是自卑的理由,我可以做得更好。"

那一晚,我们喝了很多,说了很多。

后来,沙沙毕业去了别的城市发展,每天上班,偶尔也会自己唱两首歌给自己鼓劲。没过多久,因为业绩突出她升职了;再后来她结婚了,她参加登山活动,认识了未来老公。沙沙给我寄来婚礼请柬,让我一定要参加。看着她幸福的模样,我很欣慰。

生活的周围,仍旧有许多像沙沙一样的女孩因为胖而自卑,甚至对这个世界失望。

其实,姑娘,胖不是你自卑的理由,别总是因为胖而认为自己被人嫌弃,找不到男朋友,衣服穿得不好看。

你完全可以做好你自己,别活在别人的世界里,自己变好了,一切便都会好了,重要的是自己必须对自己有信心,不再自卑。

生活总是潮起潮落,喜怒哀乐常常有,仅仅因为一样而自卑,人生也会过得不快乐。姑娘,加油吧。🆁

压力无处不在,要学会缓解

文◎格 子

1. 换境法

固定的环境会使人对环境的期待感逐渐降低,不容易缓解心理情绪,适当地变换一下环境,可以刺激人的自信心与进取心。如到远方旅游,能够转移精力,寄托情感,排解不良情绪。

2. 宣泄法

心理学家认为,宣泄是人的一种正常的心理和生理需要。你悲伤抑郁时,不妨向朋友倾诉;也可以进行一项你喜爱的运动;或在空旷的原野上大声喊叫,既能呼吸新鲜空气,又能宣泄积郁。

3. 幽默法

幽默是心理环境的"调解器"。当你受到挫折或处于尴尬紧张的境况时,可用幽默化解困境,维持心态平衡。

4. 音乐法

当你出现焦虑、抑郁、紧张等不良心理情绪时,不妨听一听音乐,做一次心理"按摩",优美动听的旋律,可以起到调适心理和转换情绪的效果。这时候,一些昔日你爱听的音乐,就是最好的调节剂,跟着旋律慢慢走,你紧张焦虑的情绪会得到适当的缓解。

5. 观赏法

阅读精彩的图书,观看精彩的喜剧、可以逗你大笑的综艺节目,都容易唤起愉快的生活体验,排解忧郁。🆁

第二章 | 无处安放的青涩少女心

姑娘，你的容貌从来不足以让你灰心

文◎阿春牧羊犬 图◎三本王

要，只要自身的修养、内在的涵养足够，就足以吸引着他人。但是在这个看脸的时代，依然有很多姑娘会因容貌而自我怀疑，甚至自卑绝望，变得孤僻冷漠。

记得上大学的时候，班里有个姑娘，为人很和善，别人需要帮忙的时候总是会伸出援手，但平时总一个人来往于教室和图书馆之间，很少参加集体活动，也不爱和别人打交道。

因为一次学术竞赛，自己找了几个同学组了个团队，刚好姑娘平时比较擅长这方面的研究，便也喊上了她，听到我的邀请时，姑娘起初还有点儿犹豫，最后在我的软磨硬泡下答应一起合作。

一个项目的研究远没有看起来那么简单，我们每个人都要明确分工，会经常聚在一起开会讨论，平时休息的时候也要出去实地调研，过程很辛苦，很煎熬。

但平时看起来孤僻的姑娘，工作起来十分高效，她总能完美地解决分配的任务，然后帮着队友分担压力。那时候，整个团队里数她最辛苦，但她从未抱怨过，反而当我们出现烦躁情绪时，她会安慰我们："慢慢来，总会解决的。"

成功终究不会辜负每个努力的人，经过两个多月的辛勤付出，我们的作品在学校的比赛里获得了三等奖。在答辩结束的那天，团队里的成员一起响应"今晚要不醉不归"！

1

因为至今单身，每次放假回家，老妈总爱拉着我陪她看江苏卫视的《非诚勿扰》，一边看还一边指着电视说："你觉得这个女孩怎么样？是不是你喜欢的类型？""我觉得8号姑娘很不错，你可以找这样的。"

……

我总是要忍受着痛苦的精神折磨，还得随声附和着。渐渐地，慢慢习惯了老妈的各种询问，也开始带着欣赏的眼光去看节目，看的期数多了，觉得孟非真的是一位厉害的主持人，不论从专业的角度还是自身的涵养，都让我很钦佩，每次他都能很好地掌控场上的气氛，也时常说出一些很有深度和内涵的句子。

至今仍记得他曾对一位女嘉宾说过这么句话："如果一个男生只是因为你的外貌而喜欢上你，那么总有一天，他也会因为别人比你更好的外貌而离开你。"寥寥数语，却字字珠玑。

我们时常说，一个女孩，外貌美不美并不重

那天大家确实很开心，便敞开喝了起来，杯盘狼藉之后，各个都是醉意醺醺。结完账后，一群人搭着肩，唱着不知名的歌向寝室走去。

姑娘喝得也挺多的，没想到看起来那么柔弱的女孩，酒量这么好。我和姑娘走得慢，两个人便落在队伍的最后,眼花头晕的两个人走着S形路线,快跌倒时便互相搀扶一下。

趁着醉意,我看着身边的姑娘,问出了自己一直以来十分疑惑的问题:"你能力这么强,酒量也不错,哼的小歌也还行,为啥大家喊着去唱歌的时候,你总是不来呀?平时活动的时候也很少看到你出现。"

姑娘喝醉的脸颊泛着红晕,她停了停脚步,看着漆黑的夜空,轻轻地说:"因为我不漂亮,别人总说我很丑,开学的时候,我听到班里同学在背后偷偷议论我,说我怎么那么土,还开玩笑地说我跟凤姐一样。

"后来我就尽量不参加集体活动了,我不想当别人嘲笑的对象。"

姑娘说着说着,眼睛好像有点儿湿润,而我听到她的回答后,深深地震惊了下,因为我记得以前是有同学讨论过她,当时他们是抱着玩笑的心态的,没想到竟然给姑娘造成了这么深的伤害。

我们不经意间,会拿着别人的伤悲当作嘲笑的谈资,自己笑了,周围人乐了,那被伤的人却陷入了无底的深渊,虽然言论自由,但是也需要留给别人一份尊重,不要总把自己的快乐建立在别人的痛苦之上。

4

姑娘揉了揉眼角,看着我说道:"谢谢你,真的,感谢你能找我加入你们的团队,感谢你能信任我,能和你们一起合作,我真的很开心。"

直视着姑娘的眼睛,我认真地说道:"不用感谢我,你的能力足以赢得所有人的尊重,要不是你,这个项目不会完成得这么好,应该是我们大家感谢你才对。还有,请不要再那么自卑了,你真的很优秀,也许你的容貌没有一些人好,但你那么善良,那么认真,那么努力,容貌可以塑造,而那些骨子里的品质是不可复制的美好,也是别人最羡慕的。"

姑娘听了我的话,十分惊讶,双眼都瞪得很大,微红的脸颊变得更红,我笑着拍了下她的肩:"容貌从来都不足以让你自卑,你也没有必要在意别人的评价,现在这个社会,女孩子化个妆,就能瞬间变了样,自然一点儿,自己舒服就好。没有多少人那么在意你的容貌,更多的萍水相逢,印刻在别人心中的,永远是属于你最好的品质。挺起腰杆,你本就该活得光芒万丈!"

经过好大一会儿,姑娘才回过神来,仿佛做了个很大的决定,双眼也闪烁着别样的光芒,然后冲着我狠狠地点了头。"快走吧,他们都看不见踪影了,赶紧去追上他们。"姑娘一边说,一边踏着轻快的脚步向前走去。

看着她的背影,我仿佛看到了一朵萎蔫的花,正缓缓绽放,带着光,带着希望,必将绚烂。

进了学校,姑娘在寝室前停了停,转身对我说:"谢谢你,我一定会变得更好。"然后她便跑向寝室。

5

后来,姑娘再也没有那么孤单地走着,她交上了最知心的闺蜜,也积极参加班级的活动,每次看到她,总是嘴角带着笑,开始学着化点儿淡妆的她,看起来也没那么难看。

毕业后,她回到了家乡,找了份不错的工作,也遇到了一个爱她的男人,在他们快要结婚的时候,她给我发了信息,说给我邮寄了请帖,让我一定要去参加他们的婚礼,我回道:一定去。

现在的生活中,我身边依然会有那种因为容貌而自卑的女孩,正值青春的她们,总想要有一副精致的面容,不是说这样有多值得骄傲,只是因为她们渴望自己能够配得上那个英俊的王子罢了,她们的自卑,往往都是渴望变得更好。

其实,姑娘,真的大可不必这样,如果你没有拥有完美的容颜,就努力提升自己的气质;如果无法提升自己的气质,那就努力丰富自己的内涵;如果无法丰富自己的内涵,最不济,就做个勤劳善良的女人,总会有人因为你的优点而欣赏你!

人生本来就很公平,有得必有失,你不能期望上帝给你开了一扇窗后,还要给你打开一扇门,有些东西确实是一份遗憾,我们不能左右命运,但我们可以改变自己,只要你努力变得更好,生活从来就不会亏待你。

生活中磨难曲折千千万,而容貌从来都不足以让你自卑,因为你本就可以变得更好! MM

第二章 | 无处安放的青涩少女心

人无完人，不必过分苛责自己

文◎蓑 依

和朋友们聊天，我问："你们遇到看不惯的人，一般怎么做呢？"几个姑娘干脆利落地说："走开，无视，自动屏蔽，置之不理！"

另外几个姑娘的反应与之不同："一般会从自己身上找原因，觉得看不惯是自己修养不够，不能理解他们。"

后来，我又把这个问题陆续抛给了很多人，收到的回复中大部分会选择从自己身上找原因，给出的解释多是："我觉得看不惯是自己经历得不够多，当你遇到过足够多的人和事儿后，就没啥看不惯的了。""你要想，不是所有人都像你一样受到过良好的教育，所以他们有那样的表现很正常。"

听到这么多自我剖析的回答之后，我真想问这些人一句："你们是'喝鸡汤'长大的吧？"

从什么时候开始，我们拒绝自己去看不惯别人了呢？人对事物有喜好，对人也就相应地有欣赏和厌恶，这是再正常不过的了。相反，如果人人都慈眉善目，对别人点头微笑，这才让人觉得恐怖。

无数的"心灵鸡汤"告诉我们：人是万能的，你做不到只是因为你不想做。现实是，你能做的事情少之又少。人在一个区域内生活才会舒服，越过边界，必然要背负更多不快。

一个男生给我写信，诉说他的苦恼，总结为一句话就是，之前一直觉得自己有很多错，弄得自己很自卑，大家也不尊重他，他因此觉得自己没有存在感。

我问他为什么觉得一定是自己的错。他很自然地回答："成人世界的规则不就是一切从自身找原因吗？你做得不够好，是你不够努力；你不令人喜欢，是你这个人不够好；你适应不了社会，是你的个性不够圆滑……"

这个解释多么可怕啊，如果继续这样推论下去，他很有可能把这个社会的不完美都归结到自己身上。他看起来是自卑的，但他内心深处又觉得自己是力大无穷的，所以他才想着要去承担所有，背负所有。

我建议他："你可以尝试去得罪一个人。你会发现，其实结果并没那么糟，你是可以承受的。这样，你以后会慢慢舒服地做自己。"

他惊呼："真的吗？得罪人，这不应该是坏人才做的事情吗？"

"得罪人又不是去杀人放火，是个正常人很可能会有的举动啊，这是生活中难以避免的呀！比如说，别人安排你去做不喜欢的事情，那你就直接拒绝啊，看看之后事情会朝哪个方向发展。"

他觉得我在他心里投了一颗炸弹。其实，人只要活着，哪会有一直不被人讨厌、不得罪别人、不被别人看不惯的时刻呢？

一些"心灵鸡汤"和我们从小被灌输的观念，试图引导每个人成为"完人"。就算是在路上好好地走着，被人撞了，父母也会提醒孩子："是你自己不注意，为什么他不去撞别人，偏偏撞你呢？"这种质问逼得人哑口无言，但其实逻辑不通。

倘若你真的按照这个思路想下去，结果就是把所有问题都归结到自己身上。只有明确地意识到，这个前提本身就是错的，它是一个怪圈，才不会误入后还浑然不觉。

允许自己有瑕疵，允许自己不能理解他人，甚至允许自己为自己考虑，这些都是正常的。人无完人，不必过分苛责自己。

和人划清界限，知道哪些责任是自己的，哪些东西和自己无关，是非常重要的。一个没有界限感的人，即便怀着好心，最终也很有可能酿成大错。

"吾日三省吾身"是好，但这个"省身"也应该包括检查自己有没有过分承担责任。换句话说，你不用把自己当成神，请别背负全部的罪过。 🆈

无处安放的玻璃心

文◎戴 阳
图◎绚 莹

越是长大，我越发现，成长就是在动工修筑一项浩大宏伟的工程，但建造期间的材料不是钢筋铁骨和混凝土，而是破土而出的稚嫩和装在透明玻璃杯中敏感易碎的内心。

学校是一个浓缩社会的剪影，所有学生都是可塑性极强、在未来社会中担当主要角色的人物雏形。在塑造过程中，需要灌溉足够多的关爱与善良、宽容和理解，否则雏鸟能被一眼望穿鲜活、脆弱的五脏六腑，于是不得不提前逃避压抑在身边的无形的血盆大口，扛起这个年纪不应该有的消极负担。

从学校里一路走来，我和身边年纪相仿的孩子们相伴成长。由于某种原因，在青春期这个激素分泌旺盛、少年人心态发生着起伏变化的时段，我被班里别的女孩联合起来针对和排挤过。这件事，在我的人际交往中打下了深刻的烙印，以至于现在与人相处时，我依旧怀揣着小心翼翼的心态，举手投足间总害怕得罪了谁。虽然这道隐形的伤口随着时间的推移，表皮上逐渐愈合，但我始终忘不掉那个年幼的孩子，独自逆行在班集体里的孤单瘦弱的背影。然而造成这种伤害的罪责，也不能完全推卸在当时挑事儿的女孩身上，因为正处发育期的孩子，其生理和心理的微妙改变是说不清、道不明的。这些形形色色"不好、叛逆"的行为举止，站在一个成年人的角度上来看，可以说是刻意而为，也可以说是不经意而为之。因为如此经历仿佛都似曾相识、历历在目，所以理所应当地认为，大家都是这么过来的。但作为当事人——被困在某座围城里的孩子的想法，绝非想象中的那么简单、天真。

我相信在中学时代，做过"独行侠"的孩子绝对不止我一个，这仿佛是老天爷特地送给某群特殊宠儿的特别"礼物"。上高中时，大家不约而同地注意到一位被阴郁气质笼罩、一向独来独往的诡异男生。他独来独往的部分原因是，他过分异于正常人的走路姿态，但更多的是他头顶乌云、沉默寡言、满脸漠然的冷场性格。大家心知肚明，他的双腿肯定有问题，可没人见过他的腿究竟长什么样，因为他一年四季，永远用厚厚的长裤把腿包裹得严严实实。或许是由于病变，他的膝盖骨不能弯曲，两条裤管硬邦邦的像笔直的木棍，只能依靠上半身的左右摇摆来吃力地挪步前行，模样极像笨拙的长腿企鹅。下楼梯时尤为恐怖，他的腿止不住地哆嗦，目光却平视前方，双手插在裤兜里，看起来跟个没事儿人一样，随时都有摔倒的危险，这让周围的同学不禁提心吊胆。然而他并不是孤立无援的，老师特批他不用艰难地去做操或者上体育课，班里班外愿意伸出援手的同学也不在少数。但他总是略微欠身低下头，头发修剪得很整齐，礼貌又简略地回答："不用，谢谢。"之后再也不会主动和任何人说上一句话，依旧神情淡然，倔强地坚持上楼、下楼，去操场参加活动，哪怕只是远远地站在一旁孤零零地观望。回教室误了时间也就默默地从后门走进来，轻声回到座位上。

这位身体有缺陷的少年意志力却是坚强的，就连他垂下头寡言少语的忧郁，也遮挡不住从他心口裂缝中掘地而起的城堡。他拒绝同情的形象，在我心中的地位就像书里描写的霍金、张海迪那样了不起的人物。这种崇敬积压在我的胸口，难受得难以表达。我不敢想象跟我同龄、还是一个孩子的他，是如何支撑起这个勉强构架在四周、支离破碎的玻璃世界，从摇摇欲坠、缝缝补补到现在从里到外都平静光鲜。他的腿毫无疑问是短处，却比四肢健全的人牢靠得多，因为偶然一次路过老师办公室时鬼迷心窍的偷听，我知道了在他的裤管之下根本没有腿，而是冰冷僵硬的义肢。拖着他颠簸前行的并不是腿，而是修建得比教学楼还高的心。

都说时间久了，经过的路长了，回头看看会发现以往经历过的所有事情，如今都渺小得还不如眼前飘散的尘埃。都知道每个人一生下来就是被判了死刑的演员，只是执行期的长短不一样。我也好，断肢的少年也好，欺负人的"坏"女孩也好，我们都不知道沿着属于自己脚下的这条道路一直走，身边的景色会发生什么样的变化。这丝未知的恐惧时时刻刻侵蚀着不断跳动着的灼热心脏。少年人的心里往往埋藏着蠢蠢欲动的种子，不知道哪天会悄悄地生根发芽，探出枝叶缠绕着脊梁骨越长越高、越长越壮，直至冲破头顶那层天然的保护屏障。这层防护罩的质地与生俱来，因后天而异，或许是玻璃搭的，或许是城墙砌的，又或许普普通通。不管它是坚实还是薄弱，是裂痕滋生还是完好无损，又或者一辈子泛泛于众人。我想人无再少年，只能珍惜当下的时光。屏障下灯光绚丽的舞台绝对不会是空虚寂静的。音乐盒上，剔透的玻璃罩里旋转着年轻的舞者、斑斓的木马、纷飞的雪花……这些都是值得我们用生命去拥抱、去热爱的独一无二的精彩世界。

那些坚强，终会幻化成彩虹

文○蔡航泽

如果说，成功是一棵参天大树，那么浇灌它的必定是一个坚强的人；如果说，成功是一笔巨大的财富，那么拥有它的必定是一个坚强的人；如果说，成功是一匹健壮的千里马，那么驾驭它的必定是一个坚强的人……

"墙角数枝梅，凌寒独自开。"纵观大千世界，哪一位成功人士不是经过挫折的洗礼而变得坚强的？哪一位成功人士不是经过失败的沐浴而变得坚强的？

美国著名女作家海伦·凯勒不正是用行动诠释了这一真理。她在十九个月的时候得了一场大病。可她并没有气馁，也没有彷徨，而是敢于坚强，敢于"任性"。最终，她创造了一项又一项的奇迹，直至走完她灿烂无比的一生……

霍金先生也用行动证明了这个真理，原本坐在轮椅上的他，或许只能听天由命，或许只能望"他人"而兴叹。可坚强的他不相信现实的残酷，于是他努力学习，最终成为一名家喻户晓的科学家。

墙角的蜗牛也告诉了我这一真理。一次，四处游荡的我无意发现了一只爬墙的"坚强哥"——蜗牛，看着它那渺小的身躯，看着它那"攀岩"的样子，我心生一计，拿一盆水向墙上一泼，那蜗牛重重地摔在了地上。我以为那只蜗牛会就此放弃攀爬，可当我又望向那墙壁时，被眼前的一幕惊呆了——"坚强哥"正奋力地攀岩，爬一下滑三下，尽管如此，但它依然在坚持……唉！还真得叫它"坚强哥"了！

坚强，能使你站在时代的最高点，回想那爬上最高点时所流的泪水，心里早已坦然，有的只是攀爬过程中的收获！

敢于坚强，便能获得成功。

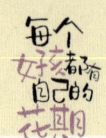

不恰当的道歉会带来更多伤害

文◎ [美]简·布罗迪

许多人每天要为各种微不足道的冒犯说"对不起"——无意间撞到某人,或是没能扶一下门。这些道歉容易做到,通常也易于被接受,往往会得到"没关系"之类的回应。

但是,当"对不起"是为了弥补很伤人的话语或行动时,它往往很难被说出口。而且,即便你本着最大的善意道歉,也可能因措辞不当而严重走偏。措辞不当的道歉不但无法消除冒犯造成的伤痛,反倒会带来持久的愤怒与敌意,破坏一段重要的关系。

道歉是人生最大的挑战,尤其是在道歉者认为自己是对的、被误解了,或觉得被冒犯的一方过于敏感时。道歉应当更多地出于被伤害的人的需要,而不是道歉者的需要——不管出于什么原因,也不管之前的言行是不是有意的。

我也意识到,恰当的道歉是疗效强大的药物,不论对给予者还是接受者,都有惊人价值。

得知一位曾对我出言不逊的邻居对我无意中的疏忽感到十分愤怒时,我写了封信,希望化解敌意。我带着礼貌和尊重为自己的过失道歉,说希望我们以后能继续拥有和平甚至友好的邻里关系。然后,我带着一罐自制的果酱,把这封信送了过去。

我完全没想会得到任何回报,所以,当门铃响起,那位邻居热情地感谢我的所说、所做时,我备感欣慰。我觉得自己不仅减少了一个敌人,而且新交了一个朋友。

这件事发生约一周后,我得知,根据我的朋友、心理学家哈丽雅特·勒纳的研究,我道歉的措辞正是这位"医生"会开的处方。她在新著《你为什么不想道歉》的开头指出,含有解释自身行为合理性的道歉"绝不会令人满意",甚至可能带来伤害。

她进一步表示,"当道歉带有'但是'时",它就是一种借口,会抵消道歉的诚意。最好的道歉是简短的,不应包含可能抵消歉意的自辩。

要求原谅也不应是道歉的一部分。被冒犯的一方可能接受真诚的道歉,但没准备好原谅你的过错。如果它最终会出现的话,原谅更多地取决于你是否承诺让冒犯不再出现。

那么,为什么很多人难以满怀真诚地向他人道歉?用勒纳的话说就是:"人类固有的防御本能很难改变。要对自己的不当行为负起直接、明确的责任是很难的。我们总感觉自己是对的,把一段关系或另一个人摆在这种需要之上,只有非常成熟的人才能做到。"

道歉就是承认自己的过错,这会使人陷于脆弱的境地。没有人能保证自己的道歉一定被接受。拒绝道歉是受害者的天赋权利,即便道歉是真诚的,受害者仍可能觉得遭受的侵犯实在太大,比如,遭到伤害的儿童不可能多年后听了伤害者的一句"是我的错"就算了。

争议涉及家庭成员时,要纠正已经被认定的错误更具挑战性,因为家庭成员可能倾向于援引"历史"为自己开脱——他曾经被父亲虐待,或者,她的母亲对她很疏远。请注意,历史可以用来提供解释,而非成为借口;如果道歉是为了修补一段破碎的关系,不管它有多么真诚,都应该进行开诚布公的谈话,允许受伤害的一方表达愤怒和痛苦。

正如勒纳在书中所写:"不带防御性的倾听是向受害方提供真诚道歉的核心。"她敦促倾听者不要"打断、争辩、反驳或纠正事实,或是提出你自己的批评和抱怨"。即使被冒犯的一方是错的,你还是应该就自己在事件中犯错的部分道歉。

明智而巧妙的道歉,是送给受伤害者的一份礼物。道歉也是一种能力,让你可以清楚地看到自己的行为如何影响他人,并勇敢地为自己的行动令他人付出的代价承担责任。 MM

第二章 | 无处安放的青涩少女心

我的第一支唇膏

文◎阿 杜　图◎吕皮拉卡

沉默和低头。

我努力读书，同学们都知道我家的情况，在很多事情上都会慷慨地帮助我。我习惯了别人的同情和帮助。虽然有时心里会难受，但生活艰辛，我需要别人的帮助，只希望自己以后有能力了，也能帮助别人——只有这样想，我才感觉自己还有尊严。

 B

和方莹一起出黑板报时，负责画插图的同学请假了。面对空出的版面，几个同学推托着，都说自己不会画。"我画画也不行。"方莹说着，把目光转向我。

我是这次黑板报的负责人，犹豫再三，只好亲自动手。虽然没有正式学过，但我从小就喜欢信手涂鸦。当我画出大幅彩色插图时，方莹惊讶地问："杜贞，你画得真棒！没想到你不仅字写得漂亮，画画也是高手！你以前学过吗？"

"肯定学过吧，画画哪能无师自通？"我还没开口，一个男生先接了话茬。

"瞎画的，让你们见笑了。我没学过呢。"面对别人的夸奖，我没来由地不自信起来。

"别人说没学过，我肯定不相信，但杜贞说没学过我倒是相信，毕竟她家的情况我们都了解，学画画挺贵的……真是可惜了，以杜贞的天赋，如果她有机会去学，一定会取得亮眼的成绩！"那男生边说边望着我，深表遗憾。

他的一声叹息让我不自在，我不由得面露苦相，低下头，不再言语。方莹一直在注意我，沉默片刻后，她说："杜贞，等会儿出完黑板报，我们一起回去！"

我知道方莹是看出了我的难堪，转移话题，为我解围，于是我轻声答应。

和方莹一起回去的路上，她一直在找话题，我敷衍着回答。

"杜贞，你好像总是苦着一张脸，是心情不好

A

方莹对我友善，我能感受到。虽然我们的学习成绩不分上下，但我很明白，我们不是同一类人。从她的言行举止来看，她应该生活在一个富裕的家庭。

方莹对人和气，脸上总挂着一抹笑，让人如沐春风，颇有大家闺秀的风范和气质，即使是再普通不过的校服，她也能穿出别样的风采。在校园里，既是才女又是美女的方莹被同学们推选为"校花"。面对"校花"的示好，我是心慌躲避的。

我很明白自己的家境——父亲瘫痪在床多年，爷爷身体也不好，母亲天天起早贪黑里忙外，家里仍然入不敷出，经常得靠亲戚救济……从很小的时候起，我就在母亲悠长的叹息声和对别人的哭诉声中明白了生活的艰辛，那些苦难的日子让我习惯

069

吗？"方莹问我这话时，我抬头看了她一眼，没有回答。

"是不是我说错什么了？"见我没回应，方莹拉住我的手，轻声问。

"穷人家的孩子哪有那么多快乐？你不会懂的……"我心里不舒服，说出口的话也冷冰冰的。

"对不起！我不是这个意思。我只是希望你快乐一点儿，毕竟我们正青春，何必苦着一张脸过日子呢？"方莹急着解释。

她越解释，我心里越不舒服——真是站着说话不腰疼，如果她是我，面对贫困的家，面对总是唉声叹气的父母，她还能笑得出来吗？

C

话不投机半句多，原本就寡言的我更不会主动与方莹搭话，面对她的示好，我选择低下头，装作没看见。

对于我的刻意躲避，方莹有所察觉，但我没想到，她反而一次次更主动地来靠近我，甚至提出我们一起庆祝生日——方莹说："我们同年同月同日生，这是缘分呀！我们有什么理由不做好朋友呢？"

面对这样一份友情，我无法拒绝。

和方莹成为朋友后，我们的关系日渐亲密起来。她和我见过的有钱人家的孩子完全不同，她从来不炫富，也很少提起她的父母。

在学校里，一个同学家境好不好，从他穿的鞋子、用的文具、手机就可以看出来，当然，从说话的口气也能够判断。但方莹是个例外，她穿得清清爽爽，用的东西和我差不多，适用为主，从不追求品牌。

我一直以为这是方莹修养高的表现，是一种生活态度，对她好感倍增。我有时甚至想，方莹在我面前从不炫富，或许是在照顾我的心情，不想刺激我脆弱的神经。"在穷人面前炫富是件可耻的事情。"我曾经在日记本中这样写道。面对体贴的方莹，我心存感激。

D

我们生日那天是周末，方莹约我在中山公园见面，我们说好要一起庆祝。

我画了一幅《仕女图》送给方莹，因为她说过，她喜欢这种风格的绘画。而我万万没想到，方莹居然送了我一支包装精美的唇膏。玫瑰红的唇膏是多少女孩渴望的礼物呀！可是，我能接受吗？正当我迟疑时，方莹说："我也有一支，这不仅能保护你的嘴唇不干裂，还能让它看起来更红润呢！"

"可这个很贵吧，我怎么可以接受？再说，我一个穷人家的孩子用这个合适吗？别人见了肯定会说我爱慕虚荣的！"

"第一，这个不贵，很普通，适合我们用。第二，穷人家的孩子怎么了，穷就不能爱美吗，就不能好好爱护自己吗？这又不奢侈，至于别人怎么说，我们真的无须太在意……"为了让我收下唇膏，方莹有理有据地分析给我听。

"你不会理解的，我们生活环境不同，我虽然喜欢这份礼物，但没勇气涂。"我真的很喜欢方莹送我的唇膏，可我没办法接受。

见无法说服我，方莹提出带我去一个地方。我跟她走过几条街，又拐了几条巷子，在城郊一座破旧的房子前，方莹停住脚步。

"这是我家，欢迎你的到来！"

我疑惑地望着方莹，不明白她的意思，更让我疑惑的是，这真是方莹的家吗？几乎和我家的旧房子有一拼！她不是有钱人家的孩子吗？

这时，方莹推开门，甜甜地叫了一声："奶奶，我回来了！"

一个老人从房间里走出来，见到方莹，笑着说："莹儿呀，这是你同学吗？快招呼她坐！我一会儿先到医院去陪你爷爷，他点滴打完之后我们就回来。"

我拘谨地打着招呼，环顾四周——房子很旧，屋里没什么像样的家具，却整理得井然有序，还摆了几盆长势不错的花草，平添了一股生气。

E

方莹的奶奶招呼我坐下后，削了一个苹果给我，还吩咐方莹给我泡茶。我望着老人清清爽爽的衣着、梳得顺滑的花白头发和脸上温暖的笑容，心里莫名感动。

老人出去后，我半晌没说话，是方莹打破了沉默，她笑着问："杜贞，你是不是很惊讶，我家居然这么朴素？"

被方莹一语道破我心里所想，我的脸倏地涨

第二章 | 无处安放的青涩少女心

红,低下头支吾:"你一点儿也看不出来是穷人家的孩子。"

"为什么一定得让人家看出来呢?"方莹反问一句,让我词穷。

"你是不想被人家看出来,所以……"我欲言又止,我想方莹应该明白我想说什么。果然,冰雪聪明的方莹接过话茬:"你是想说我涂唇膏的事吧?其实这没什么,我自己喜欢,也在我能力范围内,我可以自己做主。"

"你奶奶不说你吗?"我不甘心,追问了一句。

"说我什么呢?我又没做坏事啊!"方莹说着,乐呵呵地笑了起来。

"你总是这么开朗,我真羡慕啊!我有点儿想不明白,我们的生活这么穷,怎么乐得起来?"

"贫穷的日子也要快乐呀,日子再苦,也不必在别人面前露出苦色……"方莹絮叨起来,在她的叙说中,我知道了她家的故事,也明白了她为什么这样乐观。

在方莹很小的时候,她的妈妈在一场意外中丧生,她的父亲思妻心切,竟然生了重病。为了给她的父亲治病,她的爷爷毅然卖掉了市中心的房子,搬到了城郊。可惜钱花光了,她的父亲还是撒手而去。

方莹的爷爷奶奶从不诉苦,纵然日子再艰难,他们也会把生活安排妥帖。他们是这样告诉方莹,也是这样做的:经济上再拮据,也要保持良好的精神状态,注意仪容,再普通的衣服也要穿戴整齐。

方莹每个周末都会到奶茶店打两天工,她灿烂的笑容为奶茶店迎来了很多回头客……她一直都那么快乐。

我的第一支唇膏是方莹送的,她希望我也能用心装点自己的青春,努力活出自己的精彩。她告诉我,即使日子再难,也要坚强地面对,不要让别人的同情成为自己永远也无法甩掉的"十字架"。

那支唇膏我接受了,我希望自己能够像方莹一样,做个快乐的女孩,感染身边的人,我要和他们一起笑对人生路上的风风雨雨!MM

心态的"贫穷"

文◎张继高

有时候我们一些动作或作为,隐隐中受着"贫穷心态"的支配。这是一个值得深思的现象。

典型的"贫穷心态"如:

1.只重视金钱,不注意效率——所谓效率,就是时间、金钱、人力和报酬的比率。在只求贪小便宜,只计较省钱的哲学中,我们一直以浪费效率来延缓致富。

2.孤立的心态———个心态行为孤立的个人或环境,往往也是难以致富的。《世说新语》里有一则故事:"王戎有好李,卖之,恐人得其种,恒钻其核。"当然,今天若是有人有好的李子树,怕别人拿去种了卖钱,也犯不上把每一颗李子的核都钻了洞。但是,有这种心态,或是由这种心态所延伸出来的种种孤立式的行为,今天仍常见。

3.轻学心态——看不起知识,不重视有学问的人。在一个进步、上轨道的社会中,想白手起家,靠特权投机发财的机会,是越来越少的。

一个文明的社会,将是一个有理性并尊重道德的社会。

无论个人与团体,如果能做到有效率的勤奋,冲破孤立,重视知识,并不时以新知来修正自己的航向,就会获得事业上的成功。其能不穷或致富,只不过是事业成功的一种副产品而已。MM

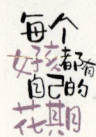

再见，少女叛逆的

文○梅吉
图○绚莹

1

苏晓走到九楼的时候，顺手打开901室的奶箱，拿出酸奶"咕噜咕噜"地喝下去，临走时还不忘把酸奶瓶往地上一扔，瓶子滚开去，发出细碎的声响。

这时901室的门开了，出来一个很清秀的男孩，穿着白色的T恤、白色的球鞋，他说："是你每天偷喝我们家的牛奶？"

苏晓吓了一跳，低呼一声便迅速地跑开。

苏晓的十五岁就是这样，越来越叛逆和乖戾。她是跟着爸爸搬到这个小区的，因为爸爸娶了其他的女人。

苏晓每天都会做尽坏事，千方百计地让爸爸和那个女人不停吵架，这时苏晓便会趴在门外冷笑。她想，原来他们的关系也是经不起离间的。她故意从石级上跳下去，弄得自己一身伤，然后向爸爸告状，说是阿姨在他不在的时候打她。

苏晓在校园里居然又遇上那个男孩——她偷喝的牛奶的主人，那是隔壁再隔壁班的学生。做早操的时候，苏晓看见他站在阳光下微笑，那种笑容像水滴般干净透明，她的心忽然被重重地撞了一下。

2

放学的时候，她尾随男孩，其实也是顺路。她看到男孩和一个很漂亮的女孩在一起，女孩有一头柔顺的长发，用蝴蝶结扎起来。

苏晓揉揉自己乱糟糟的短发，有点儿泄气。她从后面飞快地跑上去，经过的时候故意重重地撞了女孩一下。女孩一个踉跄，差点儿朝前摔下去。苏晓回头看着她的狼狈相，笑了。

她一边笑一边朝前面跑，可是，有一种莫名其妙的伤感像蔓青藤一样扎进她的心里，很疼。她突然很想在回家的路上有个伴，一起分享一些快乐和不快乐，哪怕只是说说话也好。

一连几天，苏晓都故意找机会撞那个女孩，上楼的时候、经过操场的时候、放学的时候，她只是想引起女孩的注意，最后女孩终于好脾气地问："你到底想干什么？"

苏晓抿一抿嘴："请你吃甜筒，好不好？"

苏晓就这样和赵玫认识，也"顺便"认识了许明洋。

3

赵玫是个温顺乖巧的女孩，和苏晓不同。她们都和许明洋住在同一个小区，上学放学一起走。一路上，苏晓叽叽喳喳地说个不停，赵玫只在一边安静地笑，倒是许明洋，有时会和苏晓争得面红耳赤。

许明洋对赵玫说："不是告诉过你，我家的牛奶这阵子总是不翼而飞吗？你偏说是猫喝的，你见过这么大的猫吗？"他冲着苏晓戏谑地笑。

苏晓头一仰："哼，喝你家牛奶是给你面子呢！"

有几天赵玫没上学，病了，只有苏晓和许

明洋一道回家。那天下雨,他们都没带伞,许明洋把书包举到苏晓的头顶,帮她遮着。

雨哗啦啦下着,在苏晓心里袅绕成花,是那么欢喜。

夜里,她趴在窗前等流星,苏晓想许愿,希望许明洋只有她一个朋友,希望把赵玫变成拇指姑娘,送给鼹鼠。是的,在内心里,她是嫉妒赵玫的。

赵玫不在的时候,苏晓说:"许明洋,赵玫有喜欢的人了,她指给我看过,真的好帅呀,还会打篮球,赵玫说她最喜欢看男生打篮球了。"

许明洋轻轻地转过头去,不再说话。

那天,苏晓去赵玫家探望她,"不经意"地说:"赵玫,你应该多说说话,许明洋都说和你在一起好闷,他说他喜欢女孩子活泼些。"

苏晓是故意这样说的,她要离间他们。

这些日子,有很多男人打来电话或找上门来。苏晓看着那个女人焦头烂额地应付着,也看着爸爸的脸色越来越难看,她在心里偷笑。

爸爸和女人的争吵越来越多,终于有一次,他们提出离婚。

后来,女人就搬走了。走的时候,她对苏晓说:"你真是一个恶毒的女孩!"她的眼里有很多幽怨,苏晓竟忘记还嘴——是她去报社给女人征婚,才引来那么多男人打电话。她的爸爸以为女人有了二心,所以无法原谅。

女人走后,苏晓给妈妈打电话。她说:"妈妈,你回家吧。"苏晓觉得自己终于为妈妈争了一口气。她想,这下他们一家三口可以永远在一起了。只是妈妈在电话那边说,她再婚了。

夜里,苏晓哭了许久,她想:"为什么大人总是这样?做什么事也不问问她的意见,为什么总是当她不存在呢?"

苏晓生日那天,收到快递送来的玫瑰,九朵。她跑去找赵玫,对她说:"许明洋真是的,把玫瑰送到学校,他不知道这样影响不好呀!"

苏晓看到,赵玫低下头去,迅速擦掉眼泪。

从那以后,赵玫开始疏远许明洋,总是找借口不再同路。苏晓欢天喜地地和许明洋一起上学放学,许明洋问:"赵玫怎么不理我了?"

"大概是怕她喜欢的男孩误会吧。"苏晓说这话的时候,脸都没有红。

那一天,苏晓回到家的时候,爸爸还没有回家。她左等右等,天就要黑透了,打过去的电话总是不通,她急得不知所措。半夜时终于有电话打来,说是爸爸出车祸了。苏晓突然哑声,她颤抖着给妈妈打电话,电话不通。

她想起那个女人,拨打电话过去。

苏晓赶到医院的时候,爸爸还在昏迷。肇事的司机慌乱地说:"是你爸爸闯红灯。"苏晓哭喊着,她是多么害怕失去爸爸啊!一直以来,她都像个斗士一样守护着自己拥有的东西,但还是一样一样失去。爸爸第二天下午才苏醒,他说:"苏晓,我要告诉你一件事,我不想你再误会阿姨了,是她不让我说出真相,她说在孩子心中,母亲的形象是很伟大的,不要轻易破坏。但我现在不得不说,是你妈妈先要跟我离婚的。"

苏晓扑到爸爸的怀里,哭了。她想她真的只是害怕失去,所以竟忘记拥有的东西了。

新学期,许明洋和父母去别的城市了。他跟苏晓道别,说:"苏晓,你比赵玫开朗,如果她不开心,你可以哄哄她吗?"

苏晓说:"我会的,她其实……"苏晓想说,其实赵玫没有喜欢的人,若是有,那也是许明洋。她知道他们彼此的秘密,但是说出来又能怎样?年少的喜欢就是这样的,只能放在心里沉下去,说出来,就是错,就是负担。还不如就这样,带着祝福离开。

赵玫和苏晓一起去机场送许明洋,偌大的机场喧嚣不已。但是苏晓第一次安静下来,只是微笑着挥挥手。赵玫说:"苏晓,以后我们会不会也分开?"

苏晓说:"也许会吧,说不清,但是,赵玫,现在我们是朋友了,真正的朋友。"赵玫诧异地看着她,有些不明白。

苏晓决定对自己所做的一切守口如瓶。她只是转过身去,朝落地玻璃上自己的影子说:"再见。"

十八岁的骄傲

文◎桥边红药　图◎叶子

十八岁的春天,天气温暖,明晃晃的阳光柔软地倾泻而下。学校的白玉兰盛开了一朵又一朵,风一吹,就散发出阵阵清香。

刚开学时,白兰每天穿一件黑色短袖,搭配一条洗得发白的牛仔裤。因为颜色对比明显,她的那两条腿显得更粗,走路时一扭一扭的,常常招来别人的指指点点。每一次,白兰都低着头,眼睛看着脚尖,贴着走廊的墙壁,慢腾腾地下楼,像一只爬行的蜗牛。

我的成绩在入学时是全班第一名,是小伙伴们羡慕的对象。我拉了白兰,下课的时候跟她一起走过拥挤的楼梯,吃饭的时候面对面坐一张桌子。下晚自习后,我们一起走回宿舍。我知道,有我在,那些指指点点的手和小声议论的嘴,会收敛一些。我想告诉白兰,走自己的路,让别人去说吧,可是话到嘴边又咽了下去。年少时,我们的眼里常常只有自己,别人的缺点容易被置在放大镜下。自尊在张扬的青春里像一张薄脸皮,吹弹可破。

开学后的第一次班会,要选班干部,很多同学跃跃欲试。班主任拍拍我的肩膀说:"你来做这次班会的主持人。"我小心翼翼地将班会办得风生水起,演讲、竞选、个人秀,一切都有条不紊地进行。我知道,出一点儿差错,都会让白兰止步。直到班会快结束时,白兰才磨磨蹭蹭地举起了手,低着头小声说:"老师,我可不可以唱首歌?"

台下突然笑成一团,白兰都快哭了,可她还是张开嘴,唱了一首歌。那宽广的音域,还有缥缈而坚定的声音,仿佛把我们带到了青藏高原。听完她的歌,台下掌声如潮。

这个勇敢的姑娘,勇敢地走出了第一步。

理科班的一些男生常常笑我们文科班的人是文弱书生。每次在教务处领试卷,免不了有好事的男生喋喋不休地说这种话,他们知道我是文科班的学习委员。

只是我惜字如金,相信流言止于智者。一节体育课上,他们站在操场上,大声嘲笑我们。袁野带着篮球一阵风似的跑过去,拍着篮球笑着对对方说:"什么时候比比?"

比比就比比。

袁野带着班上为数不多的男生,在篮球场上和理科班男生对决。运球、投球、抢篮板,他们好像很有战术。看台上人声鼎沸。

袁野的头发剪得干净利落,细长的眉眼,整张脸轮廓分明,有阳光般的笑容。最后一局,我们以一分险胜。我笑着从人群中撤出时,袁野追上来说:"没给你丢脸吧?"

我承认,我是羡慕袁野的。每次考试,我考第一名,不用看也知道第二名是袁野。我跟袁野拉开的距离,不过是除数学之外,每一科都比他多几分,林林总总地加起来,捍卫自己第一名的位置。袁野却用一科数学,轻易地跃过了考试中的千军万马。

袁野说:"你帮我补补政史地,外加英语,如何?"我瞥了他一眼,不说话。他把篮球抛得很高,说:"我帮你补习数学。"

合算!肯给人面子和台阶下的男生,总能轻易交到朋友。就像后来,袁野在篮球场上和理科班的男生一一拥抱,绅士而有义气。

十八岁的青春年华,有一个女孩子为了鼓励我,勇敢地站起来,开成一朵白玉兰。她教会我自信得体、坚韧不拔,告诉我实力是保护荣誉的最好武器。

也有一个男孩子,大大方方地关心我。他教会我胸怀宽广、温润如玉,也告诉我团队合作总能轻而易举地胜过孤军奋战。

我明白,那些美好的品德在十八岁,是一种年轻的骄傲。

第二章 无处安放的青涩少女心

你越是炫耀，离你想要的就越远

文◎刘韩斐

有人说过：如果你想知道一个人内心缺少什么，那么只需要看他在炫耀什么。如果你想知道一个人自卑什么，那么只需要看他在掩饰什么。

通常来说，炫耀的人总是带有一种盛气凌人的姿势、居高临下的派头，总以为自己非同小可，但事实上人并没有多少好炫耀的。每个人生来都是一样，离开了那豪华的轿车、华丽的服装，离开了警车开道、簇拥的人群，来到了澡堂子里，剥光了衣服，都是同样的人，没有什么高低贵贱。

孔雀以开屏来炫耀自己的美丽，公鸡以啼鸣来炫耀自己的嗓音，母鸡用下蛋来告诉同类我比你强。动物和人类的炫耀又有不同。公孔雀因为它的羽毛非常漂亮，所以经常展开，不过最主要的是，这是它繁殖后代的需要。但如果炫耀是一种本能，同样，人类炫耀从本质上来说也是一种本能，但人有思想、有意识，所以掌握原则才是最重要的。毕竟炫耀本身并没有错，错的是不注意场合，把握不好分寸。

炫耀行为，通常被大家理解为虚荣、浮躁。但如果剥去"虚荣、浮躁"这层外衣，炫耀者只不过是想通过他人羡慕的眼光，得到自我满足和成就感，而这种对自我满足和成就感的极度渴望，有时候是源于内心深处的自卑及缺乏安全感。

在实际生活中，许多人都受到过虚荣心的困扰，只是在每个人身上的表现有强弱之分。在它表现弱的时候，并不能让人意识到其危害，一旦由弱到强发展起来，在强烈的虚荣心驱使下，就会令人产生各种可怕的动机。这种动机带来的后果是很可怕的。

喜欢炫耀的人无论在生活中，还是在工作中，经常把注意力放在别人对自己的评价上，喜欢听奉承话，他们不认真努力地工作，而是热衷于做表面文章，嫉妒比自己强的人，容不得别人有成就，喜欢贬低别人，幸灾乐祸。

《三国演义》中记载着这样一个故事。著名文学家杨修聪明绝顶，才思敏捷，世人公认。一次，陪同丞相曹操去游览新落成的一处园子，游览后曹操在大门上写了一个大大的"活"字，未加任何解释便离去了。负责修建园子的官员莫名其妙，一旁的杨修却领悟了曹操此举之意，马上告诉那些官员："'门'中加一个'活'字，不就是'阔'字吗？丞相是嫌这门开得太大了，改小一点儿。"还有一次，有人送给曹操一盒酥，曹操信笔在盒子上写下了"一合酥"。杨修见到了，立刻自作主张地把这盒酥分给众人吃掉了，还振振有词地说："丞相写这'一合酥'，就是说一人一口酥。"

杨修利用他的才智多次耍着小聪明，引起了曹操的反感与嫉恨。直到后来，曹操带兵在汉中与诸葛亮交战，战事极不顺利，又赶上连降大雨，大军一时陷入进退两难的境地。一天傍晚，部下问他今晚的行夜口令是什么，曹操随口说了声"鸡肋"。当杨修听到这个口令后，立刻劝将领们收拾行李，准备撤退。将领们问他为什么，他说："鸡肋这东西，食之无味，弃之可惜，丞相用这作今夜口令，表明他打算放弃这里了。"曹操得知此事勃然大怒，以扰乱军心罪处死了杨修。

我们在面对别人的炫耀时，也要有一个好的心态。唐代王梵志曾写过一首打油诗："他人骑大马，我独跨驴子。回顾担柴汉，心下较些子。"这里所说的"较些子"是说心里觉得比较好受些了。

有的人在看到别人炫耀财富时，便萌生嫉妒心理，还混合着"仇富"心态。"仇富"，"仇"的不是"富"，恰恰相反，是愁自己没有富，而这种心态往往会让人偏激。

有人可能觉得孔雀开屏也是一种炫耀，但是，动物界的炫耀像孔雀一样经常开屏炫耀自己的话，就有点儿说不过去了。人要是经常炫耀，周围的人不喜欢，那可就是贻笑大方了。MM

075

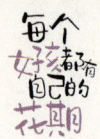

少女，社交恐惧症并不可怕，要学会自我调节

文◎张天晴　图◎王琼

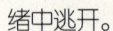

生活中不乏有这么一群人，他们敏感内向，不善言谈，待人接物不够大方，总是畏畏缩缩，非常紧张。这些很有可能是患上了社交恐惧症。

女孩，如果你被诊断患上了社交恐惧症，不要害怕，只要学会自我调节，相信便能早日拥抱阳光。

什么是社交恐惧症

社交恐惧症以过分和不合理地惧怕外界某种客观事物或情境为主要表现。

患者明知这种恐惧反应是过分的或不合理的，但仍反复出现，难以控制。

社交恐惧症可分为两大类：一类称为"一般社交恐惧症"，即无论处在何种社交场合，都害怕被人注意，害怕被介绍给陌生人，甚至害怕和人发生目光接触。

另一类是"特殊社交恐惧症"，即对某些特殊的情境或场合恐惧，如害怕当众发言等。

心理特征

社交恐惧症比较严重的人，既渴望得到别人的关注和认可，又害怕别人关注自己，看到自己的缺点和不足，害怕别人会看不起自己。因此形成了思想矛盾和心理冲突。

严重的还会出现一定程度的幻听和幻视，仿佛听到或看到有人在议论、看不起、嘲笑自己，而深感痛苦，出现自责、自罪心理。

社交恐惧症比较严重的人，对自己的评价偏低，总是过度关注自己的缺点和不足，拿自己的短处和别人的长处比较，以挫败自己。

而且患者对于自己的要求偏高，做不好、做不到或者出错的时候，会严厉地批评自己，自责、自罪，会有一定程度的羞耻感和负罪感。

社交恐惧症的危害很大，会降低工作效率，降低机体免疫力，严重者不能正常生活和工作。

社交恐惧症应该如何缓解

接纳自我

接纳你自己。不否定自己，并提醒自己"我就是我，不需要非得和别人一样"。

不苛求自己，能做到什么地步就做到什么地步，只要尽力了，即使结果不如意也没关系。

不回忆不愉快的过去，过去的就让它过去，没有什么比当下更重要的事情了。

接纳自我，可以从停止对自己的挑剔、批判、责难做起，不再苛求自己，不再急于从负面情绪中逃开。

坦然面对后，常常发现事情没有之前想的那么可怕。

认知重建

别总是假想人们会对你评头论足，大部分人主要关心他们自己和他们周围的事物，他们没时间拿你的行为消遣。

对话的时候，每个人时不时都会说一些不合时宜的话。不用认为尴尬的状况和冷场完全是你的责任，别因为交谈中的负面因素而感到内疚。

总会有不合时宜的事情发生，肯定会有冷场，这些都再正常不过了，继续做你自己。

我们可以这样驳斥这些"自我挫败"的认知，客观地衡量支持或反对这些观念的依据。

灾难化的想法：他们都会看出我不爱说话，很愚蠢。

支持该想法的依据：我总是不知道该说什么，和人交谈时感觉很紧张。

反对该想法的依据：说得少并不是一种错误，周围的人对我还是很友好的。

修正后的信念：他们不会因为我表现得紧张，就看不起我，即使有时候自己表现得有些笨拙，但是多数人并不在意。

当人们失去了客观看待事物的能力，只关注当前，而不是纵观全局，灾难化的想法就很容易产生。这时，以上"认知重建技术"对我们适应性认知的建立就很有帮助。

视觉想象

除了认知方面的技术，还可以运用"视觉想象"技术。

大体上讲，就是让自己逐步暴露到害怕的情境中去，用一种温和的方式让我们面对自己畏惧的情境。

刚开始时，最好躺下来，花一点儿时间让自己的身体放松。

然后，发挥想象力，在脑海里进行"练习"：设想自己走进某个社交场合；看到自己说话时口齿清楚、表情自然、充满自信、不慌不忙；别人也聚精会神地听自己的谈话。

每天练习这种想象，并且与"认知重建技术"结合起来。这可以帮助我们在真正演讲时保持镇静，显著降低焦虑水平。

训练社交技能

我们还可以练习一些社交技能。

我们可以通过书本、在线课程等方式，学习一些基本的社交技巧。

比如眼神接触、语音语调、姿势体态等；也可以观察别人是怎样与人交往的，然后将这些技巧应用于实践中，并不断调整和提高自己的社交技能。

这样的练习可以让人降低社交情境中的焦虑，并能够获得更积极的回应，也能获得社交行为的反馈和练习新技能的机会。

最后，要明白这一点，不要害怕让别人失望。

我们在任何时候、任何情况下，都不可能满足每一个人的愿望。

所以，只要我们尽到了自己最大的努力，就不必介意别人怎么想、怎么看。

只要我们做到不患得患失，放开对自己过分的要求，就可以轻松自然地与人交往。MM

哪些瞬间，你陷入了自己的小世界

文◎佚 名
图◎冷色系

@Sakura
就算听到电话铃响也不接，不响了再发短信问什么事，千叮万嘱不要打电话过来。就算是和家里人打电话也是一分钟之内结束。迷路宁愿查百度地图也不问人。

@荒芜。
恐惧新环境，但是又讨厌一个人做任何事。矛盾纠结体。

@悦滢渲汐
和认识但不太熟的人一起等待什么不能马上离开的时候，不知所措，极不自在。

@萧秋
因为不爱说话，默默学会了一切我所需要的技能，只要够时间，我一个人能撑所有的事情。

@Sunset
一个人旅行，一个人逛街，一个人吃饭，一个人看电影……

@Dcy
大概就是每次在大街上碰到熟人都会默默地低头走开。

@Backkom
和朋友在一块儿简直是个话痨，和朋友的朋友在一块儿，就只会"嗯""啊""哦""谢谢"。

@A
三个人一起逛街，她们走在前面，我一个人在后面，只好用玩手机来掩饰尴尬。

@Tiramisu
聚会类场合基本就是面带微笑地站在角落。被注意到就礼貌性地点个头。脸盲加近视，我会告诉你我分不清谁是谁？MM

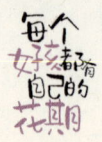

不要在自己编织的"美梦"中沉睡

文◎周丽媛

其实，自恋不一定是坏事。控制在合理的范围内，它就能带给我们自信、乐观、自强。但是通常我们说到自恋时，都是带有贬义的，原因是很多情况下我们都自恋得过了头。

比如，漂亮姑娘偶尔秀自拍，自恋一下身上独有的特质，观众是喜闻乐见的，但如果自身没有这个特质还要秀，一般人看见可能就会觉得"眼睛疼"，当然人家也不会干预你去做自己。但如果这种特质发展到夸大、排异的时候，就会招人烦了。

我的一个朋友曾经给我说过他自己的一个故事。

他在创业期间遇见一位女士，由于职业经历还算不错，就总是以一副她是专家的心态来指导他一个大男人的工作。

一开始他还真被对方是专家的气势给唬住了，在很长一段时间内请她吃饭并主动要求被指导。可时间久了，发现对方压根儿不能解决实际问题，所有的指导都只是停留在夸夸其谈的阶段。她东拉西扯地介绍了一堆所谓的资深人脉，也无非是临时搭的班子，自然对实际问题没有任何帮助。

"其实这也就算了，我也不跟一个女人计较。"我朋友接着抱怨，"但你不知道，她那副颐指气使的样子，仿佛我就是一个笨蛋！"

"那现在你们的关系怎么样呢？"我挺同情我的这个朋友。

"表面文章呗！还得经常被她的自拍照刷屏。秀完自拍还秀智商、秀业绩、秀自己的富足生活。受不了就给屏蔽了！"

"恭喜你解脱了。"

"哪有啊？上回因为业务上的事情又一起坐下来开会，我发现她眼睛红红的，就嘴贱地问了一句，结果她就把我当成蓝颜知己了，说了一堆她在婚姻里的付出和回报的不对等。我当时真觉得她太具有奉献精神了，听得我都差点儿想去找她老公评理去。"

"结果呢？"

"结果当天开完会我同情心泛滥送她出大楼，在楼底下遇见了来接她的老公。她虽然半推半就的，但还是很高兴，把我给气坏了！哎呀妈呀，她老公那个看不起人的样子，吹牛的能力比她还强十倍都不止。从那以后，我再也没理过她！"

"其实这个女人挺可怜的，只是她自己不知道。"我回了朋友一句。

很多时候，如果一个人在儿时自己的需求不被父母看见、关注或者回应，甚至以否定、转移、评判的方式处理，长大后就会通过各种方式求得更多人的关注。甚至有可能这个人的父母就是极度自恋的人，要求孩子都按自己的安排生活。

拥有这种父母的孩子，会生活在被父母安排的世界里，而他们的父母也会通过操纵孩子的生活，获得内心的满足。

小时候不被父母看见，长大了就要让全世界都看见，所以会显示出过分的自信，并通过打击别人来体现自己的成就，获得心理满足。

在公众场合体现自己的与众不同，并经常以"过来人"的身份去给别人建议和指导，但对别人又缺乏同理心和同情心。

在亲密关系中，这样的人往往会乐于扮演为家庭牺牲的角色。

他们用这样的方式来获取对方的关注，但往往越是"缺爱"的人就越会遇到另一个"缺爱"的人。于是在一段关系中，两个极度自恋者就会相互折磨。

这样的人，基本在成人后真心交往的朋友非常少。

人们都不愿意去跟一个时不时评判自己、打压自己、天天晒优越感的人成为朋友。同时，他们对友情的期待也有不合理的要

第二章 | 无处安放的青涩少女心

微凉的嫉妒时光，我与你相伴

文◎刘小兰

求，希望别人以他为中心甚至为他做出牺牲。

在职场上，一些刻意逢迎的下属可能表面对其阿谀奉承，转身却牢骚满腹，只是极度自恋者并不知情，他只会在那些编织的言语中加深自恋。

由于极度自恋的人生活在自己编织的美梦中，如果在现实生活中遭遇到与美梦严重不符的打击，比如职场上不被权威人士认可或者在亲密关系中被对方嫌弃，这时就非常容易激发他们的心理问题，而且这样的激发可能会相当严重。

由于极度自恋的人很难面对现实中的自己，也难以有机会被人提醒看见自己的本来面目，所以，如果在生活中没有契机发现自己，那基本上他们也没有可能意识到自己的这些问题，为此很容易给身边的人带来麻烦。

当然，这样的人也并不会完全没有朋友，一些能够洞见他们的缺爱模式，或者有大爱的人当然也可以和这样的人友好相处。

但我们大多数人自己身上都有弱点和缺点，就如同我的这位朋友一样，本身就有点儿自卑。一旦被极度自恋者卷入，就会不自觉地进入对方的陷阱。

虽然最终会爬出来，但经历的不痛快是真真切切的。

人都是很敏锐的，嗅到一点点不友善的气息，就会马上远离。

如果你身边有这样的朋友，在你自己还不够强大的时候，最好敬而远之。

同样，如果你发觉自己身边真正的朋友很少，也可以对照这个案例反思一下自己。🅜🅜

1.走自己的路，让别人去说吧

与嫉妒心强的人相处时，最好不要特意采取一些方式、方法来对付他们。

因为嫉妒心强的人是多疑、爱猜忌的，所以，倒不如将嫉妒心强的人当作普通人来看待。俗话说："见怪不怪，其怪自败。"与其费尽心思去琢磨如何防备嫉妒者，不如来个"无为而治"，取得个"无为而无不为"的效果。

2.适当妥协和退让

大智若愚，难得糊涂。孔子曾说："聪明圣知，守之以愚；功被天下，守之以让；勇力抚世，守之以怯；富有四海，守之以谦。"这不仅是一种单纯的策略，当一个人在鲜花与掌声的氛围中时，更需要谦虚、谨慎，这不仅可以防止被嫉妒，而且能从根本上调整自己的心态。

以爱化恨，以让抑争。以爱化恨法主要是以真诚的爱心去感化嫉妒者，从而消除和化解嫉妒。

老百姓常说："恨是离心药，爱是胶合剂。"因此，当遇人嫉妒时，你如果能够以德报怨，用爱心感化嫉妒者，恩怨自然也就会化解了。

以有原则的忍让来抑制无原则的争斗，这是根治双向嫉妒和多向嫉妒的关键之举。如果嫉妒者向你发出挑战，你以不失原则的适度忍让来求大同存小异，不失为化解嫉妒、免遭嫉妒的好方式。

3.说服、鼓励的对策

有些嫉妒是因误会而产生的，这就需要进行说服和交流。否则，误会越来越深，以至于严重干扰和破坏人际间的正常交往。在说服时，要注意心平气和，也要做好多次才能说服的准备。

对嫉妒者还要持鼓励态度。因为嫉妒是在处于劣势时产生的心理失落和不平衡，嫉妒者虽表面气壮如牛，但内心是空虚的，且隐含悲观情绪。

所以，你对嫉妒者持鼓励的态度十分必要。你可以客观地分析他的长处，强化他的信心，转变他的错误想法，而且要在力所能及的情况下，为嫉妒者提供一些实质性的帮助，从而使嫉妒者转变观念，由嫉妒心态转为公平竞争心态。🅜🅜

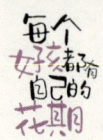

作为心理老师,我特别怕学生问我一种问题。

"老师,我在学习上越来越没动力怎么办?"

"老师,我感觉我走进了情绪低落的死胡同,做什么都打不起精神。"

我想告诉大家,情绪管理高手,不是一种永远只有正面情绪的人,而是更懂得同时从正面情绪和负面情绪中获取力量的人。

如果你不懂得理解情绪,正面情绪的损害也是很大的。

比如,金饭碗给你一种心理上的安全感,但太陶醉于体制的保障,会让你丧失承担风险、逆流而上的激情。这种"招死你"的温柔,会让你丧失提升自己的欲望。有朝一日,情敌出现时,你会输得一塌糊涂。

相反,愤怒会让你冲动,但愤怒也能让你明白自己的底线。

悲伤让你绝望,让你对世界万物心灰意冷,但悲伤能极大地提高你对痛苦的耐受力,还能帮助你获得别人的帮助。

焦虑让我们痛苦,让我们熬夜失眠,让我们食不甘味,但焦虑也能让我们看清自身面对的威胁。

情商高手能从各种情绪中汲取力量,包括正面的和负面的。正面情绪和负面情绪就像太极两仪一样相辅相成。

如果你执着沉醉在某一边里,很快你就会枯竭,或者走入另外一种情绪的极端。

至于我为什么每天能保持高强度地看书、写作、讲课,有一部分力量可能来自理想,来自经济和人气的鼓励,但也有相当一部分来自负能量,尤其是嫉妒心。

日本学者诧摩武俊在《嫉妒心理学》里这么描述:

"嫉妒是一看到别人占有了优越的地位,或者占有了看似优越的地位时,就想要积极地排挤对方,胜过对方,然后一脚将他踢到山脚下,就是这么激烈地包含着憎恨的感情。"

艾青则直接认为"嫉妒是心灵的毒瘤",各种古老的神话故事里,嫉妒心让天神堕落,让王国灭亡,让英雄发狂。

可以说,嫉妒心是众多文化一致批判的情绪。但今天我必须从心理学的角度,为"嫉妒心"洗白一次。

其实,嫉妒没你们想象的那么糟糕,鸡汤里总说,"谦虚使人进步,嫉妒使人退步"。鸡汤虽好,可是有毒,一个从来不嫉妒别人的人,只会是一个平庸的人。

雷军就多次在演讲中表达过,自己很嫉妒马云,所以每天干活才这么拼命。

但马云日子也不好过,他在演讲中也坦言,

用嫉妒心的积极一面,逐渐成长

文◎剑圣喵大师
图◎莹 月

自己很嫉妒腾讯，好不容易赶上来了，马云带着公司庆祝了一番，放慢了脚步。结果，腾讯搞出了微信，他后悔莫及。

可以说，互联网大佬在钱多得没地方花的情况下，一天还工作十多个小时，嫉妒心是他们力量的重要源泉。

包括我自己，多少次想放弃，多少次想休息，为什么又爬起来更文了呢？原因是朋友圈里，又看到了朋友的文章在刷屏。

别说"你若安好，就是晴天"，除非这个"你"是我们最在乎的人，如果这个"你"泛指一般朋友，那么多半是"你若比我好，我整个人都不好了"。

心理学家对嫉妒进行了深入研究，发现嫉妒心有时对于自我成长，是有重要的促进作用的，它会帮助个体突破现有的认知局限。

当然，嫉妒也可能产生很大的破坏作用，会让一个人幸灾乐祸或者攻击对方，这种决策错误会极大地破坏一个人的人际根基。

关键就看当"别人比我好"这个刺激出现的时候，人们是激活善意嫉妒，还是激活恶意嫉妒。

心理学家Van de Ven（范德温）在2015年提出了嫉妒类型理论。目前，越来越多的学者根据情绪体验的动机与内容将嫉妒分为善意嫉妒（benign envy）和恶意嫉妒（malicious envy）。

善意嫉妒会增加得到嫉妒目标所有物的渴望，但不会产生恶意嫉妒的敌意，善意嫉妒更加贴近羡慕情绪，常常带来有益的竞争性行为；恶意嫉妒常引发对嫉妒对象的贬低，这两种类型嫉妒体验的差异具有跨文化一致性。

有学者认为，善意嫉妒的个体注意力偏向于提高自己的结果，旨在提高自己的相对地位，嫉妒者会努力与嫉妒对象保持一致，愿意为获得渴望的物品付出代价。

而恶意嫉妒的个体注意力更多偏向嫉妒对象，旨在破坏他人的优势，以方便自己幸灾乐祸，他们更多会远离嫉妒者，但会对其保持负面评价。

雷军、马云等人的嫉妒，就属于善意嫉妒，这是值得我们学习并拥有的良好情绪。

而生活中，我们见过太多的恶意嫉妒，因此这让我们对嫉妒心充满了排斥。

有男生因为嫉妒舍友的成绩，开始进行不正当的行为。

有女生嫉妒朋友的成绩，便悄悄在老师和同学面前抹黑朋友。

恶意嫉妒就是一条毒蛇，它会让人迷失方向，最终让人堕入深渊。

Ellman（埃尔玛）等人发现，嫉妒情绪具有强大的进化性，通过与竞争对手比较，评估自己获得重要资源的概率和应该付出的努力程度，嫉妒情绪有助于推动处于资源劣势的个体主动减少自己与被嫉妒者之间的差距。

例如Facebook（脸谱网）上善意嫉妒心强的人，有更高概率学得被嫉妒者的生活模式。

那现在的关键问题就是，如何利用嫉妒情绪成长，成为一个"善意嫉妒者"。

（1）应得性判断

大量研究者经过研究发现，应得性判断（deservingness）是一个人产生不同类型嫉妒的重要认知区别。

有句话说，一个人的成熟，是从他明白这点开始的。

能在一定位置上的人，一定有过人之处，他获得了某些东西，那肯定是采用了一些方法，不管你多么讨厌他。

当清楚这点，人会判断敌人的某些资源是应得的，他会学习敌人的某些策略，最终让自己得益。

我是一个理性写作的人，我非常嫉妒某些靠情绪化宣泄内容吸引千万粉丝的作者，我嫉妒她们，她们一条广告几十万元，顶我写几年，我的阅读量只有人家的零头。

我一度很讨厌她们，写文批评她们，在各种场合告诉大家，如果情绪化的无脑内容逐渐深入人心，那会是一场人类的浩劫。

但随着我身边的人逐渐放弃自己的理性写作风格，成为专骂男人的"田园女权号"，成为一言不合就开撕的"脏话煽动号"时，我不得不明白一个事实。

我靠写文批她们，恐怕是没法降低她们的影响力。当代人很难思考她们的情绪，这时情绪会折磨她们，于是她们选择宣泄情绪，某些公众号给了她们这个途径。

所以她们的成功是必然的，如果我也想和她们一样，我就必须有我的特色，我就必须把思考情绪这件事讲清讲透，哪怕一天十几篇文献让我头痛欲裂，我也必须把这件事坚持下来。

这样的想法不仅让我不再痛苦，还让我的影响力逐渐增加。

人际斗争中，运用智力策略比挥舞道德大棒管用，前者能有效打击敌人，后者经常会打击自己。

道德不能让敌人停止他的努力，要想拿下一个职位，签下一个订单，必须靠能力的提升。

（2）主观公平感

主观公平感（subjective fairness）来自对规则公平与否的判断。Parks（帕克斯）发现，通过改善结果或者给出合理的解释引发公平感，可以减少相对剥夺感引发的嫉妒，增加合作行为。

也就是说，"这件事不公平"这样的观念，会让你更加陷入恶意嫉妒中。在恶意嫉妒中，不公正感会使得个体故意降低工作效率和减少对工作的贡献（Tai, Narayanan, & Mc Allister, 2012）。

其实，你的人生，从来就没必要强求公平。

我让你不要强求公平，不是说，我们就放任秩序被人践踏，生活规则被人侮辱，某些法规被人凌驾。

而是说，这事必须你自己摆平，你老把"不公平"挂在嘴边，不会有超级英雄来帮你，反而会让你工作效率降低，力量削弱，最后就越发不公平。

如果你把别人的行为，看得比自己的行为还重要，那就等于把自己的命运交给别人，又期待一个也许永远都不会出现的英雄为你伸张正义，这无异于自我谋杀。

若要强大，就无所谓公平。若要前行，就得离开你现在停留的地方。

（3）核心自我评价

核心自我评价是人们对自己能力、价值和生活控制力的评估，制约着个体对生活情境和事件的态度，包括四个潜在特质：自尊、一般自我效能、内外控制倾向和情绪稳定性。

当个体的核心自我评价更有利时，个体会判断为遇到挑战，增加积极倾向，产生更多的亲社会行为。

反之，当个体判断核心自我评价受到威胁，基于自我保护和防御动机，嫉妒者会驱动攻击别人的行为。

曾经我去某高校进行青马培训时，七点开始的讲座，我五点钟接到通知，改在明天了。

我都快到学校了，邀请我的董老师愧疚地说："周老师，今天刚好有个思政检查，校领导想提升名气，今晚就让某个名校专家讲了！"

我这能忍？

我不动声色地告诉董老师："没关系，我都已经来了，就坐着学习下吧！"

学习啥啊，我等着看他讲砸，然后我幸灾乐祸。

结果，专家讲得也不算砸，讲得太传统了，一板一眼的。尤其那个PPT（演示文稿）颜色鲜红，看着蛮不舒服的，学生也陆陆续续走人。

专家可能赶时间，也可能有其他原因，提前半个小时就走了，董老师让我上台接着讲。

结果我讲得很生动，全场笑声一片。

有个学生和我讲："名校教授虽然很厉害，但你的讲法更接地气。"

这时，我突然发现，我前面幸灾乐祸的想法其实是不对的，我甚至想找几名学生捣乱，但这种做法实际上很糟糕。

嫉妒别人时，与其抱怨对方，感叹社会不公，不妨审视下自己目前现有的资源和能力，有没有一些特长可以支撑起自己的自我价值，增加自己对情绪的控制力。

我确实不是名校教授，但我可以通过增加课堂活跃度，增加PPT的趣味性，来和他们抗衡。

所以我其实应该感谢那位专家，他帮我定位了自己的特色。

引导嫉妒情绪的方法还有很多，在这里不一一列举。别总扯什么淡定，嫉妒有时才是成功的绝招。学会善意地嫉妒优秀的同事，你就能渐渐变得优秀起来。

情绪也总是具有双面性的，不要抛弃嫉妒，善于利用嫉妒，就是超越别人的前提。只不过你要懂得利用自身的心灵成长，而不是靠打压别人的幸运。 **MM**

第二章 无处安放的青涩少女心

少一点儿嫉妒心

文©路易斯·穆诺
译©刘梦
图©akano 冷色系

环顾四周,身处在竞争如此激烈的社会环境中,别人取得的一点点成功,都有可能激发起我们强烈的嫉妒心。

如何调节这种嫉妒情绪,让嫉妒不再是扎在我们心头的一根刺,而化作激励我们自身进步的动力呢?本文探讨的就是这个问题。

哲学家弗朗西斯·培根曾经说过:"嫉妒总是来自于自我与别人的比较,没有比较就没有嫉妒。"

所以,皇帝通常是不被人嫉妒的,除非对方也是皇帝。反而是处在同一水平线的人之间更容易产生嫉妒,其中以工作圈里的嫉妒情况尤为严重。

在现代社会中,由于职场上的竞争压力不断增加,同事之间总会有涉及利害冲突的地方,所以互相之间产生嫉妒也在所难免。

诺贝尔经济学奖得主,美国普林斯顿大学教授保罗·克鲁格曼曾经做过一项测试,给多名公司职员三种选择,在他和他的同事们每年完成相同工作量和工作强度的前提下:1.给他4000欧元的年薪,给他的同事们6000欧元的年薪;2.给他和他的同事们一样都是3500欧元的年薪;3.给他3000欧元的年薪,给他的同事们2500欧元的年薪。问:选择哪一项最能让他开心?

回答这道题的大多数人最后都选择了第三个,但其实从理性的角度来分析,选择1才能让他本人获取最大的经济利益。

而从公平的角度出发,选择2最为公平公正,也有利于维护同事团结。

然而,因为嫉妒心作祟,大部分人最终还是选择了3,这也反映出人们一种很扭曲的心理状态:宁可自己少拿一点儿,看着别人不如自己,也不愿自己多拿一点儿,却看着别人比自己强。克鲁格曼教授表示,这也说明,人们的满足感不仅仅来自于自己实际上得到了多少,也来自于看到别人在某些方面明显不如自己。

嫉妒心自古有之

嫉妒是人类的原始情感冲动之一,也是自然选择之下的产物,包括人类的"近亲"猿猴,也有很强烈的嫉妒心。

美国埃默里大学的灵长类动物学教授弗朗斯·德瓦尔做过一项实验,他让两只猴子做同一件事情:将一块小石头交到一名工作人员手中,任务完成后,它们会分别得到一份水果作为奖励。

在第一次实验中,当一只猴子完成了任务,并获得了一根黄瓜作为奖励时,它显得非常高兴。

不过,当它发现另一个同伴得到的奖励居然是一小串葡萄后,顿时变得愤怒起来,因为在猴子们眼中,葡萄是比黄瓜更美味的食物。

在第二次实验中,这只猴子在完成了任务,却发现自己的奖励还是黄瓜而不是葡萄之后，愤怒地将黄瓜丢向了工作人员，并且捶打桌子表示不满。

由此可见，嫉妒心是与生俱来的，是我们最原始的生物本能之一。

此外，有一组来自日本的研究人员在美国《科学》杂志上发表报告称，他们通过功能磁共振成像仪，确定了人类大脑中产生嫉妒情绪的区域。

日本放射医学综合研究所的研究人员，让接受测试者阅读能激发他们产生嫉妒情绪的故事，并用功能磁共振成像仪测定他们大脑各部位血流的变化，结果显示，在测试者阅读故事时，他们大脑前扣带皮层最为活跃。前扣带皮层一直被认为是大脑处理身体疼痛的区域，通过这次研究证实，它也是大脑产生嫉妒情绪的区域。

嫉妒也有正面作用

尽管在很多人看来，嫉妒是一种最不入流的情感，如法国伦理学家罗什福科所说："人们对于自己的情感往往会夸夸其谈，甚至包括最低落时经历的那些。但嫉妒过于渺小而可耻，没有一个人胆敢公开承认自己的嫉妒。"

话虽如此，但嫉妒也有让人意想不到的正面作用，比如，嫉妒可以激发艺术家的创作灵感，同为著名画家的达·芬奇和米盖尔就曾经互相嫉妒过对方，同样的情况还发生在音乐家莫扎特和萨列里，文学家塞万提斯和洛佩·德·维加，以及诗人魏尔伦和兰波之间，这种嫉妒促使他们为世界艺术史留下了更多伟大的艺术作品。

美国得克萨斯州大学的心理学教授戴维·巴斯一直致力于研究嫉妒在人类进化的过程中到底起到了怎样的作用。

在他看来，嫉妒对于人类的进化起到了至关重要的作用，正是因为有嫉妒心，人类在进化中才没有被大自然淘汰。

在几万年前，面对极端恶劣的生存条件，人类很自然地对其他资源竞争者保持着警惕和敌意，并对占据资源较多的竞争者产生嫉妒，而正是这种嫉妒，反过来又促进了人类更有效地进行生存和繁衍，并和其他竞争者抢夺生存资源。即使是在现代社会中，嫉妒只要被控制在适当的范围内，也能对我们的人生起到积极的正面作用。

越年轻越易妒

人们普遍倾向于认为，年长的人更容易嫉妒年轻人，因为他们再也无法拥有属于年轻人的那种青春和活力。

但事实并非如此，研究表明，其实年轻人反而比年长者更容易嫉妒别人。

这项研究是由圣地亚哥大学的心理学教授克里斯汀·哈里斯和尼克·汉宁格共同进行的，研究的成果发表在《社会心理学的基础与应用》杂志上。

哈里斯教授说："嫉妒是一种强有力的情感，基督教甚至将嫉妒定义为七宗罪之一。

我们想要研究嫉妒这种情绪，不仅仅是因为它是一种负面的情感体验，还因为它是许多事件背后的动机——从童话故事中继母给白雪公主的毒苹果，到现实生活中的占领华尔街运动，等等。"

两位心理学教授在调查了900多名年龄在18岁到80岁之间的人之后，初步得出了以下结论：首先，嫉妒是一种比较普遍的情感体验，超过75%的被调查者都表示他们在过去的一年内有过嫉妒他人的经历。

其次，嫉妒情绪会随着年龄的增长而降低，在调查中，有80%的30岁以下的年轻人在过去一年中曾经有过嫉妒他人的经历，但对于那些50岁及以上的人而言，这一事件的概率降到了69%。

不仅如此，两位教授还发现，人们嫉妒的内容也会随着年龄的增长而发生改变，年轻人比较容易嫉妒他人的容貌和感情生活，但对于年长的人来说，他人的事业成功和财富更能引起他们的嫉妒之情。

对此，哈里斯教授表示：之所以嫉妒情绪会随着时间的推移而不断减弱，可能是因为随着年龄增长，人们的生命历程也在不断丰富，经历得多了，所以容易看得开，对于很多东西也就没有年轻时那么执着了。

不过，凡事都要辩证地去看，嫉妒情绪的降低也未必是一件好事。

嫉妒虽然是一种负面的情绪体验，但它通过激发人的斗志，让人朝着目标努力，不断地去提高自己的竞争力，也起到了一定的正面作用。

所以，当一个人随着年纪的增长，变得越来越不会嫉妒别人了，那么他有可能是在岁月的洗礼下变得更豁达通透了，也有可

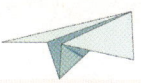

能仅仅是失去了斗志，所以变得安于现状了而已。

幸灾乐祸的心理

嫉妒，还有可能衍生出另外一种负面心理，那就是幸灾乐祸。幸灾乐祸指的是，对他人的不幸经历而感到高兴。

但为什么在别人发生不幸的时候，我们会产生愉悦感呢？心理学家吉尔特·霍夫斯塔德在其所著的《心灵软件》一书中写道："嫉妒才是引起人们幸灾乐祸心理的元凶，因为人们只有通过对自己的嫉妒对象产生幸灾乐祸的心理体验，才能消除嫉妒给他们带来的痛苦感受。由于社会竞争越发激烈，再加上比较心理的影响，人们很容易对成就、地位、技术高于自己的人产生嫉妒心理，这些人就更容易成为被幸灾乐祸的对象。

比如，当某位富商或者明星被曝出丑闻时，一些网友就会大肆评论和攻击他们，幸灾乐祸就是这样产生的。"

社交网络引起的羡慕嫉妒恨

社交网络的出现，让人们的交流突破了空间的阻隔，拉近了人与人之间的距离，但同时，社交网络也放大了每个人生活中的成功和失败，这就为嫉妒的网络化普及创造了条件。打开社交软件你就会发现，几乎所有人都在试图通过社交网络来显示自己小小的优越感，有的在晒和伴侣的合影，有的在晒大餐，有的在晒自己旅行的照片，更多的还是晒自己美颜过的自拍照，每个人都希望在网上呈现出一个比现实中更完美、更优秀的自己，但他们没想到的是，这样的做法也可能会招来别人的反感。

有两所德国大学共同对知名社交软件脸谱网引起的嫉妒感进行了调查研究，并撰写出一份名为《脸谱网导致羡慕嫉妒恨》的报告，报告中显示，有三分之一的用户在访问过社交网站后会出现负面情绪，甚至会对自己的生活感到不满。感情不顺的人会羡慕别人晒出的幸福的家庭合影，女性用户则或多或少会嫉妒那些长相漂亮、身材好的女生，男性用户则会羡慕其他人取得的成就，有些用户甚至会因为自己照片下的评论和点赞数没有别人多而耿耿于怀。

嫉妒也分"良"和"莠"

荷兰蒂尔堡大学的心理学教授范德温将嫉妒分成两类，一类是善意的嫉妒，一类是恶意的嫉妒。

其中，善意的嫉妒会让人学习和模仿嫉妒的对象，从而达到提升自我的效果；而恶意的嫉妒只会让人变得心胸狭窄且充满怨恨，没有任何意义。

对此，范德温教授做过一个实验，他征集了100名大学生志愿者，将其分为两组，并让他们看了一本讲述一个成功科学家的传记类小说。

尽管两组志愿者看的小说相同，但在第一组志愿者阅读的过程中，研究人员故意引入了很多"努力都是徒劳的，最终还是要靠运气"的暗示，而在第二组志愿者阅读的过程中，研究人员则向他们宣扬"科学家是靠着努力而非运气，才有今天的成就"的观念。

接下来，研究人员又让两组大学生志愿者阅读一个他们同龄人的资料，资料上显示，这个名叫汉斯的大学生凭借出色的学术能力获得了很多奖项和奖学金，是一名品学兼优的大学生，同龄人当中的佼佼者。看完资料后，研究人员让两组志愿者分别谈谈自己的感受，结果第一组被灌输了"努力无用论"的大学生表示，汉斯的故事让他们感到内心挫败，而第二组被灌输了"一分耕耘，一分收获"的大学生则表示，汉斯的故事对他们很有启发，他们在接下来的时间里会努力学习，争取得到更好的成绩。

对此，范德温教授总结道，第一组志愿者在听完汉斯的故事后，产生的是"恶意的嫉妒"，而第二组志愿者产生的则是"善意的嫉妒"。

这两者的区分点在于，你是否认为对方的成就是应得的。恶意的嫉妒和我们平常说的羡慕嫉妒恨中的"恨"距离就近了，而善意的嫉妒会使人学习模仿嫉妒的对象，充满斗志，从而提高自身能力。

所以，只有正确地认识和引导自己的嫉妒心，让它成为我们进步的动力而非阻力，我们才能活得更快乐，也更释然。MM

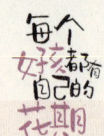

心理测试：你是一个嫉妒心很强的人吗

文◎佚 名

1.当我有一个明确目标，我会很在意其他人是否达到了这个目标。
A.是的，我一直是这样
B.我大部分时候是这样
C.我有时会这样
D.我从来没有这样过

2.我讨厌听到周围人向我炫耀自己的财富或者成就。
A.是的，我一直是这样
B.我大部分时候是这样
C.我有时会这样
D.我从来没有这样过

3.看到别人倒霉我就高兴。
A.是的，我一直是这样
B.我只对我讨厌的人是这样
C.我只对那些人品欠佳的人是这样
D.我从来没有这样过

4.我相信我将来的运气还能再好一点儿。
A.是的，那些所谓的成功人士里有好多人还不如我呢
B.我的运气应该能更好一点儿，现在只是时候未到
C.我希望运气能好一点儿，但我知道有好多人还不如我呢，相比他们我已经很幸运了
D.我很满意自己现在的状态

5.当我的朋友取得了成绩，我会由衷地替他感到高兴。
A.我不会，因为人生本来就是不公平的，有些人得到的东西是他们本不该得到的
B.我可能会，要是朋友为此曾付出过足够多的努力的话
C.我应该会，朋友取得的成绩不会对我造成影响
D.我一定会，看到朋友取得了成绩，我为他们高兴

6.如果我和朋友的友情有了问题，那是因为他们嫉妒我。
A.一定是这样，因为他们全都嫉妒我
B.很有可能是这样，但他们也许只是无意识的
C.也许是这样
D.肯定不是这样，如果友情出现问题，那我和朋友双方都有一定的责任

7.很多人取得的成绩在我看来根本不值一提，却还有许多人为他们叫好。
A.一定是这样，因为我看得比别人更透彻
B.很有可能是这样，我只是比别人的标准高一点儿而已
C.也许是这样，要看对方为此付出了多少努力，以及这个结果是否公平
D.肯定不是这样，我会和其他人一样为他们的成绩鼓掌

8.我的同事在工作上能做出成绩全凭运气。
A.的确，运气才是关键
B.很有可能是这样，不过他们也有其他优点
C.也许是这样，但他们应该也为此付出了很多努力
D.肯定不是这样，他们都是真材实料

9.当其他人得到了我梦寐以求的东西，我会感到沮丧。
A.是的，我会非常沮丧
B.很有可能这样，如果这样东西真的对我来说如此重要的话
C.也许会这样，如果其他人使用了不公平的手段的话
D.肯定不会这样，我只会提醒自己要更加努力

10.我觉得自己的嫉妒心……
A.非常强，我很容易就会嫉妒别人
B.有点儿强，我不会一直嫉妒别人，但在很多时候能明显感觉到嫉妒
C.一般，我的嫉妒仅限于某些我特别在乎的地方
D.没有，我从不嫉妒别人

测试结果： 每道题选A得10分，选B得7分，选C得3分，选D得1分，将10道题的选项对应分值加在一起，就可以得到你的"嫉妒心指数"百分比。例如，你所有选项的总分值加起来是75分，那么你的嫉妒心指数就为75%。如果你的嫉妒心指数超过了80%，那你的嫉妒心未免也太强了，过度的嫉妒会很可能让你陷入痛苦和焦虑当中。不过，如果你的嫉妒心指数低于20%，也不是一件值得高兴的事情。

因为，一个没有什么嫉妒心的人，很容易就会对生活安于现状，少了几分拼搏进取的动力和热情，从长远角度来看，不是很利于个人的发展。MM

第二章 | 无处安放的青涩少女心

如何战胜过度的攀比心

文◎孙雪华
图◎风子洛

有一个人上大学时，惊喜地发现校园里的女生美丽动人、身材健美、衣着大胆，"简直就像要去参加《体育画报》泳装特辑的海选一样"。但是他的朋友说："我们学校一个漂亮女生都没有。"这让他大惑不解。后来他到朋友的宿舍里玩，发现宿舍里贴满了时尚杂志的巨幅美女照！整天被那么多美女照片包围着，朋友的审美标准自然高得离谱。

这个人就是著名心理学家肯尼克，他推测，这种与虚拟人物的对比应该是一种普遍现象。于是他设计了一个实验：

攀比实验。

他让一半志愿者看抽象画，另一半看时尚杂志的美女照，然后问他们目前的亲密关系状况。结果发现，男人看过美女照后，对他们与妻子、女朋友的关系会更不满意。

这说明，攀比心无处不在，并非理智可以控制。

哪怕一个男人在看时尚杂志时，明明知道模特明显跟自己一点儿关系都没有，但仍然会在潜意识里把她们拿来和自己的妻子、女友比较，然后自然就觉得自己的另一半没有吸引力。这不仅会损害我们与爱人的关系，还会降低我们对生活的满意度。

生活中的攀比

当你走在街头，虽然并不经意，但眼睛瞟过的杂志封面都是一幅幅美女巨照；摊开报纸，连篇累牍的都是广有影响的名人、明星；打开电视，跃入眼帘的又是豪门恩怨；就算上网，最抢眼球的也永远是那些莫名其妙就红起来的网络红人。虽然你在理智上知道这些人与你的生活无关，但你的潜意识已经替你与他们比较了一番，然后你的幸福感就悄悄地又少了一点儿。

别人家的孩子

你大概也听说过传说中有一种奇特的生物，叫"别人家的孩子"。这是由于现代社会的人际圈子与远古时代完全不同。现代社会资讯发达，信息传递的效率提高，我们每天都被泛滥的信息轰炸着，但我们能处理的信息量是有限的，因此，最后胜出的总是那些最让人印象深刻的信息，让我们不由自主地和校花比长相，和全校第一名比成绩，和"富家子弟"比有钱。这个"别人家的孩子"，他不是一个人在战斗，你和他比拼下去，只会误判形势，错以为人群中富人、名人、美女、高管比比皆是，而严重低估了自己的相对地位，从而大为失落、抑郁。

怎样攀比更幸福

我不会建议你戒绝攀比。这不可能，也没必要。攀比心就和消极情绪一样，有它存在的合理性。不要痛恨或者鄙夷攀比心，你只需要了解它的由来，知道它是人性的一部分，然后尽量使它不要过度发挥即可。

那么，如何才能战胜过度的攀比心呢？

1

不要拿你不能改变的事情去攀比。

怨恨自己的出身，嗟叹为什么自己的父母非富非官，这是最经常听到的感慨。然而，拿这些你不能改变的事情去攀比，实属不智。如果一件事你不能改变，那你就不需要为它负责。

著名作家史铁生双腿瘫痪，

但他曾说："没错，我不能走；你能漂黄河，可是你能飞吗？你照样有局限，如果你不为不能飞而烦恼，我也可以不为不能走而烦恼。"史铁生可以不为瘫痪而烦恼，你有什么理由为那些你无法改变的事烦恼呢？

2

如果你实在要跟别人比，那就比你在多大程度上改变了自己。

想象一下，父母一分钱也没有给你留下，你通过努力，自己白手起家地挣了一百万元；别人的父母给他留下一百万元的资本，他把它变成了五百万元。从绝对数量上看，他比你牛，但从过程来看，你比他牛。而我们早就知道，幸福不在于目标，而在于过程。

你需要关注的是那些你能改变的事，那才是你的价值所在。你要去努力的，不是做到比别人在某个方面更好，而是如何做到自己的最好。凡是你不能改变的事情，你都不需要负责，也不能作为评判你的依据。你是由你能改变的事情定义的。

攀比，就是把幸福权拱手让给别人，因为怎样做到你自己的最好，是你能控制的，而怎样做到全世界的最好，是基本不由你控制的。

幸福的人用内心的标准来评判自己，而不幸福的人用别人的标准来评判自己。每个人的人生都是不同的，我们不应该跟别人比，而应该跟自己比；不是要达到全世界的最好，而是要达到自己的最好。所以，用力地和自己攀比吧，这样你会更幸福的！MM

真正塑造我们的，是自信

文◎行一

有人曾经说过，人的第一桶金就是自信，因为自信是得到任何事物的首要条件，一个相信自己的人才能相信别人，才能相信自己的未来会很美好。

多照镜子：爱照镜子，爱在镜子前摆弄自己心爱的衣服的人往往更自信，因为镜子能够反馈给我们美与丑的自我姿态，这样在别人面前就能展现出最美的一面。

穿漂亮得体的衣服：得体的衣服是女生的一把利器，它能瞬间让人看起来气质高雅。出席重要场合、重要会议和心情不好的时候都应该把自己打扮得漂漂亮亮。

主动与他人打招呼：无论你的笑容够不够甜美，笑容总能让人神清气爽。无论是在校园中还是办公楼中，主动与他人微笑、打招呼，甚至是不熟悉的同学同事，你的亲和力会让自己容光焕发。

试着果敢做决定：无论是工作、学习还是和男朋友约会，都主动做那个拿主意的人，比如工作怎么做才能又快又好，今天去看哪部电影，不要总是说"随便""都行"。

多与他人眼神交流：平时说话不要总低着头，不仅给对方你不自信的感觉，连自己都觉得自己弱爆了。勇敢地看着对方的眼睛，是尊重，更是锻炼自信。

勇敢讲出自己的观点：讨论会、社团活动这些集体参与的活动中，你是不是应该表现一下自己呢？永远"随大溜"的人怎么会自信起来呢？别担心自己会说错话，年轻就是资本，因为你年轻，老师会去理解、引导，当老师看到你的进步时，也会感到惊喜。

永远做好充足准备：台上的自信和从容源自台下一遍又一遍的苦练，每当重要面试、表演或者当众发言，一定要事先做好准备，在家人、朋友面前练习好如何说话。

做一件个性之外的事：换一套颜色鲜亮的衣服，去登山骑行，尝试潜水，所有那些在你看来有些冒险的行为，都值得一做，无论结果如何，你至少可以为自己的勇敢喝彩。

学会独处：独处是一门课，习惯了朋友陪伴一起玩闹的日子，你会不习惯一个人的时候。有他们在你会很自信，这是源于他们帮你解决了很多问题。实际上，你个人并没有成长，什么时候都自己拿主意就真的长大了。

勇敢说"不"：对不喜欢做的事情说"不"，对没好心的同事说"不"。拒绝他人往往需要更大的勇气，勇敢地告诉他自己说"不"的原因，让他知道你真的不是那个什么都忍气吞声的老好人。MM

焦虑情绪与身高关系密切

文◎徐克峰　图◎繁　繁

美国纽约州立大学心理研究中心通过一项最新专题研究发现，比起那些开朗、快乐的同龄女孩，整天遭受紧张、焦虑情绪困扰的女孩往往身体生长发育失常，最后出现的典型结果便是身材相对矮小，而且长大成人后大多难以成为身材高大的女子。

这项研究结果是由儿童心理学家丹尼尔·帕斯和他的8名同事，在对716个9～18岁的女孩进行了为期10年的长期跟踪后研究得出的。研究数据显示，紧张、焦虑的女孩，将来的平均身高会比开朗、快乐的女孩矮5.1厘米，而且将来长成身高1.57米以上的可能性要减少2倍，至于长成身高1.62米以上的身材较高女性的可能更是会减少5倍之多。

这些经常处于紧张、焦虑情绪的女孩，其父母身高大多正常，因而从遗传角度来说她们并非天生身材矮小。由此专家们分析认为，诸如紧张、焦虑等负面情绪可能抑制了某种专门掌管身体生长发育的激素的正常分泌。不过让专家们大感困惑的是，他们同时发现，紧张情绪并不会导致男孩身材矮小。他们认为，这很可能与男孩女孩面对精神压力做出的生理反应不尽相同相关——另一些研究显示，面对同样强度的精神压力，男孩能更好地予以调适，女孩却往往处于长期负面情绪的控制下难以自拔。

在以往的研究中，科学家们早已发现，罹患恐慌症、抑郁症等心理疾患的成年患者，其身体常常出现分泌控制身高激素的异常现象。所以，最新的研究结果实际上并不使专家们感到特别惊讶。

进一步的研究还表明，两种紧张焦虑情绪与身高生长有直接关系。一种主要来自家庭，被称为"分离紧张"，指的是一些女孩为父母可能的离异而整日忧心忡忡，有时这种情绪甚至严重到使她们不愿与父母分开哪怕一分钟，或干脆经常称病在家而不愿去学校，也有的表现为学龄前仍不愿与父母分睡在不同房间。另一种则主要来自家庭之外的所谓"紧张焦虑已成习惯"，一般表现为性情胆怯，对自己的外貌、学习、智力或运动的水平缺乏自信，唯恐老师或小伙伴们会不喜欢她，更害怕与他人展开竞争，等等。

在美国，遭受这种精神压力而影响身高的女孩至少占5%。而在我国，专家们认为此比例可能更高些，这是因为受传统东方文化影响，中国女孩面对精神压力往往不及美国同龄女孩那么开朗乐观，通俗地说，即不那么"想得开"。

为了使这方面的负面影响降到最低，专家们认为，家长一旦发现自己学龄前后的女孩出现紧张、焦虑倾向，应该立刻寻求医生帮助，而不应认为仅是区区小事，或过了这个年龄就会不治自愈，等等。家长们还应该了解，学龄前后的女孩已有许多足以引起精神压力的事，其中包括父母关系、家庭经济、自己的容貌、学习能力、交际水平及言谈举止等。

丹尼尔·帕斯还披露，他和同事们怀疑，紧张、焦虑等负面情绪还可能影响到孩子大脑的生长发育，从而使孩子的智力发育迟缓或出现异常。对此他们还将进行进一步研究。

同我的偶像一同成长

文◎佚名
图◎猫草

说到追星，很多人对其嗤之以鼻。在大多数人眼里，追星的人被冠上"脑残粉""花痴"等称号。我也一直不太理解为什么有人能对偶像如此狂热，直到听到一位朋友的回答："有人问我，你不知道娱乐圈都是假的吗？我说，我知道，或许我为之付出的对象是虚幻的，但我得到的快乐是真实的。"

这话我相信。谁还没有为自己特别喜欢的东西下血本的时候？和普通的兴趣爱好相比，追星是把一群狂热的同好者聚集在一起，使大家的狂热更现象化地呈现在公众面前。

古今中外，都不乏追星的人。除了能获得愉悦感之外，追星还是鼓舞粉丝前行的精神动力。奥巴马自小把林肯作为偶像，发誓要像林肯一样。而他也确实在偶像的影响下，成长为美国总统。马龙喜欢蔡依林十多年，拿了世界冠军之后上综艺，节目组、蔡依林，甚至蔡依林的粉丝团都跟着给他策划惊喜。这就是"只要你足够优秀，全世界都会帮你追偶像"！

当然，并不是每一个粉丝都能成为奥马巴，成为马龙，但追星，"姿势"对了，还是可以吸收到正能量的。

比如王源的粉丝，粉丝的口号就是跟源哥共同进步，努力挣钱才"饭得起"偶像。有人为了攒钱看演唱会、给偶像刷销量，开始省吃俭用甚至考虑兼职赚钱；有人想到要见偶像了，奋发图强减下十几公斤赘肉，成功地回归"女神体重"……追星到底是好是坏，不能以偏概全，最佳的状态就是大家一起越变越好。

相对于个别出格的粉丝，大部分粉丝还是理智的，跟同好者一起讨论、分享自家偶像，做数据，做公益，搞应援才是粉圈的日常。他们将"帮助偶像实现梦想"作为自己最大的愿望，不仅仅是消费者，还是推着偶像前进、同偶像一起成长的人。和很多人的想象不同，其实粉丝圈内有各种牛人，包括会修图的、做海报的、做策划的……大家遍布各种专业、各种领域、各个群体、各个阶层，但都是很有执行力和工作能力的人。他们为了一个共同的目标，公关、造势，从末端消费到触及营销话语权，更像是偶像们强大的经纪人。

他们把梦想寄托给偶像，也用偶像的成功来激励自己。记得有粉丝这样描述自己的偶像："他是我梦想成为的样子——努力、谦逊、纯粹、热烈、强大……我偶像长得那么帅那么有才华，还那么拼命，我还有什么理由不好好奋斗？"所以，如果在不影响自己生活和学习的情况下喜欢一个人，并能从他身上获得某种精神慰藉或者正面力量来激励自己，也未尝不是一件好事。

第二章 就喜欢你叫我"学霸"的样子

智慧是上天馈赠给少女的礼物，她们慧黠如同林间的小鹿。但是，她们偶尔会偷点儿懒，会"小心翼翼"地将聪慧隐藏起来。不要担心，你们的聪慧一直在，只不过缺少开启它的方法。只要找到正确方法，提高成绩便不再是难题。

第三章 | 就喜欢你叫我"学霸"的样子

1

初中二年级，我转学了。

新班主任短发，额前有个卷儿，爱穿藏蓝色套裙、玛丽珍鞋。

一开始，我就察觉到了她的敌意。

比如，入学考试在她的办公室进行。

她递给我几张试卷，等我做完，她拿起来看看，没判分，就下评语："中下等水平。"这让一旁的我和我爸很尴尬。

又比如，正式上课时，我拎着书包站在教室门口好一会儿，她才把我叫进去。

我那天穿了一条白色的公主裙，蕾丝层层叠叠。她上上下下打量我，当着全班同学的面说：

你学习好就了不起啊

文○林特特
图○虚镜游灵

"女孩子，爱打扮可不好。"

那是一段不愉快的经历。

有时，我不知道犯了什么错，甚至不是我的错，也会被班主任拎起来教训一番。

一日，我身后的男生将一把大锁系在我的马尾辫上，再喊我的名字。

我回头一甩辫子，大锁打在我的颧骨上，我大叫一声。班主任不听我的解释，而是责备我"大喊大叫，扰乱课堂秩序"。

接下来，班主任在讲台上说了什么，我一句也没听进去，只是心不在焉地低着头，一直哭到下课。

班主任的态度，同学们很快领会。

一日，我的耳朵受了伤，在医院处理完伤口后去学校，一进教室，就有人起哄："一只耳！"一只耳是动画片《黑猫警长》中的大反派。

当几十个人略带恶意地齐声喊"一只耳、一只耳"时，我无地自容，拎起书包，冲出门去。

那天，我旷课了，在环城公园的湖边坐了一下午。

这很快成了新的把柄。

班主任让我的父母来学校，严肃又严厉地说："带回去吧，我教不了。"

我爸我妈好说歹说，终于让她松动，她提出，我每天必须由家长亲自接送，最好（其实是一定）陪我听一堂课，好督促我学习。

多年后我仍记得，一段时间内，每天下午的最后一堂课，我爸走进教室，路过一众同学，在窃笑声中来到我身边，坐下，擦汗。

2

在不知道该怎么办、怎么做都是错的境况下，除了好好学习，我别无他法。

她说："你不认真。"我就一遍遍将作业写到她满意为止。

她说："你上课不注意听讲。"我恨不得眼睛都长在各科老师的身上。

她说："你成绩不好。"我连续考了几次高分。

我虽依然不是她的得意弟子，却也不再是她口中的反面典型。而我爸天天来向她报到的日子也告一段落了。

毕业时拍集体照，班主任甚至还搂了我一下。

"内心强大，我行我素。"我至今还记得毕业纪念册上，她给我的评语。

大学毕业后，阴差阳错，我与班主任的儿子有一次相亲的经历。

"是你妈让我知道，什么叫'逆境'。"我笑着对他说。

他从容地坐在我对面，听我讲那些陈年往事，哈哈大笑。

"那天，我绕着环城公园走，走累了，就坐在雨花塘边。我把书包放在一边，捏起小石子，打了一下午水漂。"我回忆有生以来第一次旷课，"我想，我一定要让你妈刮目相看。"

我挥一挥拳头，演示当年励志剧女主角的模样。

"后来，我遇到逆境就亢奋，总觉得靠自己的努力一定能翻盘。毕竟，我在那么小的年纪，都获得那么不喜欢我的班主任一句'内心强大'的评语。"

我知道他会把这些转述给他妈，果然，下次见面，他说："我妈说，你现在挺有出息的，她为你高兴。"

3

但就在前几天，我得知了真相。

起因是我想买一张床，我想起了少女时代用过的那张，又好用，又漂亮，便向我妈提起。

"其实这床买了两张，"我妈想了想，说，"还送给你们王老师一张。"

王老师即班主任。

这事儿我第一次听说，不禁诧异，仔细问下去，还原了当时的场景。

原来，我一转学，班主任拿到家庭联系表后，就注意到我家的地址及父母的单位。之后她暗示多次，可惜我爸妈都没听懂，直至我爸被要求每天去学校报到，班主任终于明示："听说你家是木材厂的，能不能买到便宜点儿的实木床？"

"不不不，还不只买了床。"我妈继续回忆，"去她家送床时，王老师还说，家里的纱门、纱窗都坏了，你爸顺便量了尺寸，做了全套的送给她。谁叫孩子在她手里呢？只希望她对你好点儿，别再找碴儿，你别再遭罪。"

原来，我一直以为的反转戏、励志剧，竟是这样的剧情。错也不是我的错，好也不是我的好。

错愕中，我叹了一口气，为那个坐在雨花塘前打水漂的少女。

暗自思忖，我宁愿班主任真是起初看她不顺眼，赐她逆境、激她奋发，最终赏识她，如她所想的是位恩师；我宁愿那年那月确实发生过一场挫折教育，以至于她成年以后，一直觉得靠自己的努力可以改变很多事情。

原来，年少时的许多挫折深究起来，不过是一场误会。谁知道那些感动别人也感动自己的由青春到成年的反转经历，有多少真相被埋没在岁月里？与其纠结，不如遗忘。现在好，就好。 MM

康奈尔笔记法，传说中的学霸专属必杀技

文◎学霸君

5R笔记法，又叫作康奈尔笔记法。这一方法几乎适用于一切讲授或阅读课。具体包括以下几个步骤：

1.记录（Record）

在听讲或阅读过程中，在主栏（将笔记本的一页分为左大右小两部分。左侧为主栏，右侧为副栏）内尽量多记有意义的论据、概念等讲课内容。

2.简化（Reduce）

下课以后，尽可能及早地将这些论据、概念简明扼要地概括（简化）在回忆栏，即副栏。

3.背诵（Recite）

把主栏遮住，只用回忆栏中的摘记提示，尽量完整地叙述课堂上讲过的内容。

4.思考（Reflect）

将自己的听课随感、意见、经验体会之类的内容，与讲课内容区分开，写在卡片或笔记本的某一单独部分，加上标题和索引，编制成提纲、摘要，分成类目，并随时归档。

5.复习（Review）

每周花十分钟左右，快速复习笔记，主要是先看回忆栏，适当看主栏。 MM

第三章 | 就喜欢你叫我"学霸"的样子

独一无二的学生手册

文○秋　微
图○白月梘

每次寒暑假开始前，大家都会很忐忑地等着发放"学生成绩册"。

那个巴掌大的红塑料皮小本是决定少年们假期质量的关键所在。

红本里面除了记录各科成绩之外，还有两栏的内容比较重要，一栏是"班主任评语"，一栏是"家长签字"。

我的成绩始终不好不坏，各科都在80～85分之间，偶尔有一两门课是70分左右的，但也不会差得太离谱。

父母每次看完我的成绩册，都会脸一沉，接着一声叹息，然后把它丢还给我，说一句："算了，吃饭吧。"

那种失望里，透着些怪异的得意，好像他们对红本上的内容早有预见，又好像我"中不溜"的成绩让他们受到莫大的羞辱。

长此以往，我也无所谓了。只要红本一交，不过就是家里的气氛凝重个大半天，然后，饭照样吃，电视照样看，假期照样玩耍。

我也从来都不在意"班主任评语"。有什么好在意的？从上小学开始，历任老师写的不外乎就那几句："该学生在学校尊重老师，团结同学……望更努力学习。"

诸如此类明显没经过大脑的废话，就像春晚的串词，除非出了错，否则不会给观众留下任何印象，也不值得占记忆的内存。

这种每学期的"压轴敷衍"，再换回家长同样敷衍的回复"已阅"，这个学期就没人再管它是好是坏。在全体参与者的共同敷衍之下，这个学期就算糊弄完了。

杨震宇当了我们班主任之后，改变了游戏规则。他没给我们发那个红本，而是由他亲自挨家挨

095

户送上门，当着我们的面交到家长手里，交接的过程还伴着一场交谈。

这种做法最初让我们误会成他怕有人中途涂改分数——因为之前确实是有人这么做过，我们心里不放心。

等他开始家访后，大家才放心了。杨震宇的那次家访，让我们这类成绩不尽如人意的小孩儿过上了一个前所未有的愉快的假期。

"成绩不尽如人意"者通常是一个班的主流人群。不过，"不尽如人意"是相对的，而不是绝对的。

举个例子吧，我们班有一个叫尤小菁的女同学，学习成绩特别好，几乎回回考试的分数都能顺利进入全年级前三名。

那年寒假，她因为英语考了96分，历史考了93分，竟然趴在桌子上哭了15分钟没起来，把我给气的。

要知道，被她视为耻辱的分数却是我一直盼望却从来没得过的高分。我要是考了那样的成绩，至少要站在马路中间大笑15分钟，不，30分钟，什么车开过来都不躲。

更可气的是，有一个跟她特要好的女同学，还在旁边劝她，说什么"别哭了，三班的张慧虽然历史比你高2分，英语跟你一样，可是物理和化学都没到95分，总分没你高，你还是有机会进年级前三的"。

听听，这说的是人话吗？如果这样也哭的话，那我们这些"不尽如人意"的大多数，只能以"七窍流血"来博取尊严了。

杨震宇的革新是把每个人都综合评估了一番，分数不再是唯一的考核标准。

我至今还记得，我父母跟杨震宇见面的那二十几分钟的全过程。

起初，我妈特别矜持，而我爸则清了清嗓子，用力挺着腰板，打算拿出"一家之主"的架势发表一番演说。

等杨震宇开口说了5句话之后，我看到他们紧张的表情渐渐地放松了，这两个长年在"不尽如人意"中生活的父母，终究算是尝到了以儿女为荣的滋味。

"梁悠悠作文写得不错！以后，没准儿也能写本书，拍成电视剧，在这儿播出。"杨震宇说到这句的时候，头往电视机的方向点了点。

当时，电视台正在放一部很火爆的连续剧，那些怪里怪气的情节是我妈的最爱，甭管家里发生多大的事，只要电视台播放这部电视剧，她一定准时守在电视机旁，桌子上放着瓜子、茶水、一些水果，嘴巴微张着，跟着剧情的发展欢喜、叹息，看得特别忘我。

所以，当杨震宇猛然把我跟电视剧扯上了关系，其冲击力可想而知。

我的爸妈眼睛齐刷刷一亮，又齐刷刷地转向电视机，再齐刷刷转回头看杨震宇，闪出几道不可思议的光芒。

杨震宇以一句"如果碰上有远见的评委老师，梁悠悠的作文起码能在全省拿个奖"作为结束语，然后礼数周全地说了几句拜年的吉利话，就起身告辞了。

杨震宇家访后的那个寒假，我过了一个自我当学生以来就没有享受过的最轻松愉快的春节。我的父母在不久后的例行拜年中，不断对访客重复着杨震宇对我的赞扬。

他们也委实不容易，把我养到那么大，那是第一次听到一个不相干的外人如此郑重其事地赞扬我。

在那年的学生手册中，杨震宇颠覆了"班主任评语"的传统，对每个少年的评价都很独到，没有使用套词，没有原来那种陈腐的腔调。他一改以往的"八股说法"，用创新的文风给每个同学都写了一段推心置腹的留言，总之是看起来都特别像"人话"。

我还记得他给我的评语是："你有时候清醒得像清澈的湖水，平静、单纯；有时候又糊涂得像一团糨糊，混沌、纠缠。希望你以后多清醒，少糊涂。"

在之后的二十多年中，我用各种头际行动证明了杨震宇早对我看得如此清楚。

我确实是一会儿清醒，一会儿糊涂，且始终都没有做到他期待的那样"多清醒，少糊涂"。这真让人气馁。

老话说："三岁看大，七岁看老。"老话净瞎说，人一辈子根本遇不上几个真能看透你的人，或者说，就算恍然回首，发现自己原来早被看透的时候，往往早已错过了那一段知遇之恩。MM

第三章 | 就喜欢你叫我"学霸"的样子

为什么你如此勤奋，学习效果还是不太好

文◎北辰冰冰

1

上学的时候，总会遇到一些特别勤快的同学，小海就是其中一个。

他上课的时候总是忙于摘抄老师黑板上的笔记，下课忙于询问这次考高分的学霸同桌，用的是什么新课外辅导材料，然后急匆匆赶去书店，也赶紧买回一套摆在桌面。

但是到了考试，勤快的小海同学并没有考出好的成绩。上一次考过的类型，他这次还是做错了。

他百思不得其解，笔记也抄了，辅导书也买了，为什么成绩还是上不来？学霸同桌就问他："上次老师把错题讲解之后，你把笔记抄下来，有没有认真思考过解题方法，把原理弄懂？"

小海摇摇头："我都忙着抄笔记，哪有时间去仔细看呢？"难怪有人抄了这么多笔记，依然考不出好成绩。

都说天道酬勤，然而没有摸清原理的勤，并不能带来任何实质的改变。他们只是用时间制造了一种假象，好像时间都花在了学习上，但是这种学习其实就是无用功，没有经过大脑的认真思考，只是走过场。

2

毕业以后，也遇到过这种看起来很勤奋，但是学习效率很低的同事。

凡凡想学好英语，提高职场竞争力。

偶尔在地铁遇到她，她戴着耳机在听英文原声新闻。我看看周围嘈杂的环境，真的很怀疑她能听进去多少。果不其然，她看似很认真地听着，但是眼神一直到处张望，偶尔问我几句中午吃啥或者晚上要干啥。

如此不走心的学习，不过是拿耳机在做自我安慰，蒙骗自己。

她在周末的时候也待在家里，推掉约会，说自己要背单词，现在正在背一些动物的单词，看着挺有意思。

周一碰到她时，我忍不住夸她爱学习，周末都不放过，然后随意问了一句鳄鱼的英文怎么说。她一脸蒙，然后绞尽脑汁说："我昨天确实看过这个单词来着，怎么今天一点儿都想不起来？"

我用略带尴尬又不失礼貌的眼神看着她："遗忘是难免的，不过你昨天背单词的时候，只是看了几次这个单词吗？"

她轻松地回答："对啊，读书百遍，其义自见。我多看几次，肯定能把这个单词背下来的。"

不知道我以前背单词的方法是不是比较笨，反正我是把这单词抄了很多遍，然后每次都会把英文盖住，看中文写英文，或者看英文写中文，不断转换多次，才记得住。反正对我来说，光看几次只能算是走马观花，不入脑不走心。

过了半年，凡凡彻底放弃了学英文，她总说单词好难记啊，自己真是年龄越来越大，记忆力越来越差。

3

现在有的人在鼓吹"一万个小时定律"，就说一件事情，做上了一万个小时，就能变成这个领域的专家了。

但是楼下那位扫地的大爷，干了三十几年的清洁工，也没有变成传说中的"扫地僧"。

大爷不过就是一直在重复相同的体力劳动，大脑并没有得到很好的使用。

只有经过思考的时间积累，才能取得良好的效果。

否则，别说是一万个小时，即便是三万个小时，也很难在需要动脑的事情当中有所突破。

别让勤快的表象欺骗了自己，认真思考过的人生，才有可能走得更快更好。Ⓜ

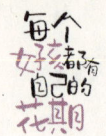

英语、数学，学上二十年有意义吗

文◎常青藤爸爸

想想我们的一生，从幼儿园到大学毕业，差不多有二十年的时间是在校园里学习各种知识。可是进入社会以后，开始工作了，往往发现我们所学的知识很多都用不上！那么我们花这么多时间去学习一些以后用不上的知识，值得吗？

先说说外语。

随着语言处理、人工智能等技术的不断进步，可能十年以后我们只需随身携带一个小型的翻译机，就能实现多种语言的同步翻译。那我们现在花这么多时间学英语，值得吗？

电影《降临》的女主人公露易丝是一位顶尖的语言学家，她被美国政府派去和突然降临地球的外星人沟通。经过一段时间的交流，她真的学会了外星人的文字——一种圈形文字。在这种文字里，所有的单词在句子里都是平行关系，没有先后概念，颠来倒去都可以，如同一个圆圈。从这种文字就可以看出，这群外星人没有线性的时间概念，他们觉得"未来"和"现在"没什么区别。露易丝学会了这种圈形文字以后，也神奇地摆脱了时间的束缚，思维穿梭时空，看到了她和女儿的生死人生。

这部电影非常生动地传达了一个理念——语言影响思维方式。

美国加州大学的教授莱拉曾探访过澳大利亚一个偏远的原住民社区。这里的土著语言里没有"前、后、左、右"的概念，一切都是以基本方位即东、西、南、北来定位。也就是说，当我们说"你的右腿"的时候，他们说出来的可能是"你的西南腿"。所以在日常生活中，你可能会听到他们说"有只蚊子在叮你东边的胳膊"或者"你南边的嘴角上有颗饭粒"。

研究人员还发现，这些人的方位感奇佳，就算是在一个完全陌生的环境里，他们也总能很快地分清东、西、南、北。

莱拉教授想，语言中完全不同的空间定义方式，比如时间，会不会影响人们对其他事物的看法呢？于是她做了一个实验，请讲不同语言的人把一组照片按时间排序，这组照片显示的是同一个人从小到大的成长过程。

结果，讲英语的人是按照从左到右来排序的；讲希伯来语的人是按照从右到左来排序的，因为希伯来语是从右往左写的；而最有趣的就是刚才说的这些澳大利亚原住民，他们的摆放顺序始终是从东到西——当他们面朝南方的时候，他们的摆放顺序是从左向右；而面朝北方时，摆放顺序又变成了从右向左；当他们面对东方时，竟然是从远处向自己的身体方向摆过来！

既然语言对思维影响这么大，那我们若想深入了解一个国家的文化的时候，就不能不去了解这个国家的语言。

比如，在韩国工作、生活过的人，都能亲身感受到韩国无处不在的等级文化。韩国人对比自己年长或者职位级别高的人说话，都是毕恭毕敬的。在路上见到自己的学姐或学长，一般都会鞠躬问候。如果你没有学过韩语，你可能会把这种等级森严的现象归因于儒家文化的影响。可中国受儒家文化影响的时间更长，而且韩国近五六十年来，受美国的平等和民主文化的影响极深，为什么韩国人的等级观念要比中国人更强呢？

如果你学过韩语，这个问题就很容易理解了。因为在韩语的语法里，同一句话基本上都有三种表达方式：一种是对晚辈、下级的，叫"半语"；一种是对平辈、同学的，叫"平语"；一种是对前辈、上级的，叫"敬语"。所以，韩国人在社交场合，常常是没认识多久就要问年龄,这样才知道具体应该用哪种方式来表达。韩国人长年累月地这么说话,就自然而然地形成了一种牢不可破的等级观念。

所以,掌握一门外语,让我们接触到一个更丰富、更多元的世界,有助于我们突破固有的思维方式、多一个角度去看待这个世界;同时,也能让我们从更多的角度理解、看待自己的文化;更有助于我们跳出狭窄局限的视角,用更开阔的格局去审视当下,眺望未来。

再来谈谈数学。

学了这么多年数学,什么三角函数、立体几何,各种公式、定理一大堆,可工作后,大部分人在工作和生活中,基本上只需要用小学学的四则运算。那为什么数学一直都是主科,而且我们还要花这么多年学它呢?

数学这门学科,对我们的思维能力提出两个要求:第一是严谨的逻辑推理能力,第二就是高度的抽象思维能力。

不管数学证明题的答案是否显而易见,你都必须一步一步地把它给证明出来,而这种充分、有序的证明过程,对一个人的逻辑推理能力是极好的训练。这种思维训练做多了,会让我们以后在生活和工作中分析问题、做决策时更严谨、更有条理。

另外,数学也是高度抽象的,对抽象思维的训练非常有利。

我们说树上有一只鸟,又飞过来一只,就是两只鸟。这是形象思维。而到了数学这里就抽象成了"1+1=2",只保留了量的特征,舍弃了质的内容,这就是抽象思维。

我们所做的数学题,包括各种定理、公式,基本上都是剥离了具体形象和应用场景,从中抽象出一般性的问题。所以,数学在我们看来总是很枯燥。可实际上,正是这种枯燥的训练,让我们在分析事物的时候,更容易撇开繁杂的、零散的表象,穿透到事物背后,从更本质的角度看问题。

在工作和生活中,很多时候我们需要去说服别人,或者在谈判中去"寻找双方利益的最大公约数"。这时,就需要你具备透过现象看本质的能力,去了解对方的需求和痛点是什么,再用缜密的逻辑思维能力去分析,为什么你提出的方案是最佳的解决方案。

我们在中小学阶段,大部分时间都在进行基础学科的学习。这些知识本身固然是我们增长见识、理解世界的源泉,但除了知识的充实,最重要的,还是学习过程中对人的基础思维能力的训练和提升。这些基础的思维能力,并不拘泥于哪一门学科的学习中,也并不局限于某一个人生阶段的应用上,它就像一座大厦的地基,地基是看不见的,但是没有稳固的地基是盖不出高楼的。🆔

原来,你是这样的数学家

文◎佚　名

终生只能单身

德国杰出的自然学家亚历山大·洪堡德在喀山拜访俄国非欧几何学的创建者罗巴切夫斯基时,他问数学家:"为什么您只研究数学呢?据说您对矿物学造诣很深,您对植物学也很精通。"

"是的,我很喜欢植物学,"罗巴切夫斯基回答说,"将来等我结了婚,我一定搞一个温室……"

"那您就赶快结婚吧。"

"可是恰恰与愿望相反,植物学和矿物学的业余爱好使我终生只能是单身汉了。"

不是洗澡堂

德国女数学家爱米·诺德,虽已获得博士学位,但无开课"资格",因为她需要另写论文后,教授才会讨论是否授予她讲师资格。

当时,著名数学家希尔伯特十分欣赏爱米的才能,他到处奔走,要求批准她为哥廷根大学的第一名女讲师,但在教授会上还是出现了争论。

一位教授激动地说:"怎么能让女人当讲师呢?如果让她当讲师,以后她就要成为教授,甚至进大学评议会。难道能允许一个女人进入大学最高学术机构吗?"

另一位教授说:"当我们的战士从战场回到课堂,发现自己拜倒在女人脚下读书,会作何感想呢?"希尔伯特站起来,坚定地批驳道:"先生们,候选人的性别绝不应该成为反对她当讲师的理由。大学评议会毕竟不是洗澡堂!"🆔

很多学生问到一个问题：如何提升学习效率？这个问题其实不好回答。因为每个人的实际情况不一样，所以学习方案也应该有所不同。那么，学生怎样做才能提升学习效率呢？

1. 掌握常考内容

不少学生使用题海战术，仅仅着眼于数量。但是曾经做过的题目，时间一长就忘记了。显然，在复习备考中，仅仅追求做题的数量，是算不上科学的。

学生要知道，考试涉及的知识点是有限的，题型也是有限的。学生要紧扣重点进行复习。在复习中，学生应该在掌握教师规定考查的知识点后。通过对题型进行总结和归纳，做到对每一种常见的题型都能驾驭。然后，通过一定的题目进行强化训练，一方面巩固知识，另一方面找做题的感觉。

有些人认为，如果老师不进行总结，学生仅仅依靠自己是很难对题型进行总结和归纳的。其实，学生只要稍加留心，对题型进行总结和归纳并不太难。

就拿数学来说，很多学生手上有历年的考试真题，那么考试中涉及的知识点与题型已经呈现在眼前了。

学生可以把历年考试试卷中的相关题型放到一起归纳一下，看看每种类型的试题中，知识点是如何体现的，一些常见问题需要什么样的解题思路，需要什么样的积累，表达过程中需要注意哪些事项……就这样不断地积累和完善，相信学生能够系统地掌握考试常考的知识点，熟练应对考试的常考题型。

学生根据考试常考内容进行复习，效果肯定比盲目的题海战术要好。

学习效率不高怎么办

文◎卿 获
图◎冷色系

2. 高效利用时间

这里所说的高效利用时间，并不是指把每一分每一秒都有效地利用起来，夜以继日地努力。而是指把属于自己的时间拿出来进行合理规划，加以充分利用。

当然，相当一部分学生可能根本就没有属于自己的时间。

面对紧张的课堂学习，大量的课后作业，如果要抽时间的话，只能挤出自己宝贵的休息时间。但是这样一来，又会导致休息不好，学习效率更低。

那么，不如寻找"碎片时间"在早操时、吃饭时，记忆内容。

3. "审视"自己

其实，"没有时间"在

某种程度上只是一种借口。有的学生虽然时间花费了不少,但是成绩并不见提高,错误还是那些错误。这样的同学整天浑浑噩噩地忙碌着,结果做的事情对自己没有什么好处。

这样的同学应该不时问一下自己:时间究竟花费在什么地方?是学校的作业,还是机械地死记硬背?自己得到了哪些收获?

所以,在安排时间的时候,学生应该"审视"一下自己:自己的主要目的是什么?怎样才能做得更好……

这样一来,学生可以明确自己应该如何取舍,时间自然就会有了。

把最清醒的时间,留给最应该做的事情。

比如说,如果某个晚上从七点到十点可以自由安排复习内容,那么学生可以把这三个小时好好计划一下。

学生先要想一想:最应该做的事情是什么?迫切需要做的事情是什么?哪些事情可做可不做?当然,这些事情是指学习方面的事情。

然后,可以把三个小时中最清醒的时间留给最应该做的事情,剩余的时间留给迫切需要做的事情。

在执行计划的过程中,学生要尽最大的努力挑战自己的极限。最后将争取出来的时间留给那些可做可不做的事情。

把最清醒的时间用于解决主要矛盾,学生就抓住了"主干"。解决了大部分问题,信心、积极性都会相应地得到提高,时间的利用效率也就能够得到保证。

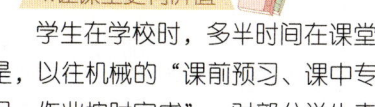
4.让课堂更有价值

学生在学校时,多半时间在课堂中度过。但是,以往机械的"课前预习、课中专心、课后复习、作业按时完成",对部分学生来说是不太现实的。

因为面对各科的功课,学生哪有充足的时间进行预习?每天都要完成繁重的学习任务,很难保证每堂课都集中注意力。课后作业往往太多,把学生压得喘不过气来。

一些学生觉得课堂效率特别低,对自己失望,甚至把自己在学习上的被动归咎于老师。显然,这样是不对的。

那么,怎样才能让课堂更有价值呢?

学生可以以一周为一个单位,对课堂进行规划。对于学生来说,老师的讲课方式基本熟悉。讲课的内容以及所用的学案基本上也是固定的。

建议学生可以先向老师询问一周的课程安排,然后根据以下问题,安排自己的复习:接下来一周的课程,主要内容有哪些?这些内容自己还有哪些掌握得不好?自己期待从课堂上获得哪些知识?这一周中会有什么样的考试?会有哪些作业?

一周即将过去的时候,学生还要从以下角度进行总结:这一周的内容掌握得怎样?哪些收获是超出自己预期的?有哪些方面没有达到自己的要求?有哪些措施可以进行弥补?

把一周的时间和学习内容细化,始终围绕自己需要的方面安排学习,这样,学生便可以让课堂更有价值。

5.使做题更有效果

面对大量的习题,很多学生按部就班,从前往后有条不紊地做下去。

结果,一部分学生做了后面的忘了前面的,最后能记住的或者说有用的部分甚少。

那么,怎样做题才会有效果呢?建议学生把题目分成三个类型区别对待。

(1)巩固类

无论学习知识点,还是归纳和总结常见题型,学生都需要做一定数量的题目来进行巩固。

做这一类试题,学生可以尽量加快速度,力争把陌生的变成相对熟悉的,把以往熟悉的变成更熟悉的,达到熟能生巧的目的。

(2)检测类

除了考试,学生也应该自行找一些题目,对自己近期所学的内容及时进行检测。检测类试题主要用于发现自己的不足。

所以做的时候一定要抱着实事求是的态度,按照考试的要求来答题。

(3)完善类

针对自己掌握得不好的知识,学生可以通过做一些题目来进行完善。

做完善类的题目时,学生不能只求解答正确,还应该多角度思考,看看可以使用哪几种方法进行解答,从而拓宽思路,牢固地掌握知识。

遇到问题不可怕，找到解决方法才最重要

文◎周 瑾

1. 情绪低落，积极的想法少

有时候，我们觉得情绪低落，可能和我们不能正确认识自己有关，也可能和我们的目标没有实现有关，还可能和我们看待问题的方式有关。情绪如同海水一样，潮起潮落，都是正常的，不要对情绪的低潮期过于在意，要保持良好的心态。

"我"是一个什么样的学生？"我"的目标是什么？"我"能够在新学期收获什么？"我"的基础怎么样？……请将一系列问题列举出来，尽量全面地分析自己，然后确定一个适合自己的目标，再将其分解成小的目标。将这些目标分解小了以后，我们就会明白，其实只要抓住关键的部分就可以了，那些细枝末节，不必太在意。这样，就会有明确的努力方向，积极的想法自然会多起来。

2. 身体疲惫，不想学习

学习是需要消耗能量的，能量不足就会感觉压力很大，同时会觉得身体疲倦，不想学习，甚至什么都不想做。我们如果出现上述状态，就要稍微休息一下。如果有机会外出，去大自然待上几天是最好的。平时要多吃一些有营养的食物，如果没有条件，也要准备些水果、核桃之类的零食。必要的时候，可以在医生的指导下服用药物。

3. 对未来感觉迷茫

对未知的恐惧是人类的共性，因为没有人知道自己的明天会怎么样。

每一天都是新的，努力今天，就会幸福明天。其实，我们今天付出的每一点努力，都是为了让明天更加骄傲地活着。如果真的觉得迷茫，那就将自己的困惑写下来吧。过一段时间再看，我们就会发现，很多烦恼已经随着时间的流逝烟消云散了。

在学习阶段，我们会在老师的帮助下制订目标，但是我们要知道，目标需要我们通过努力，用正确的方法去实现。我们需要将大的目标分解成可以操作的环节，并及时反馈我们努力的成果，用看得见的收获照亮我们前进的路。一步一个脚印地走下去，我们对未来只会充满信心，而不会感觉迷茫。

4. 觉得考试没能达到自己的预期目标

因考试而产生的失落，可能和预期目标过高有关。要知道，罗马不是一天建成的，等待美好结果也是需要时间和机遇的，而学习更是一个积累的过程，只有从量变到质变产生飞跃的时候，我们才会享受到瓜熟蒂落的收获。所以，我们一方面要确定一个合适的目标，另一方面要持续努力，决不放弃。比如，考试之后，我们不能简单地将考卷塞进抽屉里面了事，而要做仔细的分析。首先，一定要努力改正自己的错题，不要让同样的错误犯第二次；其次，要对试卷的情况进行分析，看看哪些分是不该丢的；最后，要针对自己的错误制订补救计划，有针对性地调整复习内容。

5. 觉得周围一切都不如意

我们每个人，都是和周围的环境紧密地联系在一起的。如果觉得周围的环境不如意，请多找找自己的原因，提高自己的适应能力和与人相处的能力。

在新学期首轮复习中，我们会面临很多问题。一方面，学习节奏大大加快，很多人会感觉不适应；另一方面，处理人际关系的时间和精力更少，但我们又需要和谐的气氛，以便更好地学习、生活。所以，我们需要提高自己处理问题的能力。等到有能力将自己的事情安排得有条理的时候，我们便能把握节奏，愉快地学习和生活。

舒缓学习压力有妙招

文◎林医生

1.确定适度的目标

在一般情况下，压力大小与目标高低总是成正比的。一个对自己没有任何要求的人，是不会感受到学习对其产生的压力的。

一个对自己要求很高或要求与实际能力之间有相当距离的人，往往会出现紧张、焦虑与痛苦的情绪。

所以，当感到有学习压力时，你首先应检查确定自己的学习目标是否适当。所谓适当的目标，即"跳一跳可以摘到果实"。

有同学前来咨询："我制订了一个目标，都努力一个月了，还是没有达到，很痛苦。"有一个目标当然很好，但就算是一个适当的目标，自己还是要明确"跳"多久、"跳"多高，才能够摘取"果实"。因此，目标有三个度：高度——目标设置的难度，宽度——目标涉及的内容；长度——目标达成的时间。

在实现目标的过程中，不断进行修正，让目标真正引领自己的行动。

2.防止"情绪中毒"

假如在你的生活、学习环境中，存在很多对学习没有兴趣、时常责怪、抱怨、讥讽、愤怒的人，那他们正在向你投放"情绪病毒"。

一个人的消极情绪会传染给周边的人，使人背负上消极情绪而出现疲劳与焦虑。特别是在学习感到有困难、信心动摇、行动迟缓时，你更容易接受他人的消极情绪而"感染中毒"。

一次，一位学生前来咨询："老师，最近我们班上课纪律不好，我的学习成绩也变得一塌糊涂。"我感觉，这位学生是对自己做了一个全盘的自我否定。

我问："难道没有一点点令自己欣慰与满意的地方吗？"

"我的文科成绩还马马虎虎，就是理科不行。"

"你说的马马虎虎，具体是指怎样一个状态呢？"

"基本正常发挥，在班上成绩中游偏上水平！"

"理科不行，具体是指哪一科，不行到了什么程度呢？"

"以前考试，我的数学成绩还是可以的，这一次考得很不理想。我感觉考得一塌糊涂。"

听完以上对话，其实我们可以看到，情况并非如来访学生所说的那样真是"一塌糊涂"，只是班级环境与一次数学考试成绩不佳给他带来了消极情绪。我们不要扩大消极因素，要多接受积极的情绪暗示与激励，提高学习的自信心。

3.清空"压力账户"

过多的压力会让我们不堪重负，不但头脑清晰度下降，而且创造力减弱。压力带来的感觉开始只是紧张、生气或担心，但随着"压力账户"的不断增加，就会逐步增强至焦虑、愤怒和挫败，最后，则以精疲力竭而告终。

要学会清空"压力账户"，遇到烦心事、困难事、痛苦事，要及时梳理，找到最重要的压力问题首先解决。自己的"压力账户"上最多不要超过三件事，并根据轻重缓急排出解决的顺序。

4.敞开心扉

认识到自己需要转变并决定改变是一种诚恳行为和崭新态度。堆积的情绪会使你感到焦虑与苦恼，增加你的压力，耗尽你的心理能量。在敞开心扉、清除"情绪垃圾"、寻求帮助时，就是从根本上理顺情绪、舒缓压力。

学习的压力，既可能来自学习动机与学习目标，也可能来自学习能力与学习方法。当敞开心扉时，你就会正视压力的来源与转变的勇气，找到舒缓压力的正确方法。MM

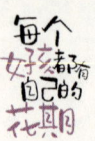

花季少女如何在学习中摆脱倦怠状态

文◎李中保

你是否有过以下症状？

原先信心十足、精神饱满，却一时间变得越来越懒。每天感觉都是在重复生活，那些没有做完的试卷一沓沓放在那里，像一座山一样，压得人喘不过气来。于是，晚上总睡不好觉，情绪非常低落，行为也变得古怪，经常牢骚满腹、发无名火。

由于长时间高强度的学习和过度的紧张导致个体出现疲乏、焦虑、压抑、学习能力下降甚至身心衰竭的现象，我们称之为升学倦怠心理。

其实，学习本应该是一件有趣味的事情，可以增长见识，提高竞争力。但是，在升学的巨大压力下，一切东西似乎都变了味。挫折、焦虑、沮丧，日积月累就形成了倦怠心理。这使得很多考生一进教室就产生一种本能的抗拒。又有谁可以对学习提起兴趣来呢？于是，倦怠所产生的负面现象日渐显现：轻者会对学习失去兴趣，产生很强的疲惫感；严重的会出现嗜睡或者失眠、记忆力下降、精神恍惚、吃不下饭，甚至呕吐的情况。

极度倦怠的原因主要有五个方面：一是体力透支。二是自卑退缩。如果拼搏了那么长时间，成绩却没有达到预想中的水平，难免会对自己的学习能力产生质疑。三是知识混乱。众多学科，众多知识，往往会让考生的逻辑思维"一团乱麻"。如果在这个时候没有进行有效梳理，那很容易产生恐惧心理。四是缺乏动力。梦想的实现是自己的内在动力源泉，但是随着时间的推移，发现梦想与自己之间总有一道难以逾越的鸿沟，心中的动力就会大幅度减少。五是违背规律。很多考生在复习的过程中不遵循学习的规律，遭到了"惩罚"，进而自信心大受挫折，自暴自弃。

出现这样的局面是谁都不想看到的。那么，有什么办法可以摆脱倦怠状态呢？

劳逸结合。不管是不是升学，长时间高强度地重复一件事情总会使人感觉枯燥乏味、身心疲惫，原本兴趣十足、精神饱满的状态逐渐消失。这是一种很正常的现象，也是身体的一种自我保护。这时要注意调节身心：保持作息规律，科学合理饮食，适度运动。在学习上张弛有度，避免急于求成。只要进行适当的休养，就可以很快恢复体力，体力恢复之后，就可以回到原先的备战状态，倦怠问题也就迎刃而解了。

端正态度。出现倦怠情绪，原因是缺乏自信心，那就需要端正自己的学习态度了。一般来说，这种情况容易发生在学习能力相对较差的同学身上。如果自暴自弃的情绪得不到及时关注和有效疏导，恣意蔓延的糟糕情绪和放任自我的状态会给学习带来极大的负面影响。学生一定要明白一点，在现有知识的基础上，多学一些就会多一些收获；每向前走一步，就会离成功更近一步。假如就此放弃，停止前进，那么机会就彻底离你而去了。

精选试题。"考急乱做题"，大量重复的习题犹如鸡肋，对学习既没有明显的帮助，又会使自己产生厌烦心理。因此，学生应该寻找一些典型的或者新颖的习题来做。这样在学习过程中既感到轻松，游刃有余，又有助于肯定自己，消除沮丧情绪。

调整目标。很多学生成绩不错，潜力也较强，就是输在了过于脆弱的心理素质上。越是平时成绩不错的学生，越容易迫于老师、家长的殷切期望，把目标定得过高。一旦目标达不到，就可能产生自卑、沮丧、烦躁甚至自暴自弃等心理。因此，确定合理的目标，有适度的压力，可以促使学习进步。

遵循规律。学生应该制订合理正确的复习计划。这样不仅可以从整体上把握升学复习的全过程，还有助于集中精力，提高效率，起到事半功倍的效果。同时，要注意睡眠，保证充沛的精力，加强体育锻炼，张弛有度，找到学习与休息的规律，这样将会很快摆脱困扰。

善于用脑，学习好

文◎刘俊山

人的大脑是认识和改造世界的学习活动的最高指挥部。要想学习好，就要善于用脑，科学用脑是科学学习方法的重要方面。那么，科学用脑要注意什么问题呢？

1. 用脑讲专心

所谓专心，就是指学习时一定要集中注意力，不能三心二意。

2. 用脑讲"五到"

所谓"五到"，即指心到、口到、眼到、耳到和手到。为什么在学习时能做到这"五到"，学习效果就会好呢？

巴甫洛夫条件反射学说理论告诉我们，如果人们在看书学习时，只用眼睛看（眼到），这时，视觉刺激引起的兴奋就会从视觉通路传入大脑，在视皮层上出现一个兴奋中心。

如果还动员听觉通道参与这项工作，开口念（口到、耳到），那么由声音引起的听觉兴奋就会由听觉通路传入大脑，在听皮层上引起另一个兴奋中心。

3. 用脑讲休息

注意劳逸结合；适当进行休息，对于提高大脑工作效率十分重要。休息一般有三种方式：一是安静休息，即睡眠和闭目养神；二是活动休息，如散步、做操、打球、练拳等，也包括轻微的体力劳动；三是交替休息，人脑是有严格分工的，各个部分的皮层都各司其职。人在学习一种知识时，一部分脑细胞在工作，其余的细胞处于休息状态，转换学习内容时，也是如此。如果能把文、理科穿插起来学习，大脑皮层的神经细胞不仅不会疲劳，而且两科的学习会相互促进。

4. 用脑讲营养

脑在人体各器官中是最活跃的器官，虽然其重量只占人体的2%，但消耗的能量却占全身总耗能量的20%。

经研究测定，脑所需要的营养成分主要有脂肪、蛋白质、糖类、维生素C、维生素E和钙，其中脂肪占第一位。因此，正像古语"将欲取之，必先予之"所说的那样，为了提高你的大脑工作效率，必须注意多吃上述与大脑营养有关的食物。

5. 用脑讲保养

现代教育心理学研究表明，情绪与脑效率之间也有重要的关系。

不论什么原因引起的精神紧张和长时间的精神苦闷、焦虑不安和思想矛盾，都能使脑细胞能量过度耗损，从而使大脑陷入衰弱状态。苏联教育家赞可夫认为，学生的情绪生活与其思维是紧密地联系在一起的。如果伴随学习和思考的是兴奋、激动等愉快情绪，将能促进其智力的发展，反之，一切不愉快的消极情绪，将会阻碍智力的发展。

6. 用脑讲活动

日本学者朝长正德指出："手指的精细动作可刺激脑子，防止脑退化，如弹奏乐器、打扑克牌、转动核桃等。"中国民间也有"心灵手巧"的说法。因此，你不妨抽空从事诸如此类的能活动手部的活动，这对于提高你的用脑效率将大有裨益。

7. 充分地利用外脑

为了更好地利用有限的脑力，做出更多的创造，产生更多更好的智慧成果，我们还需要充分地利用外脑。

所谓外脑，一是指别人的大脑、别人的智慧；二是指外部的信息储存和处理机构。

利用外脑的一个方法是利用外部的信息源，或利用外部条件进行信息储存和处理。比如说，把有关的资料小心地收集，做成卡片，需要的时候，可以随时调用，大脑就可以更多地用于寻找这些材料之间的联系和规律。很多做学问的人，就是这样利用外脑的。

姚雪垠写《李自成》这部长篇巨著，做了几万张卡片。如果他不利用外脑，要把这些卡片上记载的内容全部储存在自己的脑子里，那就很可能损害他的构思和创作。

利用外脑进行信息储存，也可以利用电脑。在电脑中，可以把你收集的有关资料储存起来。当你需要的时候，电脑会分门别类地显示出来。比起做卡片的方法，有着快速、方便的优点。

利用外脑的第二个办法是利用别人的知识和智慧。每个人的知识和智慧是不同的，对你是很陌生的问题，对有些人来说却司空见惯；对你是困难的问题，对有些人来说却易如反掌。要善于找到知情人、内行人，听取他们的意见。

为了更好地利用外脑，我们可以采用头脑风暴法来激发集体的智慧。此法需要努力创造交流、启发、争论的气氛，以激发思维，产生创造性思想。在这种思维氛围下，人们的大脑像是鼓帆待发的航船，人们从别人的谈话中得到启迪，产生新的思想。

找到最适合自己的大学

文◎李玉华

我一心想要生活在都市明亮的灯光之中，于是中学生活的大部分时光就在倒数日子中度过，直到我能永远离开俄亥俄州的那座小镇。

大学申请季终于到来时，我已经做好了充分的准备，逐一提交了申请函，把目标定位在都市氛围浓厚的文科大学上。我不想随便去一座城市，随便上一所大学。我想身处活动的绝对中心。

后来，第一封录取通知书邮寄过来时，我非常兴奋。一看到学校信封上鲜艳的"纽约欢迎你"几个大字，我就喜欢上了它。我由衷地相信，去往梦想大都市的通行证就在我的手中。

住进学生宿舍楼之后不久，我便意识到，在纽约上大学与那种典型的大学体验相去甚远。宿舍楼是摩天大楼，教学楼也是高层建筑。中央公园就在下一个街区。从折中主义艺术景观到纽约时装周，这个城市的多样性和创造性开阔了我的视野，让我看到了许多不同而有趣的人和地方。我喜欢在这座城市里上大学。

尽管曼哈顿是一个神奇的地方，可我还是觉得我的大学生活少了点儿什么。

经过激烈的思想斗争，在大二快要开学时，我递交了转学到俄亥俄大学的申请。

离开这座城市对我来说并不容易。我不仅要离开我曾经的梦想，而且要挥泪告别我结识并爱着的那些朋友和同学。

我卖掉了我的捷运卡，回到了俄亥俄州。

尽管我在这个州长大，但不可否认的是，在新学校的头几天里，我经受了其特有的文化冲击。我的大学位于阿巴拉契亚地区的中心，该地区是全美最贫穷的地方。我的大学城坐落在一个与纽约完全相反的地方，整个县城的居民也就两万出头。

但是，如果问任何一个在偏远地区上学的学生，你很快会发现，大学城的氛围非常神奇。这里物价低廉，学生工作站人声鼎沸，学生们对校园的自豪感无处不在。

离开城市也意味着离开城市的高物价。我现在不用交纽约私立大学高达25万美元的学费，反而享受本州的优惠学费。我身处一座像家乡一样的小镇，学着我喜欢的东西。老实说，我第一次感到了满足。

尽管我热爱城市，也迫不及待地想在毕业后去城市开始我的职业生涯，但我对能够体验传统的大学生活心存感激。我的心依然属于曼哈顿，我会一直寻求去纽约的实习机会，但不管是从经济、学术方面来说，还是从情感方面而言，在城市之外的大学完成我的大学教育是我做过的最佳决定。

第三章 就喜欢你叫我"学霸"的样子

成为浙大博士的轮椅女孩

文◎今 夜
图◎AshleyTian

叶沈俏，中共党员，浙江大学人文学院文艺学专业2013级博士研究生。她七岁时因车祸高位截肢，依靠母亲的背和轮椅，从乡村小学一路考进浙江大学。

她曾获第七届浙江大学十佳大学生称号，还连续三年获得浙江大学优秀研究生称号，并获包括浙江大学竺可桢奖学金、浙江省"康恩贝自强奖学金"特等奖在内的多项奖学金。她曾被评为浙江省"最美青春·感动校园"十大人物之一。

2016年，她被评为"第十一届中国大学生年度人物"。

"你或许怜悯我的不幸，我却感谢灾难让我更懂生命的意义。"

七岁那年，一场车祸夺走了叶沈俏的双腿。

"出车祸时，我年纪比较小，也不太清楚失去双腿对我究竟意味着什么。"她说。

尽管村里有人私下议论："这孩子这辈子完了！"然而，叶沈俏的父母不这么认为。

"我妈妈有一个非常明确的信念：我的女儿一定要接受教育，一定要读书。"叶沈俏说。

在母亲的陪护下，叶沈俏从村里的小学读起，开始了和同龄人一样的学习节奏。

多年来，父母、老师和同学从没看见她因软弱而流泪。

行动不便，她就早上不喝稀饭，平时尽量少喝水。

学习上，她一马当先。她考进当地最好的高中后，校长说："叶沈俏的存在，就是一种无言的激励。"高考时，她以全省名次靠前的优异成绩，被浙江大学录取。

她谦虚并感激地表示，自己是依靠母亲的背和轮椅，才从乡村小学一路考进浙江大学的。

叶沈俏如愿被浙江大学录取后，那年初秋，她的妈妈就开始陪着她穿梭在浙江大学紫金港校区的各个教室之间。

每一次，骑车送、用轮椅推、背着走……采用一切办法将叶沈俏送到阶梯教室，她的妈妈才安心地离开。

2010年的期末考试后，下起了雪。雪下得越来越大，别的同学早已急匆匆地考完试回家。

地滑路湿，叶妈妈便穿上雨衣，用轮椅推着叶沈俏在浙江大学的校园里慢慢地走。叶沈俏说，那一刻，她觉得自己是最幸福的人。

"我妈妈是我的榜样，她身体力行地告诉我，我可以依靠自己的努力做一个独

107

立、有价值的人。你或许怜悯我的不幸,我却感谢灾难让我更懂生命的意义。我坚信,只要有梦想,生命同样可以灿烂。"叶沈俏说。

"我不能放弃,要更加努力。"

面对生活,叶沈俏常常想起自己读过的《渴望生活——凡·高传》。

书中写道,凡·高对绘画投入了全部的热爱,即使不吃不喝,也要作画。

曾经为了画好吃土豆的一家人,精准地抓住每个人面部的表情特征,凡·高几乎把全村的村民画了一遍。

他总是对自己画出的作品不满意,画完,撕掉,重画……叶沈俏也学习着这份专注。她说,自己虽然有比较多的局限,但总能专注到所做的事中。

"只要有爱与坚持,没有什么过不去的坎儿。我不能放弃,要更加努力。"她不是嘴上说说,而是将这些体会化作实际行动。

很要强,从不迟到、早退,每次上课都坐在离讲台最近的座位上,是个极为勤奋的学生——这是浙江大学任课老师对叶沈俏的印象。

有一次,一个学妹去叶沈俏的宿舍拜访。学妹看到,除了叶沈俏和母亲睡的两张床,余下的空间里,从书架到床沿,甚至到地上,都堆满了专业书籍,很多已经被翻烂了。

叶沈俏学习成绩突出,2013年,她凭借优异的学业成绩,被保送本校攻读博士学位。

她的故事感动了许多人。她被授予浙江大学"感动同窗"先进事迹人物"十佳"称号。

"我算是比较幸运的,还能看书,可以打字。"叶沈俏说,"同学和老师还是很关爱我的。努力学习、认真做科研是我向他们表达感谢的方式,这也是我最好的兴趣。我做好了面对枯燥的准备,不断付出才能有所回报。"

她说:"一路走来,我学会了不执着于自己的不完美,把精力放在自己能做的事情上;感恩自己所拥有的,保持正面的态度面对人生。"

对父母、师长、同学以及社会各界的关爱,叶沈俏一直怀着感激之情。

她深信,一个优秀的人,不仅应该是个对生活永怀希望的人,还应该是个积极回馈社会的人。

学习之余,叶沈俏积极参与社会实践和公益活动。她与高中校友一起组织参与"情系母校,浙大感恩回访"活动,和学弟学妹们分享自己的心路历程与学习经验。

作为学姐,她热心参与浙江大学新生学长组计划,为新生提供导航服务。

因为对残障和弱势群体的关注,她参加校红十字会举办的志愿学手语活动,希望有机会与听障人士进行更多的沟通。

她曾在浙江省建德市残疾人联合会和街道办民政办公室实习数月,对残障人群体和普通老百姓的生存状况有了更多的了解。

2012年暑期,叶沈俏去浙江省建德市残疾人联合会实习。

有的残疾人申报补助,因为对政策的了解不够,只好一遍一遍跑去市残联,她看在眼里记在心中。

在接受咨询时,叶沈俏总是会尽可能地把政策中涉及到的注意点和细节讲明白,讲透彻,帮助残疾人更好地享受自己的权益和保障,重拾对生活的热爱。

"我接受过很多人的帮助,希望能回馈他人。从求知到助人,路途漫长。我虽然做不了非常伟大的事情,但想尽我所能,做一些能够影响他人的事情。"叶沈俏说。

2015年12月,叶沈俏受邀作为优秀残疾学生代表在浙江省残疾人福利基金会30周年纪念活动上发言,呼吁社会各界人士给予残疾人群体一如既往的关注和支持,得到了社会各界的广泛关注和赞赏。

叶沈俏,在生命旅途中,她总是坚守着那份不屈服于命运的执着,总是怀揣着那颗永不放弃梦想的心。

未来的路也许会艰辛、坎坷,但她坚信知识和爱的力量,相信自己的生命会无限精彩。

公交车的移动电视上,主持人在讲一个民生新闻,用到了成语"近朱者赤,近墨者黑"。

坐我前排的一位母亲,不错过任何教育小孩儿的机会,她问儿子是否知道这个成语的意思,小朋友说不知道,她把成语解释了一遍。

为了更加通俗易懂,还举了个例子:"也就是说,你跟成绩好的学生做朋友,你就会变成好学生;你跟成绩差的学生做朋友,就会变成坏学生。"

我成绩不好,但我不是坏人

文◎巫小诗 图◎一猫

小朋友想了一会儿,若有所思地点着头。我平静地坐在这对母子的后面,内心咆哮着:"我不同意!"

我当过成绩很好的学生,也当过成绩很差的学生,我经历过前者的优厚待遇,也遭受过后者的不公。

我清楚地明白,一个人的品行跟成绩真的没有任何关系,低分并不妨碍我当一个善良的人。

初中的时候,班主任在安排座位时秉承着一对一扶持的原则,成绩好的配一个成绩不好的同桌,那时我成绩挺好,我的同桌班级排名跟我差不多,只不过我是正着数的,他是倒着数的。

他是一个通俗意义上的"差生",成绩不但差,还调皮好动,上课看武侠小说,放学进游戏厅和网吧,擅长各种恶作剧,你无法想象他的脑洞有多大。

他前桌的女孩安安静静的,但是却有一头毛糙的长发,女孩总是习惯性地甩头发,经常甩到他的桌上,占据课桌位置的一小半,跟女孩说过多次也不见改善。

于是有一次,他在座位下偷偷点燃了一根蜡烛,用一把剪刀当镊子,镊住一根不知道哪里搞来的长钉子,烛火把钉子烧得发红。

然后,他轻轻拿起一撮女孩的头发,把发尾一圈圈地卷在滚烫的钉子上,几秒后一松开便有了一个大波浪,然后他再拿起一撮,再卷再松开……

在他烫到第五个大波浪时,女孩发现了,当时就泪崩了,顶着她时髦的新发型去找老师告状。

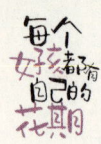

后果可想而知，他被叫到办公室训斥了许久，又是道歉又是写检查的……不过这次之后，前桌的女孩开始怕他了，乖乖把头发扎了起来，他的课桌恢复了领土完整。

啊，这么说来，他真是个十足的"坏学生"，可是，长久跟他同桌下来，我发现他这个人其实还不错。

那时候手机并未普及，我有一部妈妈淘汰下来的小手机，话费我得自己交，不少同学借用过，唯独他每次借用都坚持付话费给我。

考试的时候，题不会做他就睡觉，不翻书，也不偷瞄我的答案；上课时看我的课外书，被老师没收后，我说算了，他却借钱买了一本同样的还我。

因为把生活费花在了网吧和游戏厅，他手头总是不太宽裕，尤其到了一周的末尾，他几乎早餐都不吃了。

有一次课间，他让我把头扭到另一边，我问为什么，他说太饿了，把皮带紧一个扣，让我回避一下。

即便经济这般困顿，他也没有因为钱去做坏事。有一次他跟我说，一起玩游戏的一个好朋友，跟他闹掰了。

具体原因是，他俩一起从网吧出来，在柜台结账的时候，看见店主崭新的手机就放在柜台边上，离他们很近，当时店主正在对着屏幕忙别的，在那个瞬间，伸手拿走那部手机，简直神不知鬼不觉。

好友朝他使了个眼色，在好友正要伸手时，他却把朋友拽走了。

两个人的拉扯声引起了店老板的注意，朋友失去了偷走手机的最佳时机。朋友生他的气，觉得他胆小，两个人就此闹掰。

我贱贱地问他："那么好的机会，为什么不抓住啊？"他白了我一眼说："我成绩不好，但我也不是坏人。"

中考后我们再无联系，不知道他现在过得好不好，成人世界里的他，也许还没有飞黄腾达，但我坚信，他绝对不会是一个糟糕的大人。

在高二之前，我从来没有体验过"差生"待遇。

高二那年，少不经事的我，从全市最好的高中休学，毅然决定回家搞创作，想用写作养活自己。

休学的后果就是，以很慢的速度在提升写作水平，以很快的速度在遗忘前十年的知识，后来想通了的自己，还是回归了课堂，去到另外一所高中上学。

当时的班主任是同学们都不怎么待见的一个人，他得知我之前的优异成绩，觉得自己捡到了宝贝，每次见到我之后都是笑眯眯的，可大半年没有碰课本的我，坐在一堆知识点面前，简直就是一个文盲。

第一次大型考试，我考得非常之糟糕，那次之后，他不再正眼瞧我这个"差生"。

一次晚自习，他在讲台上批改着试卷，突然起身走到我的面前，很凶地问我为什么没有交卷。

"我交了呀！"我一脸茫然。他说："你撒谎，我没看到你的卷子。"我重申："我真的交了"。他说："你这个学生品行有问题，当初就不应该让你转进我的班级。"

"老师，我真的交了。"见我坚持，他便黑着脸转身回讲台再次翻阅，的确有我的，是他自己疏忽了，误会解除后，他坐下来接着阅卷，没有为他刚才的人格羞辱做任何道歉。

在那个瞬间，我突然想起初中同桌的那句"我成绩不好，但我不是坏人"，不是亲身经历，真的不知道什么叫深有感触。

后来跟班主任还有一些不愉快，幸好高三再次分班，我告别了他的昏庸统治。

再到后来我考上了还不错的大学，假期回家在街上偶遇他，我没有绕着走或假装没看见，笑着跟他打招呼，聊聊彼此近况。

我的教养让我成为一个尊师重道的人，但这并不代表他是一个值得我尊重的人。

我很庆幸在我小的时候，我的父母没有教育我别跟成绩差的学生做朋友，父母的教育让我站在高处时拥有平等的友谊，掉入谷底时不觉得自己低人一等。

有人跑不快，有人唱歌难听，有人不吃芒果，还有人不会舞蹈，这些跟成绩不好一样，都不是一个人的品行问题。

我成绩不好，但我不是坏人。MM

第三章 | 就喜欢你叫我"学霸"的样子

找回自律，和曾经迷惘的自己说『再见』

文◎张栓狗　图◎白月桉

作为别人眼里曾经的"神童"，我在大学四年里逃课、挂科、考研失败，到底缘起何处？我想，最主要的原因应该是前18年父母极其严苛的管控，让我在读大学后失去了自律。

1.父母"神通"，造就"神童"

小时候的我是标准的"别人家的孩子"。大概得益于父母都是小学教师，他们每日疯狂地"填鸭"，让我在学前班就精通100以内的加减法，认识小学二年级语文课本上的所有汉字。

小学时我曾经在一次学校奥赛中考到年级第一，一直保持期中、期末双满分的成绩，并凭借这样辉煌的战绩被学校批准跳过二年级，直接读三年级。从三年级到六年级，我一直雄霸年级前三，更是在六年级时垄断了绝大多数的年级第一。这样的成绩，让生活中异常调皮捣蛋的我成了大家赞不绝口的"神童"。

其实并没有什么"神童"，全是靠父母的"神通"。我的父母脾气并不暴躁，但是非常严厉。在我读幼儿园时，母亲便每天教我拼音、算数、识字，周末还须将书法、绘画、乐器补齐。小时候自己没有主见，有的只是别人夸自己时的飘飘然和被父母责骂时的恐惧感。小学的辉煌成绩，不得不说是在父母棍棒下打出来的。

一、二年级，考试成绩不是100分，会被母亲打哭；五年级的暑假作业因为附加题敷衍了事，被母亲撕掉一整本作业，重新手抄了一本交了上去……类似的责罚大概以一周一次的频率出现在我的小学生涯中，但我只会以眼泪和顺从来解决。以当时的心智，我根本不足以去跟同龄人控诉自己对父母的不满，并天真地以为，天下所有的父母都是一样的严厉。

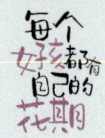

2.初中：青春期的逆反被扼杀在萌芽中

初中阶段算是一个过渡，我通过与一些早熟同学的聊天，捕捉到他们内心对父母与老师的逆反情绪，但不巧，我是最晚熟的那批人，初中时的我乖得不像一个处于青春期的男孩。在别人家的大人向我的父母哭诉青春期孩子的桀骜不驯时，母亲喜欢用这样一句话来回答："逆反就是因为打得不够狠。"

逆反与否和下手轻重的关系时至今日我还是不得而知，但我在青春期的逆反情绪似乎真的在父母的高压下，刚开始萌芽就烟消云散了。也许这种逆反心理的消失源于更大的恐惧。

除了一逆反就打的父母，初中时我还有一个严厉的班主任。在学校里，他属于公认的异类——教学水平顶尖，但异常喜欢体罚学生。我作为一个一进初中就被特别关注的"神童"，加上有贪玩的天性，自然得到了他的精心"照料"。一次我在他的课上啃笔帽，被他叫到讲台上当众口含8根粉笔罚站，现在好遗憾没有拍照留念。这种事情我回家都会一五一十地告诉父母，然后受到二次惩罚。不是我傻，而是因为母亲总会跟老师保持联络，如果有情况不报或者漏报，将会有更加猛烈的"暴风雨"等着我。这种忧心忡忡的日子曾让我一度厌学，但我没法选。当时心里想着等我长大了就回学校杀掉这个变态的班主任。

当然，熊熊燃烧的"中二之魂"并不能让我真的做出这种疯狂的举动，但至少在九年义务教育的尾声，我开始对父母的管教方式有了一些不一样的看法。

3.高中：叛逆的开始

高中是我心智逐渐健全的节点，在我眼中，世界开始渐渐变得感性。同时，学校的封闭式管理让我得以长时间远离父母的约束。高一，那真是天性飞速释放、野蛮生长的一年。我开始对女生产生微妙的感情，开始在班主任批评不当的时候起身反驳，开始跟坐在最后排的"吊车尾"打成一片，也开始在考试中跌出年级前100名。

我变得不再听话，于是他们开始变本加厉地控制我，每天都对我无缝监视。

我在发现他们偷看我的时候直接把书扔掉或者转头找人聊天，回家挨骂的时候扔一句"我是故意的"。父母十分惊讶——乖学生已经变成了一个坏孩子。于是，他们开始疯狂地给我找家教，开始对我进行全方位的监控，让我在本就紧锣密鼓的高中，连气都没法透一口。

在刚刚考上大学的时候，我一度觉得自己没有良心，认为应该感谢当时父母的歇斯底里。那时候我天真地以为，如果他们没有采取这种极端的方式，我可能没办法考上一所211院校。可如今我才意识到，极端的管教方式才是我在上大学后失去自律、学不耐心的主要原因，在棍棒之下取得的成绩一旦离开棍棒便会荡然无存。

4.大学：饱尝丧失自律后的苦果

11年在父母监视下近乎无社交的生活，让我的情商明显低于绝大多数大一学生。我在高中毕业之前从未在假期跟同学出去玩过，就连高中时偷偷摸摸谈的女朋友，都没有与其在学校以外的地方见过面。用现在的话来讲，那时的我在社交方面除了真诚，一无所有。

初入大学，我获得了自由，可远离了父母的规划与监视，我不知道应该如何安排自己的生活和学习。除了肆意玩耍，我根本不知道自己能干什么。

但我从未怀疑过自己的天赋。大一时频繁逃课上网也冲进过全系前十名，大二时又在完全"裸考"的情况下考过了英语六级，如此种种，算是我大学生涯慢性堕落的错误指南针——果然不努力也可以在大学里混得风生水起。那时的我当着班长，做着光鲜无比的学生会干部，仿佛是最牛的大学生——学习成绩优秀，学生工作杰出。就在这种无限膨胀的节奏里，我开始逃课、打游戏、考前突击、挂科……慢慢地，我俨然成了一个"差生"的模样。

不过，我也不是没有觉醒过。大三那年，在得知挂科并失去保研资格的一瞬间，我突然意识到，没有任何自律可言的我并不是人们口中的"天才"。"我只不过是一个会自暴自弃、会考试不及格的普通人啊！"我在心里默念。不甘堕落的我开始了疯狂的补救，但在挣扎中坚持了几天早睡早起、规律饮食、上自习后，我再也坚持不下去了……于是又陷入逃课、打游戏、考前突击、挂科的死循环。我也明白，自制力这种东西不是说回来就能回来的，一个坏习惯往往得费一番心血才能改正。

5.考研：找回迷失的自我

挫折来得让人猝不及防，却又理所应当。第一次考研，那种连调剂都没有机会申请的失败击碎了我的心。那时的我感觉到时间不等人，我希望参加工作，早一点儿独立。我开始频繁地参加面试，去了很多家公司，在两个月里数家单位向我抛出了橄榄枝。可当我真的被通知签约的时候，我犹豫了。在签约前的那几天，我迷茫了，我在反思：为什么读大学？为什么考研？为什么找工作？

真的要感谢那段日子，我开始试着规划自己的人生。从小习惯被人吹捧的我、向来自命不凡的我、习惯被父母操控的我彻彻底底地想了一圈，利用几天的时间把各种选择的利弊都分析了一遍。最终，我选择了考研，我渴望在研究生阶段学到更多本专业的技能，也渴望日后能找到一份更好的工作。

就这样，我每天按部就班地复习。虽然我的自制力在父母严格的管控下丧失了，但我有信心把它找回来！我调整了作息时间，每天早睡早起，按时吃饭，自习累了出去休息一阵儿，劳逸结合。慢慢地，原本不会的题被我一道道解答了出来，化作满意的答卷。

出成绩的那天，我忐忑的心变得异常平静，因为我知道，这不是一个"考研党"拼搏成功喜极而泣的励志故事，而是一个丧失自律的大学生找回自我的辛酸过程。

我思忖，有时候，最严格的管教并不能造就一个完美的孩子。多给予孩子一些自由空间，或许才能让他建立起相对完美的人格。🅜🅜

思维越来越窄，那是你忘记了独立思考

文◎茅 盾

有人问：如何而能独立思考？

我想，这个答案可以很多，其中之一也许是洋洋万言，引经据典，而效果等于不着一字。

但是，也还有另一方式的答案：

不读书者不一定就不能独立思考；然而，读死书、死读书、只读一面的书而不读反面的和其他多方面的书，却往往会养成思考时的"扶杖而行"，以致最后弄到独立思考能力的萎缩。

眼睛只看上边、不看下边的人，耳朵只喜欢听好话、不喜欢听批评的人，常常只想到自己、不想到别人的人，他们面前的可能的危险是：让"独自"思考顶替了独立思考。

教条主义是独立思考的敌人，它的另一敌人便是个人崇拜。

如果广博的知识是孕育独立思考的，那么，哺养独立思考的便应是民主的精神。

井底之蛙恐怕很难有独立思考的能力，应声虫大概从没感到有独立思考之必要，而日驰数百里的驿马虽然见多识广，也未必善于独立思考。

人类的头脑，本来是具有独立思考的能力的。如果没有，人类就不能从"蠢如鹿豕"进化到文明。但是人类的这个天赋，是在生活斗争中不断碰到矛盾而又不断解决矛盾的过程中逐渐发达起来的。前人的经验和独立思考的成果，应当是后人所借以进行独立思考的资本，而不是窒息独立思考的偶像。

儿童的知识初开，常常模仿大人。这时的模仿，就是吸收前一代的经验和知识，为后来的独立思考准备条件。做大人的，看见幼儿模仿自己，便赞一声"聪明"，可是到后来看见渐臻成熟的少年不再满足于模仿自己，却又骂他"不肖"，这真是可笑的矛盾。

从前有些"诗礼之家"，有一套教养子女的规矩：自孩提以至成长，必使"非礼勿视，非礼勿听，非礼勿言……"这是把儿童放在抽出了空气的玻璃罩内的办法。这样培养出来的，如果不是书呆子，是犬儒，便是精神上失去平衡的畸形人，是经不起风霜的软体人。当然也不会是具有独立思考能力的人。

"诗礼之家"现在没有了，我盼望这样的教养方法也和它一同地永远消逝。🅜🅜

这世上，所有的美好都来源于专注

文 ○ 李尚龙
图 ○ 满月

每年，全世界生产800万首新歌，200万本新书、300亿篇新博客、文章，1820亿条推特（微博）信息，4万件新产品。

我看到这则信息很震惊，这意味着什么？意味着我们已经走进了一个信息爆炸的时代，现在的信息已经不再缺乏，而是泛滥，不仅泛滥，还眼花缭乱。

如果说原来许多人失败的原因是信息缺乏，现在许多人挫败的原因却是信息爆棚，丧失了专注的能力。

1971年，诺奖得主赫伯特·西蒙曾说：在信息丰富的世界里，唯一的稀缺资源就是人类的注意力。现在看来，这句话正在逐步被验证。信息爆炸声不绝于耳，专注于是成了奢侈品。可是，这世界上所有的美好，常源于专注。

先问你几个问题：

你有多久，没从早到晚专注干一件事情却没看手机了？

你有多久，没花四五个小时读一本书并做读书笔记了？

你有多久，没花一周的时间学一门技能却没有开小差了？

答案很残酷，因为，很久很久了。大多时间，我们都是学习五分钟，看手机两小时；看两页书，再看一个短视频；上一会儿课，再刷一刷朋友圈。

心理学有个概念叫"心流"，心流越长，注意力越强，心流越短，越容易被干扰。而心流的长短，是可以锻炼出来的。

当我们长期把心流变得越来越短时，人就越来越容易被别的事情打扰，我们也就慢慢失去了长时间独立思考的能力。这是互联网思维的弊端，总是碎片化，话题切换的频率也太快。凯文·凯利曾经说过：而未来当信息爆炸、服务共享、商品贬值后，唯一值钱的，将会是一个人的注意力，注意力流向哪里，金钱就跟向哪里。

我在学英语的时候，手上只有两本书：《新概念3》和《牛津词典》。于是我开始背词典，那本厚厚的牛津词典，我在一年里背了三遍，那本《新概念3》我读了快十遍，直到今天，大量篇幅，还能历历在目。

后来实在没书了，就请假去校外的旧书摊买《新概念4》，那本书成了陪伴我大三最长的礼物。

我曾经跟朋友聊过这段学英语的日子，他感叹说："真是只有贫穷才能出英雄啊。"我说："不对，贫穷不会出英雄，这个时代贫穷只会让人寸步难行，贫穷只会让人志短。其实，专注才能出英雄。"

我曾经为了鼓励学生坚持和专注，时常让学生在微博上打卡说听课感受，不仅如此，只要坚持了30天的孩子，会得到本书。

后来，那些坚持30天的孩子，自己拉了个群，互相交流怎么坚持下来的，在这个群里，竟然成了两对。他们经常调侃我，本来就想要你本书的，结果找到了另一半。我笑了一下，没说话，因为我明白，懂得坚持、专注的人，运气都不太差。

许多时候，我们在坚持某件事情时，或许没有达到原定的目标，却有了更大的收获。

生命总是充满了彩蛋，关键看你是否舍得在这遍地的纷繁里，大胆做减法，专注两件值得专注的事情。

其实越长大，越应该明白，聪明的人都在给生命做减法，然后专注于减法后的选择。

毕竟，这世上所有的美好，都源于专注。MM

记忆力的逆袭法则

文○李心英
图○繁 繁

世界上没有记忆的魔法和记忆速成的秘籍,那记忆拼的是智力还是努力?

严格来说二者都不是,记忆拼的是带有技巧的努力。如果你每天深陷于英语单词的记忆中不能自拔,如果你在古诗文的背诵中饱受煎熬,如果你对老师不断重复的知识点听过就忘……那下面所介绍的记忆方法将成为你逆袭的秘密武器。

1.努力记忆法

有些同学平时在写习题时,一碰到难题就畏于思考,着急看习题后的答案。他们看了解题的过程后恍然大悟:"原来如此,很简单嘛。"这种学习方式其实是不对的,因为人对轻易获得的知识的遗忘速度很快。相反,在遇到难题时,人若能下苦功夫去思考、去摸索,经过多次的探索后找到答案,那这种辛苦解答出来的问题就会深深地印在脑子里,历久不被忘记。

对于该结论,德国心理学家卡斯特曾以实验证实过。卡斯特在一个黑猩猩的笼子里放进一个箱子,再从笼顶上吊下一根香蕉。黑猩猩只要站到箱子上就能够得着香蕉。

起初,黑猩猩以为箱子只是把座椅,于是它坐在箱子上做出各种企图抓到香蕉的动作。经过多次失败后,黑猩猩忽然意识到箱子是一个能够接近香蕉的工具。

于是,起先只会在笼子里干着急的黑猩猩,这时候已经知道踏上箱顶,伸手去抓香蕉来吃了。

心理学家后来把这种变化称为"认知结构上的突变"。我们的学习和黑猩猩认识上的变化的道理是一样的。如果我们能凭借自己的努力去解决困难,那么,我们就可以从每一次的失败中学到解决问题的很多窍门。到最后,我们不但能找到解决这一道题的方法,也会找到解决这一类问题的诀窍。

即便只有一次这样努力的经历,也会在你的脑海里留下深刻的印象。尤其对于那些基础类的公式,你最好不要死记硬背,哪怕辛苦一点儿,自己也要尝试去证明一遍,这样记忆的效果才会长久。

2.从易记忆法

每逢过节,家里的餐桌上都会摆满丰盛的饭菜,但有时因

为菜太多,我们反而觉得胃口不好。可我们去参加宴席就有点儿不一样了,因为菜是一道道端上来的,我们会不时期盼下一道菜是什么,所以胃口会变得很好,而且也会觉得每一道菜都好吃。

记忆的情形也类似。如果有一堆要记忆的任务摆在面前,我们可能就会产生一些无所适从的烦躁。

当记忆出现这种不良状态时,我建议大家不要试图一下子记住所有的东西,而应该像上面我所说的"吃宴席"一样,把"菜"一道道端上来。你可以先对需要记忆的资料稍加整理,先从容易记忆的内容下手。

无论你要记的资料有多少、多繁重,若是能从较为容易记的地方下手,不知不觉你就会记下很多。

同样,当我们有很多学习上的事情等着要完成时,不妨也从容易的入手,或是从自己喜欢的入手,等到进入良好的学习状态时再着手去做其他的事情。如此一来,就能比较顺利地把任务处理完毕。

这个方法看似只是一种程序上的调整,但事实上,对提高我们的记忆效果非常有用。

3.两极记忆法

有不少人反映,演讲时,最让人苦恼的事往往是该怎么做开场白。

其实,就演讲的成功法则来说,在演讲时,最好能将自己最想说的话放在开头或结尾来说,因为,听众最容易记住的部分就是你演讲的开头和结尾这"两极"。

哈佛大学心理学家曾做过一个试验,把20个单词放在一起让实验者记忆,看哪个单词最易记错。结果显示,没有一个人会记错第1个单词,到第5个单词后,错误渐多,到第10个单词时,记忆的错误率最高,接着,错误率逐渐下降,到第15个单词时,错误更少了。

为什么会发生这样的情况呢?根据心理学家的解释,这是因为记忆的痕迹会相互抑制。

最先记忆的内容会抑制后来的记忆内容,这叫"顺向抑制";如果连续记忆一样的东西,就会发生后来的记忆内容抑制最先记忆内容的现象,这叫"逆向抑制"。

这两种记忆相互交叉作用的结果会使得记忆消失。我们最先记下的东西虽然也会受到后来所记忆的东西的影响,但是因为在它之前没有更先的记忆,所以它不受顺向记忆的影响。

同样,我们最后记忆的东西虽然也会受到前面所记忆的东西的影响,可因为在它后面不再有记忆,所以它不受逆向记忆的影响。因此,最先和最后的记忆内容才会比中间的记忆内容让人记得更鲜明、更持久。

了解了记忆的这种抵制作用后,我们就可以这样去记忆:

(1)合理地组织识记材料,尽量使前后相邻的识记内容截然不同,以减少材料之间的相互影响,防止抑制作用的发生。

(2)记忆大篇幅的材料时可采取分段记忆法,这样每段都有开头和结尾,就人为地制造了增进记忆的条件。

(3)记忆若干材料时可改变其次序,每记一次就换一个开头和结尾,平均分配复习的力量。

4.复习记忆法

考试的时候,经常会发生这样的事情,明明前一天晚上你已经复习得很充分了,可第二天考卷发到手上时,脑子突然一片空白。

关于这种常见的遗忘现象,早在19世纪时,德国心理学家艾宾浩斯就做过相关的实验。

他选用了一些没有意义的音节,也就是那些不能拼出单词来的众多字母的组合,比如asww、cfhhj、ijikmb、rfyjbc等进行记忆。经过测试,得到了一些数据:

实验结果表明:我们记在脑子里的东西,在20分钟之后,就会有42%被忘记;1个小时后,遗忘率达到56%;9个小时候后则达到64%……也就是说,如果你在记忆后一直不复习,那么只要半个晚上的时间你就会忘得精光。

虽说艾宾浩斯是用一些无意义的字母排在一起来进行记忆的,若是换成一些有意义的文字,结果或许会有所改变,但在基本原则上,人记忆的遗忘规律大体上是一致的。

因此,为了保持记忆的有效性,我们必须在遗忘率尚未达到最高峰时,对记忆内容再予以刺激。

所以,第二天醒来后,大家最好能再浏览或复习一下昨天晚上自己记下的东西。这么做能有效唤醒我们的记忆,使我们从容地应对考试。MM

有的初中生向我反映，自己的成绩一直处于中下游。每次考试，他的水平总不能发挥到他所能做到的最好。

而且，他几乎在每场考试中总有一两门科目出现看错题目、抄错答案、计算错误、易写错别字等情况。

这些初中生总是自责，认为自己太粗心，并为此耿耿于怀。在同等条件，并且学习知识同样努力的情况下，有些学生的成绩总是很优秀。

粗心是指做自己有能力做的事情，由于不仔细而造成差错的一种行为。

粗心实际上是个泛指的概念，需要具体情况具体分析。在现实生活中，总是存在由粗心行为引起的不必要的麻烦。这些麻烦有时会给当事人造成很大的困扰。

古英格兰有"少了一颗铁钉，掉了一块马蹄铁，折了一匹战马，败了一场战争，亡了一个国家"的民谣，中国古代有"不积跬步，无以至千里；不积小流，无以成江海"的至理名言。由此可见，细节决定成败，而粗心行为就是忽略那些细节所造成的。因此，在我们的学习生涯中，避免粗心行为显得格外重要。

对看错题目的问题，从学习心理学角度看，可由认知风格解释。

一般出现这些问题的学生属于冲动型的人，冲动型的人在面对题目时，往往急于作答，对题目的理解不够深刻和全面，缺乏严密的推导和理论过程。

对抄错答案、答案错位的问题，其通常是学生在答题过程中，由心理上的松懈所造成的。例如，面对一道很简单的题目，答题者在心理上会产生一种放松的情绪，表现在下笔随意。

面对一道很难的题目，假设是计中计，则当答题者经过一番计算，得出一个"正确答案"后，这个答案与正确答案往往只有一步之遥。但由于答题者在经过苦算得到答案后，产生了一种松懈心理，而没有再次仔细审题，全面考虑问题。这在心理学上可认为是由注意力分配不同造成的。

对计算错误的问题，可分为两种情况：第一种情况是计算量大，心理上不愿意计算。这又分为三个方面。一是害怕时间花费过多而得不出正确答案，二是缺乏计算大量数据的能力和勇气，三是没有掌握计算大量数据的技巧。第二种情况是简单计算错误，主要是由记忆的偏差、记忆模糊、注意力不集中或者熟练度不够造成的。

对易写错别字的问题，往往是学生在答题时，由于快速书写而错写成相似字的情况。人们在这种情况下通常是无意识地犯错。就像打字一样，如果不在事后再次检查，很难知道自己的错误。

让粗心离我们远远的

文◎叶莹莹
图◎木路吉

学生因为粗心而自责的问题。在心理学上自责是心理暗示的一种体现。心理学家巴甫洛夫认为：暗示是人类最简单、最典型的条件反射。从心理机制上讲，它是一种被主观意愿肯定的假设，不一定有根据，但由于主观上已肯定了它的存在，心理上便竭力趋向于这项内容。因此，对粗心问题，我们不应过分自责，而是要放松心态，避免潜意识里对这种情况的记忆强化。

在社会生活中，学生存在的与人对比而心理不平衡的问题。人离不开社会，因而人也难免会遇上与他人交往沟通进行对比的情况。

适度的比较对个人发展是有利的。在与他人比较的过程中，有的学生可以了解到自己的长处并加以发扬，也能明确自己的短处并加以改正。然而，过度的比较则可能导致嫉妒、心理不平衡等情绪。面对这种情况，学生们应当意识到，每个人都有其存在的意义和价值，每个人都是独立而不同于他人的个体。

那么，在深刻认识这些原因后，有些相同问题的我们要怎么做，才能摆脱这样的困扰呢？

第一，考前保持适当紧张的情绪。过于紧张可能导致考试发挥失常，过度放松可能使考试时自己的水平无法发挥到极致。

当我们处在一个紧张的环境中时，本能的反应就会体现出来，它可能会削弱我们对所学知识的记忆和理解，但心理学研究发现，在对某个知识点熟练掌握的情况下，我们通过学习可以做到永久性改变。

第二，注意平时的积累和训练。

对易写错别字的问题，我们在平时做作业时，要注意在提高书写速度的同时，提高书写的准确率。这种问题是可以通过写完后检查和日常的训练来避免的。平时草稿的规范化也很重要。

第三，改正学习过程中错误的学习习惯。粗心行为的出现，部分原因在于错误的学习习惯。因此，我们应当规范平时的学习习惯。对习惯问题，我们需根据行为矫正和行为塑造法，设立多个能够通过努力实现的小目标。这些小目标最终都是为最终目标服务的。因此，我们在完成一个个小目标后，不断地循序渐进，最终无限接近甚至实现最终目标。

第四，适度的内省。内省是指通过心理暗示作用，反省自己的行为，从而做到铭记于心。粗心行为可通过适度的内省来警惕自己，减少再出现同样问题的可能性。

我们要多关注自身，而非纠结于跟他人比较，同时减少自责给自己带来的负面影响。内省可以通过多种途径实现，例如冥想。

冥想是一种改变意识的形式，它可以通过获得深度的宁静状态而增强自我知识和良好状态。静坐练习冥想，感受呼吸，即使是专心地看一朵花、一片云，也是一种冥想。冥想可以做到启迪心灵和平衡心态。

第五，深刻剖析问题的本质。加强对问题的认识，透过现象看本质是一名优秀的学生必须具备的能力。这种能力往往需要通过题海战术长期坚持训练而形成。对理科科目的学习，最好能准备一个笔记本，记录因粗心而造成的错误，并在每次考试前加以复习。易错题往往是由于粗心造成的错题，此类题目需注意积累并总结经验。在审题方面，我们需要提高专注度，同时应避免思维定式，探究题目的本质。必要时，我们应从命题者的角度看问题，揣测命题者要考查的知识点。讲究解题策略，画出关键词，让其时刻提醒自己。

第六，关注自己的注意力。一个人的做事专注程度往往可以通过其细心程度反映出来。要想远离粗心，关注自己的注意力是很有必要的。对注意力的问题，只有选对主体，注意力才能用在正确的地方。当面对某个问题时，我们总是因为顾全大局，忽略了一些细节，这些细节往往就决定了一个人的高度。

都说集中注意力，但有时我们也会太过专注于某个小细节，而忽略了结合整体来全面地看待问题。在注意力中，最重要的就是我们要清楚地明白，自己的目的是什么，这样才不会因此扩大或缩小关注度。

最后，希望每个人都可以做到远离粗心。MM

第三章 | 就喜欢你叫我"学霸"的样子

用自己的脑袋想事情

文◎侯文咏　图◎王　琼

如果问学者、专家或开明人士："一个人最重要的能力是什么？"最常得到的答案往往是："独立思考。"

但如果再进一步问："什么是独立思考？怎么样才能独立思考？"那可就很难说清楚了。

先说个故事好了。

我小的时候，电视广告里卖一种冰箱，号称配备特殊的杀菌灯，在冰箱关门的时候会亮起来并自动杀菌，冰箱门打开时，为了避免伤及人体，又会自动熄灭了。

当时我的邻居阮妈妈买了一台那样的冰箱，请大家去参观。参观时我好奇地问："要是那个灯一直都不会亮的话，怎么办？"

可想而知，这么不识相的一问之后，我立刻招来许多白眼。

回家之后，我妈骂我："你干吗问那种尴尬的问题？广告上不是说得很清楚吗？"

"可是我们又没有看到。假设所有的冰箱关上了门杀菌灯都会亮，但里面刚好有一台出故障了，而且被卖到了阮妈妈家，我们怎么知道呢？"

"哪有这么巧？而且，就算不亮又有什么关系呢？"我妈说。

"过去，家里的冰箱也从来没有杀菌灯啊！"

"你的意思是说，那个杀菌灯还是有可能不会亮的，对不对？"

"当然有可能。只是，可能性很小、很小……"

对我妈而言，这个故事大概就到这里了。

但在我心里，更多的问题跑出来了：为什么明明看不到，大家却都相信？自己相信也就算了，为什么还不准别人怀疑？更糟糕的是，为什么明明知道有可能错，却由于种种原因，一定要把它说成是对的、真的？

这样的怀疑，等我渐渐长大并经历过一些事之后，我才慢慢明白。在人类的世界里，许多大家觉得理所当然的事情，几乎和我小时候广告里所说的那个冰箱里的杀菌灯没有什么两样。

这些现成的想法，透过传播、文化的力量散布，有形无形地告诉我们应该怎么看、怎么想。到最后，我们听多了，难免信以为真。一旦信以为真，大家看到别人都和自己一样，就相信这应该是真的，因此就不再想了。

不想当然有很多好处。首先，对怕麻烦的人，这样很省事。不但省事，而且因为自己和别人想的都一样，因此得到一种安全感。更进一步，因为想法一样，气味相投，所以你就有了朋友。于是，不管别人想的是对是错，你开始放弃自己的想法，变得和大家一样。

这样看起来，我们虽有想法，我们说出想法时也头头是道，但真正追究起来，我们的脑袋里大部分是别人现成的想法。这就是说，大部分时候，我们是用别人的脑袋在想事情的。

再回到冰箱里那个杀菌灯的故事下文。

有一天，全家去郊游回来之后，我偷偷拿了相机跑到阮妈妈家，打开冰箱，我把相机对准杀菌灯，设置了十秒钟的自拍功能，关上冰箱。

之后在冲洗好的底片上，那一大团黑黑的光晕明明白白地回应了我的疑惑——当冰箱门关上时，那盏杀菌灯真的是会亮的。

我永远不会忘记，当我还是孩童，拿着那张有一大坨黑黑的光晕的底片看时，心中那股无法言喻又觉得充满了走进生命某种看不见的深渊或者核心的那种兴奋。虽然关于那台冰箱，我所知道的事，跟大家相信的，其实也没有太大的差别。

可是因为在我的生命里，多了那么一张关于那一大坨黑黑的光晕底片的记忆，让我一辈子都是一个喜欢并且追求用自己的脑袋想事情的人。我相信是那样的感觉，造就了我的人生最大的不同。

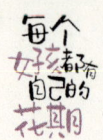

长期坚持做一件事是一种怎样的体验

文◎曲玮玮

很久以前，我突发奇想，建了一个"早起群"，机制很简单，就是每天早晨7点前起床的人在群里说一句"早安"，类似打卡。

两个月过去后，群里坚持说"早安"的人从50个变成30个，最后变成了寥寥三五人。

他们相互道声"早安"，聊聊各自今天要忙的事情，嘟囔几声最近的鬼天气，然后投入活色生香的生活中去。

有一天，我悻悻地问其中一个还在坚持说"早安"的人："大家都散了，你还在坚持，会不会寂寞啊？"

他说："只要规则还在，我就一直做下去啊！别人中途放弃了，跟我有什么关系呢？"

那一刻我突然想到小时候从书上看到的一则故事——苏格拉底对学生说，每个人把胳膊往前甩，再往后甩，每天做300下。一年之后，只有一个同学坚持了下来，那个人就是柏拉图。

尽管这个故事的真实性令人怀疑，但柏拉图的恒心令人动容。

有人每天早上坚持往小水缸里投一枚硬币，他坚信这样做会有好事发生。

有人每天一定要拍一张有趣的照片，每个月把照片洗出来挂在墙上，两年过去，他寝室的白墙已经"沦陷"。

有人在学会尤克里里之后，每天弹一段小曲子，录下视频，有时十几秒，有时几分钟。

有人从一场车祸中死里逃生后，每天8点整给他妈妈发微信说"我爱你"。

有人坚持每天要写1000个字，实在没灵感、没东西可写时，就反复絮叨："我长得好帅啊！我大概明天就会有女朋友吧！明天去买彩票会中奖吗……"总之，一定要写满1000个字。

有个朋友在网上看了什么"好习惯指南"之后，坚持每天做"提肛运动"，每天靠着墙傻站15分钟，跟我出来玩时，一边聊天还要一边按摩咬肌。

有些人的坚持看似特别无厘头，但日积月累，竟然有了一种神圣的仪式感。我好喜欢跟有所坚持的人做朋友，感觉他们身上一定有一寸从未崩坏的地方，藏着能量爆棚的小宇宙，藏着风雨侵蚀不掉的可爱鬼脸。

我能感受到他们的赤子之心。

我问过坚持6点钟早起的人，每天看到清晨的太阳是什么感觉。他说："那时候全世界几乎是寂静的，世界似乎是属于我一个人的，连太阳的光芒都是我专属的。"

读高中时，我们班有一位同学在晚上9：35下晚自习就冲出教室去操场上跑20圈，除非下暴雨、刮台风，否则雷打不动。很多人嘲笑他傻，他却无动于衷。

上大学后他继续健身，天天吃5个鸡蛋清，躲在健身房里健身，每天进行间歇性"自我折磨"。

我的尤克里里老师是乐队的贝斯手。他说他曾经每天把自己关在地下室里练10个小时的琴，空气污浊到快缺氧了。

"那时候也没指望一定要吃这口饭，就是打心眼儿里喜欢贝斯。人嘛，总要有个心头嗜好，才能支撑你活下来。"他说。

有个朋友每天晚上坚持练字。第一天用派克笔写了几个字发到朋友圈，很多人奚落他。后来他从硬笔庞中华练到行书王羲之，冬练三九，夏练三伏。

到底为什么坚持？

很多人在奔着明确的目标心无杂念地前行，还有很多人爱上了自己坚持的姿态。这又何妨呢？人这一辈子总是需要坚持一次的。若能长期坚持，被自己感动也好，让别人为你骄傲也罢，都不枉此生了。

西绪福斯纵使耗尽此生都没有将巨石固定在山顶，但他推石的姿态成为穿越时间沧桑的永恒。

捷克前总统哈维尔说过一句深得我心的话："我们坚持做一件事情，并不是因为这样做了会有效果，而是坚信，这样做是对的。"MM

第三章 | 就喜欢你叫我"学霸"的样子

集中注意力本来是一件极其简单的事情，但如今对很多同学而言，已经渐渐成为一件很难做到的事情。在学习与生活中，分散我们注意力的因素似乎越来越多，那些因素无时无刻不在干扰着我们。

坐在书桌前的你，正准备完成堆积了相当长一段时间的作业，这时候，书包里的手机突然响了，提示你有一条新的微信，你习惯性地将手机拿出来进行回复；作业才刚刚写到一半，你觉得自己似乎有点儿困了，需要马上喝杯水来提提神，于是，你又走到了饮水机旁；一个章节的英语单词还没默写出来，你忽然想起自己喜爱的一部电视剧正在热播中，于是你丢下笔冲出了房间……这是很多同学在学习过程中常见的状态。因为各个方面的原因，让人需要付出更多的努力才能做到专注。

不过，注意力不集中并不是一个太过于严重的问题。因为，前不久专家们已经发现，即使是那些在专注力方面大有问题的人，也能够通过改变自己的生活方式，运用一些技巧来提高自己专注的能力。

那么，你还在等什么呢？赶紧喝完手中的这杯水，从下文中找到你的问题和适用方法吧！

人为什么会专注？

在分析人为什么会专注这个问题之前，我们不妨先尝试做一个小小的脑力游戏。它能挑战你的脑力，并由此提高你的注意力。坐在课桌旁，拿出一张白纸和两支笔，一只手拿笔在纸上画一个圆圈，与此同时，另一只手画一个正方形。怎么样？很难，但是你非常专注。

专注，其实是一件无比幸福的事情。因为，只有当你很投入地去做一件事情的时候，你才会变得非常专注。比如，看一部精彩的电影，完成一次极具挑战性的任务，进行一场趣味十足的谈话。从科学的角度来说，当人体的前额叶皮质的多巴胺浓度升高时，人就会变得异常专注。研究发现，人们在吃可口的食物，遇到新鲜或振奋的事时，人体的前额叶皮质的多巴胺浓度就会升高，使人觉得愉悦。同时也会让人下意识地想到更多因它所带来的美好的感觉。于是，往往就会使人变得专注，从而获得更多的快感。反之，当人的注意力慢慢变弱的时候，人体的前额叶皮质的多巴胺浓度也会跟着下降。于是，我们需要重新去寻找一些更新、更愉快的东西来刺激自己，这样才能再次达到先前的多巴胺的浓度，从而带来持续的专注。这也就是那些机械性的、重复的作业不容易让人保持专注的原因，而新工作、新挑战反而更能让人集中注意力。

人为什么会不容易专注？

相信大部分同学都有过注意力无法集中的困扰。其实，影响我们注意力的内在因素有很多，比如饥饿、发怒和压力等。当然，也有外部因素，如手机、电视等诱惑。以下几个便是在学习中影响我

我算不上优秀，只是注意力足够集中

文◎黄子玲
图◎白月枳

们注意力的很常见的因素。仔细阅读，找到属于你自己的问题，然后采取有效的狙击行动，来提高自己的专注能力。

因素1：缺觉

人在身体疲劳时，通常会出现缺氧的现象。从而直接影响人体的前额叶皮质的多巴胺和肾上腺素的浓度，造成人精神上的涣散，同时引起注意力不集中的问题。许多同学经常通宵达旦地熬夜复习功课，睡眠严重不足，这就会给第二天上课带来类似注意力不集中的现象，如容易忘事和神情恍惚等。

狙击行动

首先，保证良好的睡眠。哪怕只是保证一个晚上的优质睡眠，都会像是在你的大脑上按下了重启键一样，使你的头脑立刻变得清醒起来。

其次，补充足够的能量。如果你在体力上明显不支，却要参加一场长达三个小时的考试，你当然无法做到全程注意力集中。值得注意的是，在补充能量的过程中，应避免喝高浓度的咖啡，因为咖啡因会迅速增加你的肾上腺素浓度，在短时间内使你保持良好的注意力。但物极必反，过多的咖啡因往往会让人的神经变得紧张，反倒影响人的注意力的集中。

最后，不少同学经常会因为缺觉而发生看着书忽然就走神的情况。在这种情况下，如果条件允许，你可以尝试用大声朗读，来提高自己的专注力。

因素2：压力和愤怒

人在感到有些压力时，大脑会分泌更多的去甲肾上腺素和皮质醇，让人保持高度集中的注意力。不过，只有保持适当的压力，才能产生这样的效果。早在几千年前，巨大的生存压力使得我们祖先的专注力变得异常厉害，从而能够看清楚远在几十米之外潜在的猎物，最后成功将它们收入囊中。但是，过度的压力只会起到相反的效果。试想一下，当你在为即将要参加的一场考试，或是即将要发表的一场演讲而过分紧张时，你的注意力怎么能够做到集中？没错，你的脑子里通常都是一团糟。行动上也会变得不知所措。同样，对于愤怒也是如此。当你处于极其愤怒的状态时，你的压力荷尔蒙会迅速升高，随之，专注力也会降低。

狙击行动

以我的经验，对付因压力而给自己带来专注力下降的问题，最好的一个解决办法是让你的身体动起来。即便只能选择在学校的操场上轻快地跑上半个小时，你的压力也会很快地随着汗水的挥发而减小。因为运动会让我们的血液带着更多的氧气流向大脑，刺激大脑分泌更多的多巴胺，从而让我们的注意力更加容易集中。

研究表明，每周进行两次有氧运动（如步行、慢跑、游泳）的人，远远要比那些没有过一点儿运动量的人注意力更加集中。如果你已经习惯整天都坐在课桌前埋头苦读，那么请站起身来，到教学楼的走廊看看，或者去学校的操场走几圈。这些小小的动作都会告诉我们的大脑是时候该清醒清醒了。当你再次坐下时，学习的效率也会变得更高。

我们可以选择在自己压力很大的时候，想一些开心的事情，让我们的大脑能够充分开心起来。这会大大降低因压力、恐慌和愤怒而分泌的荷尔蒙，而这些升高的荷尔蒙正是注意力分散的原因所在。

因素3：懒惰

研究表明，虽说大脑的专注力受基因的影响，不过，众所周知，有着这一问题的人可以通过重复、持续的练习来锻炼大脑，同样可以提高自己的注意力。譬如，我国著名的数学家杨乐和张广厚，小时候都曾采用过一种叫"快速数数"的办法来严格训练自己，以达到提高注意力的目的。

狙击行动

进行大脑练习。对我们的大脑"肌肉"进行锻炼，能够很好地提高我们的注意力。其中，填词游戏、快速数数等就是一些相当不错的选择。与此同时，阅读一些复杂的英文小说，还有翻开杂志参与锻炼大脑的游戏也能起到锻炼的作用。研究表明，如果在注意力集中方面有问题的人，能做到在一周的时间里进行三次或三次以上的注意力锻炼的游戏，那么他们注意力不容易集中的问题都会得到明显的改善。

看到这里，你还能做到集中注意力阅读此文吗？假如能的话，我要恭喜你了。但是，如果你在阅读的同时，还一边放着音乐，偶尔还跟着歌曲哼唱一两句，那么，我建议你下回可以尝试换一些新曲目。

因为通常带有歌词的音乐会更容易分散你的注意力，而歌词较少或者没有歌词的纯音乐会让你变得更为专注。MM

第三章 | 就喜欢你叫我"学霸"的样子

能轻松做好的就是你应该坚持去做的事

文◎艾小羊

人们总喜欢鼓励一个人去努力，尤其当我们自认为这种努力对他本人有好处的时候。慢慢地，"努力"成了一种图腾，大家崇拜它，就像迷恋古诗中"柳暗花明又一村"的境界。

这种对于努力的偏执爱好，有时候导致我们在困难的事情上花费很多时间。

一个人究竟应该在不足之处费尽功夫，以求达到正常水平，还是应该果断放弃短板，将长处发挥得更好？显然后者更为合理，然而，许多时候，我们拼尽一生，只是为了让短板变得平常，于是，这个世界上又多了一个平庸的正常人。

拿我自己来说。我成长于一个生活安逸的小城市，就读于企业子弟小学，小时候接触最多的英语是大白兔糖纸上的"White Rabbit（大白兔）"。

我从第一节英语课上就明白自己缺少学习语言的天分，尽管努力记忆，回家放下书包，还是发现当天所学的单词，一个都不会读。望女成凤的父亲带我步行十多分钟去同学家请教单词的读法，那个女孩跟我一样没有学过英语，却觉得学英语so easy（很容易），最后当了英语课代表。

父亲为我的英语成绩操碎了心，早晨5点拉我起来背单词，请全市最牛的英语老师为我做家教，收效甚微。

当一位邻家哥哥凭借一台小收录机，自学成才，考取某大学英语专业后，父亲的希望被重新点燃，为我买了一台与大哥哥的一模一样的收录机。

收录机在一定程度上帮助了我，却并没有让我一跃成为英语尖子生。

无论多么努力，英语依旧是我的短板，我需要花费比英语优秀生多三倍的时间背单词，回家吃个饭就忘了一半，只好不断重复记忆。我一度非常自卑，怀疑自己脑袋里缺了点儿什么，然而这显然不是智商问题，否则你无法解释我的数理化成绩为何可以遥遥领先，也不是记忆力问题，否则也无法解释我能熟背语文、历史、地理这件事。

邻家哥哥一直是父亲激励或者"打击"我的武器。高三的第一天，当我发现他竟然成了我的英语老师时，在心里默默念了三遍"快地震"。

一直到大学毕业，英语始终是我花费最多精力去学习，却效果最差的学科。

工作以后，虽然鲜有机会使用英语，但我学习英语的冲动还是不定期发作，总觉得不甘心。在英语考场上奋笔疾书；帮助外国友人找到失散多年的亲人；看原版电影，被机智幽默的台词逗得仰天大笑，这些美妙的情景经常出现在我的梦中。

沪江背单词、每天15分钟CNN（美国有限电视新闻网）、新东方、新航道的口语班，都试过，并不是一点儿进步都没有，至少出国旅游的时候，敢跟空姐要饮料了，然而离我的梦境依然相去甚远。

而我认识的一位温州女士，没读过大学，就靠每天在家看美剧，两年后就去美国陪读了，还交了许多美国朋友。与我20年的英语学习血泪史相比，她根本不算是学英语，只是在追剧的时候，顺便掌握了一门新语言。

"无论有多难，只要努力就会成功"，真是传统教育给我们的一碗毒鸡汤，它引申出另外一种错误的认知：似乎只有难做的事情，才值得我们加倍努力，并且努力本身，比做得好更值得赞赏。

我们的进步，是被成功推进，而不是被挫折推进的，没有多少人是越挫越勇的。不需要花费非常多的精力，就可以获得小小的成功，更能刺激我们心甘情愿地投入更多的精力，付出更多的努力，衣带渐宽终不悔。

当然，每个人成功以后，都会渲染一路走来的艰辛，那是另外一个故事。何况心有光明地艰辛前进，与看不到光地在黑暗中摸索，也是两回事。MM

有些人为了摆脱"慢",过分追求"快",每天都把计划排得满满的,并且要求自己尽可能快地去完成学习任务。这样做往往会引起"假性勤奋焦虑",也就是越努力学习效率越低,人也感到越来越焦虑。"假性勤奋焦虑"有哪些表现,我们又该如何应对呢?

表现一:时间安排得太紧,学习耗时长,效果却不佳。

部分学生秉承"勤能补拙"的学习精神,牺牲自己的休息时间来学习,给自己营造十分努力的心理情境,却没有取得理想的学习效果。

【对策】执行学习任务就像是挖矿,我们应该关注的是从矿石里提炼出来多少金子,而不是挖了多少矿。学习也是如此,重要的是学到了什么,而不是学习了多长时间。你可以用一个本子记下一天中要完成的重要任务,然后在最有效率的时间里做最重要的任务,完成任务后可以让自己放松一会儿,不必把全天的时间都用来学习。

表现二:计划一旦被打乱就不知所措,焦躁烦闷。

一些学生因为对自己的能力进行了过高的估计,认为学习任务必须按照计划执行,从而给自己增添了强烈的压迫感,有时即使坚持了下来,也会感到疲累,效率也因此越来越低。

【对策】既然计划已经被打乱了,不如好好拥抱变化,认真完成突如其来的任务,并快速调整计划,适当减少一些任务安排,量力而行。精力充足时就多学一些,状态不佳时少学一些,或者换一门科目来学习。

"慢"的情况因人而异,有人确实是由于某些能力不足而导致学习效率低下,但并不是说学习慢的人就不能取得好成绩。辩证地去看待这个问题,你会发现"慢学生"也有春天。

曾国藩其实也是个"慢学生",他从14岁开始参加县试,考了7次,直到23岁才考上秀才。他读书只能用笨方法:不读懂这一句,不读下一句;不读完这本书,不摸下一本书;不完成一天的学习任务,绝不睡觉。据说,有一次小偷潜进他的房间,想等他睡着了再行窃,可是他回来后背书背到大半夜还是背不出来,连躲在房梁上的小偷都背下了……虽是传言,但曾国藩的"慢"是出了名的。

在他考上秀才后的第四年,他就靠着这股愚笨之力考中了进士,之后官至两江总督、直隶总督、武英殿大学士,成就了一番伟业。可见,"慢学生"只要有毅力,肯用功,讲方法,也是可以变优秀的。所以,与其认为"慢"就是笨,不如把它当成一种风格。MM

欲速则不达,警惕"假性勤奋焦虑"

文◎卜宗晖
图◎刘虫虫

第三章 就喜欢你叫我"学霸"的样子

愿你能够无悔于自己的选择

文◎夜空君

亲爱的妹妹,当你看到这些话的时候,你一定很惊讶你忙碌于写毕业论文的姐姐会抽空给你写信吧。此刻已经是冬季,坐在教室里的你,大概会一边对着手哈气,一边继续钻研习题,偶尔抬头看一眼黑板上的高考倒计时,再看一眼窗外,不禁会在心里轻叹一声:"高考的脚步就越来越近了呢!"

记得你总喜欢和我畅想自己的未来,你说:"姐姐,我想考××大学,我希望以后能整个下午都泡在××大学的图书馆里。"而我也不忘鼓励你:"好呀,以后大学时间都由你自由支配。"你有坚定的梦想,还有去实现梦想的实力,我当然要在心里为你祝福。但是,这通往梦想的路也不是那么好走的,所以,作为一个高考过来人——你的姐姐,还是要和你多说几句。

高考作为人生之中最不看脸的一场考试,算得上绝对公平。为了这场考试,你周围每一个和你同样正处于高三的学子,都做了十二年的准备,每个人都花了大概人生七分之一的时间在奔跑,所以,高考又是相对公平的。不过你再看看你们奔跑的路程,或许你会发现有些人一直跑在前面,甚至你们学校的个别佼佼者已经拥有了保送××大学的资格,你会发现其实相对公平的高三,已经有了不公平的存在。

而你再思考一下,其实这些不公平不是现在才有的,而是在你不经意的时候,别人慢慢"积累"的,他们比你多学一点儿东西,多做一道题目,久而久之,就拉开了与你的距离。你想努力赶上他们,只有付出比他们更多的努力。

还记得你十四岁时的那个盛夏吗?那个时候的我正值十八岁,坐在房间的小桌子前,捧着厚厚的志愿书一页页地翻看,而你拿着刚买的冰激凌问我吃不吃,而我却回答你"不吃"。其实我不是不想吃啊,我是根本没有心情吃,还有几天就要填志愿了,手中的书也早已经被我翻烂,可是面对那么多的大学,我挑来挑去都不知道到底该怎么选择才好。毕竟我的成绩摆在那里,我去不了想去的大学,其他学校也没什么可挑的。

也是在那个时候,我暗自悔恨自己怎么不多看几页书,不多考一点儿分。可是世界上并没有后悔药可以吃,我只能将就。你一定是不愿意将就的吧?以你的性格,从来都是选择自己喜欢的东西,对于大学,你一定还是会选择自己想要考的那一所。

我看过你的成绩以及排名,除了一两次特殊的情况,你的成绩基本能够保持在班级前十名,这是一个很好的状态。但是在高考前一直维持这样的状态还是有一定难度的,因为你不知道在高考冲刺的那最后几个月里,会有多少匹"黑马"跑出来,而你也不能仅仅满足于在你们班上的排名,要放眼整个年级,还要看你想考的那所大学的分数线,看自己还能再进步多少,每一分都需要自己去争取。

最后就是心态问题,努力拼搏的时候,你还要保持良好的心态。其实我知道你对这样一场人生转折点般的考试充满了紧张感和神圣感,大概这也是每一个高三学子面对高考时的心情吧。而我想说,我对你是充满了信心的。毕竟你一直在为自己的未来拼搏,你的努力大家是有目共睹的:每天早上五点半起来背书,把一篇课文背到滚瓜烂熟才去洗脸刷牙、吃早饭;对于不会做的习题,你会坐在桌前算上半天。好几次爸妈都说,倘若我那时有你这么努力,一定会考得更好。我很欣慰,至少啊,你没有可能成为第二个我。

所以,亲爱的妹妹,现在已经足够努力的你,请再咬牙坚持大概四个月的时间,试着深呼吸一下,调整心态,继续为自己梦中的那所大学努力拼搏。我希望你能像你在课桌上写的那句激励自己的话一样——"来日你莫要后悔"。愿岁月再回头,你能够无悔于自己的选择。MM

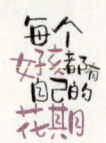

赢自己比赢别人重要

文 ◎ 潘晓婷

性格决定命运。我就是一个内向、安静、骨子里要强的人,有人称我为"寂寞高手"。

我小时候的理想是当一个画家。我3岁开始学画,那时候,父母去上班,因怕我一人在家不安全,就把我反锁在家里,一锁就是一整天,而我就安安静静地待在家里画画,一画也是一整天。从那时起,我就养成了独处和静思的习惯。至今,我的朋友也不多。朋友多的话难免要应酬,应酬就要进入嘈杂的公共场所,与方方面面的人接触,这样既占用我练球的时间,也不符合我的个性。我一个人待在家里看书,看搞笑碟片,吃点儿零食,偶尔陪妈妈逛逛街,压力特别大的时候练瑜伽,一个人静静地打坐,听听轻松的音乐减压,就是我很享受的业余生活状态。

现在想想,安静的人真的很适合做职业台球手,因为打台球需要专注力,凝神思考,耐得住性子,不急不躁,心理素质要特别好……这些我都具备。如今,能耐得住寂寞的人不多,我偏是其中之一。所以说,先忍受寂寞,再当高手吧。好的心态是成功的必备条件。

前不久,我在美国打公开赛期间,和爱里森·费舍尔打的那场球,令我终生难忘。

我曾经和这个世界排名第一的选手交过两次手,过往一胜一负的战绩让我比赛中得以轻装上阵。比赛进行到决胜盘8比8平时,局势对我来说是有利的,可我没把握好机会。再者,比赛主场在美国,美国人当然希望自己的选手能赢,所以在我击关键一杆时,主办方突然广播通知,说观众可以换票离场了,结果有些观众就开始在场上走动,这种混乱的局面影响了我的情绪,我最终输掉了本来可以胜利的比赛。

赛后,我沮丧极了!我跟爱里森这个世界排名第一的顶尖选手已较量到最后,但由于自己的失误,没能战胜自己的偶像,这是我无法原谅自己的。当晚,我彻底失眠。和父亲通话时我说:"这场球,我会记一辈子!"睡不着的时候,我就重温一个故事:一个女孩在一望无际的沼泽里行走,但她迷路了。聪明的女孩没有慌乱,而是沿着自己一路留下的脚印回到出发的地方,开始试走新的路线,最终,她离开了茫茫无际的大沼泽。这个故事再一次鞭策我,即使输了一场比赛,只要能从中找到失误和欠缺之处,总能回到起点重新开始。

人不可能事事顺利,一路走来,留下脚印,能找到来时的路就好。这件事之后,我思考过,也许,人能赢自己比赢别人要重要许多。

我的同行说过这样的话:"潘晓婷能有今天的成绩,在意料之中。"可能,他知道我的付出是常人无法比拟的。

我15岁开始在父亲的球馆里练球,一待就是4年。球馆里有一间小屋子,里面的一张单人床、一个衣柜就是我全部的财产。那4年里,父亲给我做了硬性规定,每天练球8至12个小时,没有周末,一个星期只能休息半天。即使我病了,上午在医院打点滴,下午回到球馆还是要补足当天的练球时间。

以前,家里经济拮据,父亲陪我到北京参加比赛,我们就从山东济宁乘火车到北京。在北京,因为没钱,我和父亲只能住18元钱一晚的地下室。地下室阴暗潮湿,推门就能闻到刺鼻的霉味儿。第一次拿了全国冠军,奖金只有4000元,为了能细水长流,我和父亲在全聚德只点了半份烤鸭。看着那半份香气扑鼻的烤鸭,我痛哭不止。所有这一切,我都忍受了,因为,我15岁开始摸球杆时,父亲就说过,要想做到最好,就要比别人付出更多、牺牲更多。父亲当过国家级的足球运动员、篮球裁判,后来改行当厨师,又被评为鲁菜特一级厨师。父亲希望我像他一样,做事要么不做,要做就要做金字塔尖上的人。为实现这样的目标,我每天要比别人多练好几个小时,这样才可能赶超别人。所以,吃不了这份苦,受不了这份罪,趁早放弃,另谋出路。但是,一旦选择了这条路,想要成功,吃苦就成了最基本的准备。就看人有没有对苦难的耐受力,耐受力强的人早晚都能品尝到成功的喜悦。

第四章 拒绝平庸，做自己的女王

真正美丽的女生是由内而发的美丽。她举止优雅，仪表端庄。她有涵养，腹有诗书气自华。当你对内在的美丽产生向往，便要不惧阻力，迎难而上。逆流而上的过程中，会有诽议，会被怀疑。但，少女，你要记住：你是独一无二的精彩，在被误解的时光里，要努力活出自己的模样。

被原谅的那段孤立时光

文◎杜智萍
图◎冷色系

上初中那年，爷爷生重病，花掉了家中所有的积蓄还借了外债，但爷爷最后还是走了。

爸爸因为长时间照顾爷爷，精神状态不佳，工作中出了差错，给单位造成损失，要赔偿不少钱。妈妈只是个服装厂的女工，收入也不高。原本并不富裕的家一夜间更是一贫如洗。

为了谋生和还债，父母合计了一下，决定在菜市场开一家专门杀鸡鸭的小店。

为了节省开支，增加收入，父母和我商量，把原来的住房出租了，一家人就住在店铺里。店铺很长，父母专门隔了一间给我住，他们就在外间铺了张大床。

我很不愿意，但我明白生活的艰辛和父母的无奈，不得不同意。

菜市场里总是弥漫着一股怪怪的味道，很难闻。而我家的小店，更是充斥着让人恶心的味道。刚开始时，我一直想吐，但强忍着，久而久之，倒也习惯了。

在学校里，同学们不习惯我身上的味道，他们看见我都躲得远远的，仿佛我是一个传染病患者。

上课时，周围的同学都用手捂着鼻子，一脸嫌弃。我知道，是那股难闻的鸡鸭腥味。我也不喜欢，可我每天都洗澡，还用香皂一遍又一遍地擦洗全身。

我不知道我要怎么做才能彻底让自己身上清清爽爽的，没有让人嫌弃的味道。

我不可能不住在店铺，不可能不在空闲时帮父母的忙。

看父母每天起早贪黑，一双手被热水泡得苍白变形，我不忍心。家里欠着外债，他们不得不经营这种没人爱干的低成本投入只要靠勤劳就可以挣钱的小生意。

市场里人来人往，买鸡鸭的人很多，但纯粹用开水杀鸡鸭的只有我们一家，生意很好，但父母也累得连腰都直不起来。

我知晓父母的艰难，从不敢告诉他们，我在学校被大家孤立。

我的成绩还不错，特别是作文，每次都能得到很高的分数。我把自己的孤独和对生活的理解都化成文字，写在日记里，充实自己寂寞的少年时光。

我并不是孤僻的人，也不是不爱说话，只是

大家因为我身上的味道排斥我、孤立我，我没有了朋友。

同学们对我避之唯恐不及，用同桌男生的话说就是，他和我同桌，倒了八辈子的霉。我听后，很难受，但不知该如何回应。只能常常在放学后一个人回家的路上偷偷抹眼泪。

回到市场里，面对父母时，我还要尽量地掩饰，强颜欢笑，我觉得只有这样，父母才不会担心我。父母已经很累了，我不想他们再为我担心。

那段被孤立的时光里，我每天一个人来来去去，表面装作云淡风轻，其实很受伤。

青春年少的我和大家一样，喜欢热闹，珍惜朋友，并不喜欢这种形单影只的生活。我很渴望和大家打成一片，渴望她们三三两两地玩耍时能够邀上我，渴望放学后和她们勾肩搭背一起回家。只是所有简单的渴望在当时都只是一种奢望。没有一个同学愿意接受我，更没有一个人把我当成朋友。我主动想融入她们的世界时，她们集体对我抛"白眼"，用一种少年尖利的冷漠横起了让我无法逾越的鸿沟。

我孤单地坐在教室里，就像一个"恶臭物"，我害怕那些嫌弃的眼神，害怕这种孤立无援的校园生活，我一次次想过退学，一次次想过结束生命，这样活着，真是痛苦不堪。

班上的同学早就把我"浑身发臭"的事情告诉老师，希望老师能把我转到其他班去。

我猜想，那时老师也是从我身上闻到了点儿什么，她虽然没有明说，但后来有一次，我去办公室送作业时，她还是提醒我要注意个人卫生。我听后，心里异常气愤，凛然地应了一句："我是交了钱来上学的，至于我身上的味道，有关系吗？"丢下这句话，我走了。忍了很久的泪，终于在我走出办公室时夺眶而出。

我逃了一天课，一个人躲在公园里，坐在树荫下，看着眼前绿意盎然的花花草草，泪湿眼眶。

我憎恨可恶的上天，为什么这样折磨我们一家人？憎恨班上的每个同学还有不关心我的老师，他们凭什么嫌弃我？我那么想和大家成为朋友，他们却都孤立我。

我的父母有什么错？

他们只是为了谋生，为了挣钱还债，那些恶臭味是我们喜欢的吗？我们也不喜欢，但生活那么艰难，我们有什么选择的余地？越想越伤心，我又禁不住哭起来。

我没想到，在斜阳铺满整个公园时，我的老师会和我的父母一起出现在眼前。

我以为是幻觉，直到父母扑过来抱住我哭时，我才知道是真的。老师连连向我道歉，说她无意间伤害了我，希望我能原谅。

原来老师见我一天没在学校，找了几个学生问到我家的住址，然后她去了菜市场找到我的父母，了解了我家的情况。

"智萍，希望你能原谅我，老师真的错了。我伤害了你，对不起！"老师又一次向我道歉。她说话时，眼圈红了。

我能够感受到老师的真诚，在她并不了解事情真相时，她确实以为我是不注意个人卫生，她只是想好心提醒我，没想到无意中伤害了我年少的自尊。

当她得知我在班上被大家集体孤立时，她才感到她的失职。

我不知道老师和班上的同学都说了什么，在我回到学校上课时，我感觉一切都改变了。

班上的同学再也没有故意躲避我，也没有嫌弃，特别是同桌男生，他还真诚地向我道歉。

我在班上渐渐有了朋友，我与大家和平共处。老师也时常关注我，表扬我的作文写得好，夸我懂事和体贴父母。我的父母最终收回了出租的房子，让我住回家里。

一切似乎都回到了最初，只是只有我自己知道，这段被孤立的少年时光是一场寂寞的欢颜。我已经学着长大了，学会了坚强和忍让，也学会了原谅和包容。

谁的年少不曾犯过错？我又怎么可以耿耿于怀拒绝自己需要的呢？我不想孤单地生活。 MM

第四章 | 拒绝平庸，做自己的女王

被孤立的年少时光

文◎暮 雨
图◎花月婷然

每个人的少年时代，总有那么一些记忆，比如一个人的行走，比如不被接纳的苦楚。这些，都关乎孤独，关乎成长。

中学时代，被我们孤立的可能是漂亮而张扬的女生，可能是默默无闻的后进生，可能是自私任性的坏脾气女生……但是我，一个几乎有着"优等生"光环的女生，也进入了被孤立的名单。

直到现在我都不知道被孤立的真正缘由。似乎有人说我骄傲，还有人说我自私。可是天知道，我不过是静静地做自己的事，不掺和别人的"流言蜚语"，对所有的伤害一笑而过。

被孤立的日子当然不好过：我一个人吃饭，一个人复习功课。女孩子们凑在一起说悄悄话会绕开我，她们在远处笑得张扬而热烈，我则一个人淡淡地看书，努力做到云淡风轻的样子。我也曾愤怒，也曾伤感，但最终，默默地、静静地做自己。

我的成绩称得上出色，我并不是多么用功的人，但上天赋予我非凡的记忆力。我看各种各样的杂书，"言情""武侠"都是消遣。我被男生女生一起嫉妒并不屑着，仿佛我是坏学生，仿佛我所有的成绩都是不劳而获的。

老师也不喜欢我。我在自习课看书写字自得其乐，我在课堂上"指点江山"，表达流畅，语气自信，我在作文本上信笔书写汪洋恣意。这些，只有年老的语文老师暗暗赞叹。

我不害怕，我安静忍耐。但终于有一天，忍无可忍的我义正词严地对老师说："看书、写作是我的自由，请尊重我自由安排时间的权利。"我不卑不亢地跟挑刺的班干部声明："该做的我都做了，你没有理由指责我。"我异常平静地跟我的同学们说："有什么不满请当面说，不要在背后议论别人。"

那时候，我成了众矢之的，所有人都看我不舒服。他们认为我骄傲，目中无人，自以为是。但我真的不觉得我做错了什么。我得意于自己的尖锐，我喜欢自己的自信，我欣赏自己的与众不同。所有的嘲讽和不屑，我都可以置之不顾。虽然内心深处总有那么几分不舒服，但我真的不害怕。

我依然保持充沛的精力、良好的学习习惯。我读了很多很多书，写了很多很多文章，也稳稳地保持住了前三名的成绩。我觉得自己很优秀，尽管被孤立，跟"三好学生"之类的荣誉不搭边，但成绩在全市排名前列让我对自己充满信心。

然而，高三的一模，成绩一向优异的我居然败得体无完肤——没过重点线。同学的嘲笑、老师的不屑、家长的叹息一声一声地传来，在我耳边挥之不去。我没有想到自己会哭，冰冷的眼泪让我无助而彷徨。我的自信和骄傲在那一瞬间几乎崩溃。

我没有想到，那样一场考试，让高三的我经历了当时以为是世界上最痛苦的事，不过也激发了我生命中最倔强的性格。我收起眼泪埋首书堆，再也不看小说，再也不读诗歌。我想，是时候为自己努力了，是时候用心拼一拼了。

很快就是二模，我的成绩依然不好。我本想着打个漂亮的翻身仪,结果居然是这样。我看着刚刚过重点线的分数欲哭无泪,装作阿Q拿"天将降大任于斯人也"鼓励自己。离高考不到30天,教室里的气氛很紧张。关系好的女生们已经在哭哭啼啼地诉说要考同一所大学,再不济也要在一座城市;暗暗彼此喜欢的男生女生已经有劳燕分飞的悲戚。他们已经顾不上孤立谁、鄙视谁了,只是我的成绩,再一次给了发试卷的同学一个快乐的理由。

我无意揣摩他们的心理,努力收敛思绪,投入最后的冲刺中。

高考来得很快。我云淡风轻地走出考场,不理会同学们凑在一起交流答案的迫切心情。有人冲我微笑:"考得还好吧?"但语气并不和善。我也笑笑:"还好,你也加油。"

那些对我微笑的同学,是我记忆中原来最讨厌我、经常挑我刺的同学。我以前不会搭理他们,那天我却开始微笑,并且祝福他们。

每个人的青春里,总有一些人、一些事教会我们勇敢。

后来的我越来越清楚地知道,青春里的嫉妒和不喜欢,只不过来自年少的无知和幼稚,并无恶意。很多所谓的伤害,笑一笑便雨过天晴。

如果时光可以重来,我想努力变得温婉一些,友善一些。同学间的嬉笑打闹,同学间若有若无的嫉妒和嘲讽,我想大大方方地回应。如果我能真真切切地融入他们,和他们一起嬉戏、一起奋斗的高中生活,该是多么值得回忆啊!

一切都不会重来,一切都已经远去。优等生往往比别的同学要多很多压力,优等生有很多学习的竞争,很多为人处世方面的纷争。当所有的人都对你抱有很大的期盼,如果你不做到最好,别人就有理由怀疑你。

为人处世,除却年少的锐气和不顾一切的冲劲,我们要学的太多了。这是成长必须付出的代价,也是成长带给我们的礼物。无论是谁,都要在这个世界上,学会与人为善。MM

取悦自己,多几分从容

文◎糖是甜

一位诗人写了不少首诗,也有了一定的名气。可是,他还有相当一部分诗没有发表出来,也无人欣赏。为此,诗人很苦恼。

诗人有位朋友,是位禅师。这天,诗人向禅师说了自己的苦恼。禅师笑了,指着窗外一株茂盛的植物说:"你看,那是什么花?"诗人看了一眼植物说:"夜来香。"禅师说:"对,这夜来香只在夜晚开放,所以大家才叫它夜来香。那你知道,夜来香为什么不在白天开花,而在夜晚开花吗?"诗人看了看禅师,摇了摇头。

禅师笑着说:"夜晚开花,并无人注意,它开花,只为了取悦自己!"诗人吃了一惊:"取悦自己?"禅师笑道:"白天开放的花,都是为了引人注目,得到他人的赞赏。而这夜来香,在无人欣赏的情况下,依然开放自己,芳香自己,它只是为了让自己快乐。一个人,难道还不如一种植物?"

禅师看了看诗人,又说:"许多人,总是把自己快乐的钥匙交给别人,自己所做的一切,都是在做给别人看,让别人来赞赏,仿佛只有这样才能快乐起来。其实,许多时候,我们应该为自己做事。"诗人笑了,他说:"我懂了。一个人,不是活给别人看的,而是为自己而活,要做一个有意义的自己。"

禅师笑着点了点头,又说:"一个人,只有取悦自己,才能不放弃自己;只要取悦了自己,也就提升了自己;只有取悦了自己,才能影响他人。要知道,夜来香夜晚开放,我们许多人,都是枕着它的芳香入梦的啊。"MM

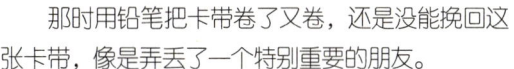

第四章 | 拒绝平庸，做自己的女王

横跨**青春**的歌，最动听

文◎卢思浩
图◎冷色系

 1

我有轻微的强迫症，只要听到那些喜欢的歌，就会单曲循环，一直听到睡不着，一直听到耳朵痛才肯罢休。

上初中的时候，流行起卡带和复读机。

复读机是我第一个专属听歌工具，那时候买了周杰伦的《八度空间》，每天睡前开始听，一直听到卡带损坏。

那时用铅笔把卡带卷了又卷，还是没能挽回这张卡带，像是弄丢了一个特别重要的朋友。

后来有了MP3（一种音频文件播放器），摸索了很久，在里面放满喜欢的歌，上学的时候藏着，等到下课偷偷拿出来听。

因为怕被老师发现，我总是只戴右耳机，从袖子里穿过去，右手撑着耳朵捂得严严实实。

大概从那时候起，我就开始依赖音乐。

现在有了手机，有了下载音乐的软件，不用再费尽心思在网上搜歌再下载。

于是我走路的时候、写字的时候、空闲的时候，都塞着耳机。

我可以找一个空闲的下午，戴着耳机听一下午的歌，和好友聊天。

我也可以在候机厅，早早进去跟朋友告别，然后听着歌，觉得等待也并不难熬。

我就是那种上一秒心情很差，听到一首歌心情就能立马投入歌中的人。

那些很多我自以为有的情绪，甚至是我不知道如何描述的情绪，都被写在了歌里。

对于还没有太成熟的我来说，音乐大概就是我最好的朋友了。

你看，你不是孤独的，至少有人也经历过你经历的，然后把它呈现在了你面前。

 2

高中的时候，喜欢一个女生，不知道应该怎么表白，就一遍遍地抄歌词，一遍遍地练习她喜欢的歌。

大学的时候，一个人跑到了墨尔本，不知道怎么适应孤单，就一遍遍地听着那些让我有感觉的歌，告诉自己其实不孤单，你看那些心情早就有人经历过了。

追梦的时候，跌跌撞撞不知道怎么办，怕自己等不到好结果，就一遍遍地听那些让我有动力的歌，一遍遍地回想最开始的自己，告诉自己不要怕，当初选择这条路的时候，你就该做好所有准备。

我的歌单很杂，喜欢的歌手有很多，但一直存留在

133

歌单里的歌，翻来覆去也就那些。

我会尝试着去听很多新歌，但能留在歌单里反复听的寥寥无几。

那时候不清楚，为什么有些歌翻来覆去听，怎么也听不腻。

后来才明白，或许只有横跨青春的歌最动听。

横跨青春的歌最动听，附着回忆的东西最动人，一起看的电影最铭心，陪伴许久的人最珍贵。这个道理，我们总要失去了很多之后才明白。

我曾经很爱看演唱会，只要一有时间就会去看。

很多人都问我，明明台上的人离你那么远，明明在家一样可以听，为什么偏要去演唱会？

我说，是因为我想看的不是台上的人，而是曾经的我自己。

那是在课后偷偷听歌的我自己，那是在一个下雨天后哼起《晴天》的我自己，那是周六步行半个小时为了淘一张旧CD（激光唱盘）的我自己，那是爱一个人不知道怎么给自己留余地的我自己，那是在机场等着一架飞机要离家的我自己，那是青春里最好的我自己。

我太了解我自己，如果我不听，我就会把这些忘记。

我们每时每刻都在长大，每时每刻都在往前走，尽管有时我们察觉不到自己成长的速度。

于是我们一路成长一路丢弃，丢弃那个不知道怎么表达爱意的自己，丢弃那个在操场上看夕阳的自己，丢弃那个醉倒在路边的自己，丢弃那个彷徨失措的自己。

可有时我是那么怀念那时的自己，所以我需要听那些歌。

每首歌都是一个故事，一个人，一段时光。

一个人如果常回头看，走不了太远；可如果一个人从不回头看，就会走偏。

曾经我一直想，那些歌到底有什么意义？那些过去到底有什么意义？

说起来我们都成长了，那些过去终究是过去，很长一段时间里，我一直忙碌一直逃避，不肯回头看。

后来我明白了，我们之所以不敢回头看，是因为我们不知道怎么面对那个自己；我们之所以不知道该去往哪里，是因为我们不够了解自己。

只有回头看，只有能够正确地看待那些回忆，我们才知道自己是一个什么样的人。

所以我常在午夜时分，听着歌独自醒着，早已麻痹的神经，变得异常活跃。

我不知道你喜欢什么样的歌，但我想一定会有人愿意和你左右耳机共同分享一首歌，也会有人愿意在你睡前分享一首歌给你。

或许你也和我一样，因为一个人喜欢一个歌手，进而喜欢他们的歌。然后那个带你走近他们的人已经走远了，可那些歌却留了下来，变成了你的一部分。

没关系，毕竟那些歌给你的力量，都是属于你自己的。

我有很多东西在一路上弄丢了，比如肆意哭笑的能力，比如那些简单又能让你充实一天的东西，再比如曾经和你并肩同行的人。

一路飞奔以为跑在了时间的前面，才发现谁也没能跑过时间。

但即便如此，还是有些东西留了下来，三五好友和那些陪伴很久的歌。

我不那么念旧，却毫无缘由地相信这些可以打败时间。

就像那些永远不会腻的歌，就像那些留下来的人，就像那个还在努力的自己。

这些东西，少一个我都不自在，我绝不轻易放手。MM

为什么有公主病就不能是个好女孩

文◎二更食堂　图◎heathery

1. 每个人心目中的公主，不知何时起变得糟糕

也许是三毛第一个认识到了公主病的存在："世上的姑娘总以为自己是骄傲的公主，除了少数极丑和少数极聪明的姑娘例外。"

如今，越来越多的女生成为确诊病例。"确诊"一例公主病非常简单。

只要这个女生符合他们心目中挑剔、幼稚、幻想、不切实际的定义，那她就是那个"不折不扣的病人"。

人们总是不断地进行着分类。按照年龄划分的80后、90后；按照职业划分的"程序猿""攻城狮"；按照爱好划分的二次元、"韩剧粉"。唯独在公主病这件事上，人们的判断显得随心所欲。

但少数极丑的姑娘也好，少数极聪明的姑娘也罢，每个人的世界本来就不同。在自己力所能及的范围去追求美好，从没有善恶之分。

你有你的坚持，我有我的骄傲。

2. 不要拒绝别的世界的精彩

我曾经陪一个同事去挑选她在婚礼答谢宴上要穿的婚裙。逛了几天下来，我们看中了一袭红色长裙，配上她高挑的身材，真是漂亮极了。但她犹豫了，原因就是觉得价格有些贵，800块的价格买一件可能只穿一次的裙子，在她的消费观里这太不划算。

这个理由让我很郁闷，因为在我看来，在一生一次的婚礼上，只要看上去好看，价格贵也是可以接受的。但同事并不这么想，她说："我没有公主病，没必要把自己打扮得这么奢侈，咱们还是看看别的吧。"

公主病，她的那份介意被这三个字体现得非常明显，而我也没有继续强求。后来同事选择在某宝上买了两件同款的长裙，总共才400块钱，很便宜，她也很开心。

事情的反转发生在收货之后。除了价格便宜之外，无论是质感还是成色，都让人无法接受，更不用说穿在如此重要的婚礼答谢宴上了。再次犹豫了几天之后，同事决定退货，再去把那件800块的长裙买下来，只不过这时，当时看上的那款裙子已经断货。

3. 如果公主一定是病，那就是世界上最美丽的病

有个女生曾经非常自豪地跟我说："假如公主病真是一种病，那肯定也是世界上最美丽的病。"

那时她刚刚与自己的前任分手，理由是前任受不了她的作，受不了她每天出门之前要在梳妆台前花上一个小时。

她很不理解，为什么爱美也变成了一种错误？

有个女生无奈地跟我说："有时候只有病友之间才能互相理解吧。我们也只是普通的女生，公主病只是我们选择的一种生活方式。"

那时她刚刚因为相亲的事情跟妈妈大吵一架。她只有25岁，刚刚从校园出来的她，年轻的人生才刚刚有了一个精彩的开始，她不想这么快就背上婚姻这么沉重的包袱，结果就成了老妈口中被惯坏的小公主。

还有一个女生告诉我，女孩子都是很敏感的。你可以大大咧咧地把"公主病"扣在她们头上，不为自己的言行负责，可真

135

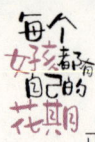

正伤心的是她们啊。

我相信这是世界上最美的病，是每个爱美、爱生活的女生都应该拥有的病。

那时她在事业上非常成功，是人们口中的女强人。也正因如此，她在生活中非常孤独，倔强的外表常常让人们忽略她内心深处柔弱的一面，高标准的执拗，也这样被描述为公主病。

对于被人们定义为公主病患者的女生来说，她们的挑剔是因为从不将就，她们的天真是对美好的憧憬，她们的幼稚是远离生活压力带来的误解……她们通过自己的努力，过上了让人们羡慕甚至嫉妒的生活，她们追求美好和浪漫，不愿意过满满负能量的压抑生活——

但，没有人愿意去了解她们，即使认为她们病了，也不去关心她们。

所以，当你遇到这样的姑娘，请你一定要细心加耐心，一味地抱怨和嘲笑换来的只有彼此的负能量。其实，你也可以为她们做一些力所能及的事情，比如带她们去一次公主病治愈所，以最懂公主病的方式去帮助她们。MM

瘦不成一道闪电，也能活成一缕清风

文○第九个娃娃

如果说有什么话题是女孩子之间永恒不衰的，那这个话题一定是：减肥！作为微胖界翘楚的我，自然也极其热衷于探讨这个话题。

身边也有几个女孩子和我一样，最擅长的就是在网络上搜集各种减肥秘籍，整天在微博上收藏"减肥食疗大法一百种"，公众号关注的也是各种"吃吃吃瘦瘦瘦"。那时候，因为有了可以一同告诫自己管住嘴巴的"同伙"，觉得痛苦的减肥之旅也不过如此，大家一起坚持，倒也不觉得有什么不对。

但是渐渐地，我发现这些流行在妹子中间的"以吃减肥"的方法好像并没有我想要的效果。网上说，下午五点之后不吃饭，于是我看到小伙伴们买了好几斤甜甜的水果；减肥视频里讲，"轻断食"很有效，但做不到一口水都不沾的我们，通常在正常的三餐时在碗里剩下一口饭就当作节制了。

眼看着体重秤上的数字没有变化，我的心情也是万分焦急，我痛定思痛，系统地查询了科学的减肥技巧，终于想通了。只靠所谓的食疗是不行的，减肥要靠自律，同时也要靠运动。于是，我开始向减肥闺蜜们建议：不如我们一起出去跑跑步吧？

然而，平时总是齐心协力的伙伴们的回答让我吃了一惊：她们有的说自己不适合跑步，有的说自己不想流汗，甚至还有一个人说，其实自己并没有那么胖，并不需要这么激烈的方法……同样是减肥的方式，为什么和"食疗"相比，真正有效的运动却那么不受人待见？为了追求更美的自己，女孩子们都爱给自己设定某个目标，但是常常把"设定了目标"这件事就当作自己已经在努力，仿佛是一种心理安慰，告诉自己已经在行动了，然而生活太艰难，没那么容易改变。但是，要真正地获得新的人生，怎么能不去挥洒汗水呢？

后来，我便脱离了"纸上谈兵减肥小分队"，有空的时候就会去跑步、打球，去做一些真正燃烧脂肪的事。然而闺蜜们不解了，她们问我："你出这么多汗，让自己这么累，好像也没有瘦很多呀？你看隔壁群的小桃子，坚持了专家的果蔬食谱，也瘦了好几斤呢！"

这个时候，我总是笑着摇头，并不说话。闺蜜们依旧在微信群里分享着。虽然我的体重并没有多大变化，但是我感到自己的生活已经在发生改变。我感觉因为工作和学习而日渐沉重的关节重新灵活起来，我深信自己或许不能马上瘦成一道闪电，但只要坚持，我一定会活成一缕清风，越舞动，越轻盈。是的，生活或许暂时一成不变，但只要朝着自己认可的方向坚持努力，我们就会看到全新的生活。MM

你本可以自己活成一个宇宙

文◎颜 开

某天,我终于没忍住给我以前玩得不错的朋友发了一条消息:你知道吗?我已经半个月没有和男生说过一句话了……

是的,我总结了一下,自己每天唯一交流的异性就是食堂大叔,雷打不动的"这个!半份!带走"。然后每半年去一次理发店,和理发师小哥共处的一个小时就是我生活里与异性最亲密的接触。我觉得再这样继续下去,我可能见了男生都会害羞到结结巴巴。

片刻后,我收到对方回复:那你应该知足,我们学院最近刚刚把某层楼的女厕所给拆了,建成了实验室。

我这个朋友是学机械的,表示一个系只有一个女生,不过还有更惨的专业,连一个女生都没有。

所以,当我听说很多省份高考开始不分文理科,而是根据自己的喜好选择时,在心里为这些学弟学妹默默放起了烟花。这就意味着一个班里的男女有可能实现均衡了。

从高二分科开始,我身边的男生大幅度减少,并随着时间呈递减趋势。加上我本身就没多少异性缘,一年下来和男生接触的次数更是屈指可数。直到彻底掉进女儿国,听讲不完的八卦,扫落不完的头发。

我决心改变这种现状是因为身处同样环境的Rian小姐总是很有异性缘,有很多异性朋友,而我和男生可能还没有说到三句话。

我去向Rian小姐取经前也是经过了好一番纠结,毕竟谁都不想承认自己异性缘特别差又表现出一副迫不及待的样子。好在我终于将难以启齿的话讲出,Rian小姐也大方地向我传授秘诀。

后来我整理了一下,也不过两种方式。

第一,干净得体,要保持气质。一个人去图书馆,在文学类的书架前停留,指尖缓缓拂过一排一排的书,然后抽出一本,打开,随意翻动,还要时不时撩一下耳边的垂发。记住,整个过程一定要缓慢从容,恬静清新。

第二,在某些男生多的社团崭露头角。在广场大声唱歌,秀舞技,或者打得一手好球,轮滑滑得又酷又炫,和男生嘻嘻哈哈,整个人要热烈得像骄阳,亮瞎别人眼。

可惜,经取到了,我依旧没能成仙。

我做不到,这两种方法我都做不到,我既无法让自己刻意文静,也无法勉强自己格外开放。

后来Rian小姐又推荐我参加一些线上的交友活动,仅隔了一天的时间,我的QQ就收到了四十多条验证消息,但是两天后,我的交友信息随即被更多别人的信息覆盖掉,我的QQ再次回归往日的冷清。

我浏览了一下QQ群里刊登的征友信息,内容大同小异,无非说"想认识一个可以一起去图书馆或自习室的异性好友"云云。后来我删掉了所有的验证消息。

我渐渐觉得,一个人如果连学习、读书这种如此独立的活动都要找人陪,那他根本也无心学习。他只是生活无趣又无聊,将这种交际当作打发散漫乏味生活的方式。

你本可以自己活成一个宇宙,却偏偏在意有没有异性缘。

你每天想着能不能认识更多好看的异性朋友的时候,所有人在你眼里都是一个宇宙,你却唯独失去了自己,将自己活成了一粒尘埃。

当你足够优秀,相信身边的人自然也是优秀的,所以现在哪怕不说话也没有关系,高质量的交往再少,也胜过低俗无味的泛泛之交。

放心吧,当你有一定的能力和气质了,你会自信,哪怕两个月不和异性说话,你也不会紧张到结巴。

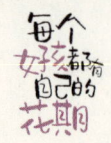

要活成自己想要的样子

文◎仲仲念

1

小时候喜欢画画,但是格外笨拙。

有人说,看你呆头呆脑的,又没什么天赋,还是别学了,浪费钱也浪费时间。

上了初中,喜欢上播音主持。

有人说,你长得又不好看,身材还胖嘟嘟的,肯定没戏啊,何必给自己添堵?

高中以后,一心想去大城市,想看看外面的世界。

有人说,你不聪明,胆子又小,更没见过什么世面,怎么那么想不开呢?

大学了,空闲时间相对多了,就想做一些兼职让经济自由一点儿。

有人说,现在社会那么乱,你就不怕被人骗?别傻了,好好在学校待着吧。

终于,大学毕业了,进入实习期,开始四处找工作。

这时候又有人说,别总是那么拼,女孩子嘛,迟早都要嫁人的,找个好男人比什么都重要。

所以啊,你看到了吗?在一千个人眼里,你会有一千种失败和不堪的样子。他们用自己的短见和拙见,来自以为是地评判你的生活。

其实不过是因为自己过不好、做不到,又偏偏见不得别人好罢了。

2

心理学上说,如果一个人经常在别人面前批评某个人,其实潜意识里是想接近他。因为他知道那个人在某一领域特别优秀,而这种优秀,自己没有,所以就会产生一种奇怪的心理,这种心理我们习惯性称之为"嫉妒"。

换言之,如果你总是遭人嫉妒,那么恭喜你,你收到了这世上最真诚的赞美。

一个人一旦开始被人嫉妒,就说明离成功不远了,至少在某个领域,你活成了别人永远羡慕的样子。

去年刚大学毕业的时候,我们文学社的社长小语,直接进了一家知名的媒体公司,并且坐到了副主编的位置。这对于还在摸爬滚打、朝不保夕的广大实习生来说,简直是开挂了。

她很漂亮,身材高挑且气质出众。一头闪闪发光的长发大波浪走到哪儿都是焦点,也正因如此,她成了众矢之的。

大家有事没事就四处乱传,说她生活作风不好。你看,这个世界看似繁花似锦,实则经常暗流涌动。真实的你是怎样对他们来说一点儿都不重要,重要的是他们心里爽了就行。

说恶语是不用负责任的,他们需要安慰的只是自己那颗虚伪的心。

愚昧无知的人最擅长用愚昧和无知去否定一个人,还一身正气地觉得自己理所当然,就是这种自以为是还不自知的态度,使人看起来特别可怜。

3

但小语从来不在意,依然高调地做着自己的事,走着自己既定的路,无论外界怎样乌烟瘴气,她都不动声色地在自己的世界晴空万里。

有一次周末,我约她出去逛街,忍不住问她,你为什么从来不解释呢?你为什么不告诉他们大学期间,你已经在那家公司的网站写稿三年……

她轻轻一笑,意味深长地跟我说:"有什么用呢?他们不过是过个嘴瘾罢了。我们永远没有办法让所有人都满意,这些人中,有些人是为你好,有些人是真的见不得你好。嫉妒最可怜了,他们不仅没有做到的能力,又没有接受别人做到的心胸。这种人,本事没有,脾气倒挺大。"

大家都是同样的学校毕业,甚至同一个专业,为什么我披星戴月累死累活的才勉强果腹,而你什么都没做却能收入不菲?这不公平,所以你就是做了苟且之事,你就是见不得人。

第四章 | 拒绝平庸，做自己的女王

世上哪有这样的道理？但对于弱者来说，只要他开心，什么都可以是借口。

嫉妒心是这个世界上最没用但也是杀伤力最强的东西，一旦泛滥，谁都拯救不了。那是既没有办法超越别人，又没有本事使自己发光的无力感和挫败感。

所以，但凡嫉妒，都是在肯定我们的成功。

因为能遭人嫉妒，本身就是一种能力。不是谁都可以有被人嫉妒的资本，但你做到了，这至少说明，别人远不及你，所以看不惯你。

 4

俗话说，水往低处流，人往高处走。其实我们每个人，都会在不同的场合和境地看到比自己高的人，我们仰望、膜拜、羡慕，或者嫉妒。

而处在高处的人也一样，他们也会看到比之高更多的人，但是他们不会往下看，因为不需要在不如他们的一群人中找到所谓的优越感。

他们会一路往前，以更高更强的人为目标，不断地精进自己、提升自己，以至于活得越来越遭人嫉妒。

所以你看到了吗？只会一味地嫉妒别人的是最无能的一群人。真正厉害的人，不仅不会为你的嫉妒感到忧心，还会以一副被人崇拜的形象攀得越来越高，走得越来越远，过得越来越好。

嫉妒，追根究底是对自己无能的一种愤怒。

但是嫉妒并不是一无用处，如果你可以将嫉妒别人的这种愤怒化作奋进的动力，不断地去学习和成长，那么终有一天，你也会成为被人嫉妒的那种人。

而我希望，我们最终，都能活成自己想要的样子。MM

做自己的摆渡人

文◎高雨哲

"心之何如，有似万丈迷津，遥亘千里，其中并无舟子可以渡人，除了自渡，他人爱莫能助。"

三毛的话如醍醐灌顶。许多人总眼巴巴地望着，渴望有个摆渡人；抑或满意地看着同样在迷津中挣扎的人，以求安慰。这些都不是良策。

做自己的摆渡人，就能将命运牢牢握在自己手中并具有安全感。的确，若寻找引路人，你确定他能将你引向柳暗花明之处？若寻找同样迷路的人，你确定他们的目标也是你的目标？只有将命运紧紧地抓在自己的手中，做自己的摆渡人，才最可靠。晚唐诗人贯休曾想依附吴越王钱镠，写诗"一剑霜寒十四州"往贺，但钱镠却让他大失所望，竟要求他把"十四"改为"四十"，他深恨不能做自己，吟诗"何处江

天不可飞"来表达自己宁愿潦倒也不依附他人的决心，他要自我摆渡，放飞自我。

做自己的摆渡人，更能在迷乱的世界中沉淀自我，找回初心。徐霞客初登黄山，无一日不穿山越水，寻胜探幽。可就是清醒如他，也会被这无尽山水迷乱。

有一天，他终于迷惑了："我如此这般的意义何在？"可以说，他迷失了自我。于是便有了《徐霞客游记》中的一句："初四日，兀坐听雪溜竟日。"他真的在听雪吗？听雪融化一整天？其实，他更多应该是在寻找山水中迷失的徐弘祖，寻找自己的初心吧！他要收拾自己迷乱的心，找对前进的方向，然后，继续前行。

做自己的摆渡人，并不意味着我们就要将自己孤立，拒绝

他渡，或对同在迷津中的人不予理睬，冷漠以对。这之间并不矛盾，在迷津中，我们依然可以互相帮助，互相交流，让友谊的小船乘长风破万里浪，永不翻沉。

自渡，其实是要求我们要有个体的独立性，不要一味想着依附、求助。明人徐渭有"师心纵横"之论，因此他能"不傍门户"，一生清爽，永不迷途，挥洒自如。

2017年《南方周末》新年献词题为"锚住幸福，穿越这时光之海"。做自己的摆渡人，才能在这变与不变的时代，找到自己的那条船。

自渡中，我们要坚定自己的信念，遍流万物而不惊，不去想花溅泪，鸟惊心，前方自有的卢飞快，霹雳弦惊。

我们不辜负自己，前方才不会辜负我们。MM

如果你是邪恶的，那我又何必提醒你只是个孩子

文◎小小酥　图◎白月棍

在我读初一的时候，班里有个女孩子因为身体上先天的缺陷而遭到欺凌。

男生们砸她的书桌，把她的椅子藏起来，把书往她身上狠狠地扔过去，在她蹲下的时候用脚踢她。

最后学校介入调查这件事情，打人的几个男生被劝退。

后来因为家里的关系我转学了，之后再也没见过那个女孩，也不知道她现在过得怎么样。

校园霸凌无处不在，无处可躲。受害者总是忍气吞声，施暴者总是理直气壮。

可是受害者往往都没有做过什么过分的事情却需要付出这样的代价。

学校介入调查，会给施暴者处分，可是受害者所受的伤害这样就可以弥补了吗？

"受伤一方只能选择忍耐或是死亡吗？"

校园暴力越来越引起重视，然而有一种暴力总是被忽略，没有肢体上的暴力，没有拳打脚踢，却同样能将受害者置于万劫不复之地。

这就是校园冷暴力。

比拳头的力量更强大的是言语的摧毁力。

下课了你走在走廊上，迎面走过来的两个陌生女生突然停下来，用一只手挡住嘴，另一只手指着你。走廊上人很多，大家看到这两个女生的举动也转过头看着你。

你在自己的座位上写作业，你后座的两个女生肆无忌惮地对你评头论足，仿佛你是空气，她们看不到你。

你在校道刚好碰见一个认识的男生，因为同一层楼所以也一起走。跟男同学聊聊天开开玩笑，甚至只是吐槽一下考试。可是当你看看周围，竟然有人在对你翻白眼。

你拒绝了一个男生，一年后他开了一个微博账号，他特意关注你让你知道他的存在后又取消关注。你看到他用你的丑照做头像，他在你的微博截图你的照片，他用尽肮脏的话语来羞辱你。你一边看一边哭，却不敢跟谁说。

……

你不知道自己做错了什么，你不知道为什么你从未说过的话，从未做过的事会成为别人甚至陌生人攻击你的"证据"，你不知道，拒绝一个不喜欢的人还会带来这样恐怖的后果。

那阵子谣言四起，你觉得芒刺在背又无处可躲。你拼命解释，却发现这原来就是个坑，别人就希望你往下跳。你选择了沉默，任由别人编造、揣测。

你向好朋友倾诉，却在不久后得知，你一直信任的人就是造成你痛苦的始作俑者。

亲近的人反而会说：

"你没做什么他们怎么会这样对你？"

"连你的好朋友都这么说了？"

"你真的很讨厌，不要再狡辩了。"

可是，苍蝇也会叮无缝的蛋。

我真的什么都没做。

后来的你怎么样了？

你开始活得小心翼翼，不敢承受一丁点儿赞美，每个脚步都是那么沉重。你筑起一道墙，想要挡住过去的黑暗，隔离外界的伤害，不料这种愚蠢的自我保护更是让你千疮百孔。

为什么犯错的是你们，承受痛苦的却是我？

在新朋友面前你掩藏得很好，你不愿去谈起这段经历，尽管确定对方是好人，你也很难再敞开心扉。

现在的你依然是该哭就哭，该笑就笑，跟正常人没有差别。你有很多朋友，善良、诚恳，有很多新的、美好的回忆帮你挡住黑暗。

终于，生活回到原来的轨道。

在本该阳光朝气的年纪，被冠上莫须有的罪名，躲躲藏藏消极了一段青春。

可是并不能因为别人没有受到惩罚就折磨自己啊！

我们走在这世上，千军万马也好，孤军奋战也罢，都得练就一身本领以抵御敌人的侵害。

只是有些人更坎坷、更痛苦而已。

"只要突破这段阴霾，就会看见光明。"

对不起，我的善良很贵

文◎董 卿

善良是很珍贵的，但善良要是没有长出牙齿来，那就是软弱。

当一个人饥寒交迫的时候，你给他一碗米，就是解决了他的大问题，他会感恩不尽。但是，你如果不断施舍，他就会觉得理所当然了。

人性有贪婪的一面，时间久了，你的一碗米不够，二碗不够，三碗四碗还是填不满他的胃口，尽心竭力也是杯水车薪。

你要知道，对于那些贪得无厌的人来说，你若好到毫无保留，对方就敢坏到肆无忌惮。

心肠太软，容易被当软柿子捏；心眼太好，容易被当缺心眼看，最初的善意帮助，会变成最后的恶意后果。

也许你行善布施，广集善德，举手之劳的小事并不会导致什么大的损失。然而君子坦荡荡，小人长戚戚。

当他的所求得不到满足，反咬一口时，你也最容易成为无辜的受伤者。

没有棱角的善良，不仅不能向世界传达你的善意，反而输送了你的怯意；没有原则的善良，让真正的朋友寒心，让不值得的人永远不懂得"不可侵犯"四个大字。

"你这么好，一定要帮我哦。"

"你这么好，一定不会拒绝我吧。"

很多时候我们都会听到这样的话。一些人出于面子，不好意思拒绝。

可是仔细想想，我好，我就一定要帮你吗？何况我好，并不是我帮你的理由。

做一个有棱角有锋芒的善良人吧，懂得用智慧惩恶扬善，在好人那里还是好人，在坏人那里露出自己的锋芒和自己的烈性。

人需要保持一颗善心是没有错，但不是对谁都好都没有底线，你没有底线，坏人就没有原则。

当善良失去原则的时候，就助长了恶。

有棱角的善良才是真善良，这股锋芒和棱角就是智慧和原则。有了智慧和原则才会有底气。

愿我们的善良，带点儿锋芒。

一个女孩，在高考之前的那一年早恋了，早恋的温度把女孩的心融化了，她迷失了方向，以飞蛾扑火的姿势投进一场虚无的情感中。

她和男孩相约，两个人考同一所大学，可以在大学校园里继续他们的爱情，可是等到估分出来以后，所有的计划全部被打乱了，男孩子因为早恋而影响到学习，成绩不尽如人意，勉强只够一所二流的大学。而女孩的成绩还是相当不错的，虽然也受到早恋的影响，和她平时的成绩相比，也下降了很多，但是比男孩要好。

报志愿的关键时刻，女孩做出了一个很极端的选择，为了能和男孩在一起，她决定放弃自己理想中那所心仪的大学，而是屈尊去报男孩想报的那所大学，只为两个人在一起，而把自己的理想抛弃。

她的决定让父母大为恼火，恼火之余，开始苦口婆心地劝说。父母直说得口干舌燥，直说得心力交瘁，女孩不为所动，心硬如铁，去意已决，决意为所谓的爱情牺牲自己，牺牲前途，放下未来。

她的父亲，一个四十几岁的男人，威逼利诱，可是怎么劝说她都不听，明明知道那条路崎岖难走，明明知道那条路充满荆棘，明明知道那条路若走下去就不能回头，可是说什么她都听不进去，直急得他长叹一声，落下热泪。

她的母亲更是长吁短叹，一夜之间苍老了许多。人生之路，关键处就那么几步，考不上那是天分的问题，可是考上了，为了一段昙花一现的早恋而放弃，将来肯定会后悔。

早恋不过是人生中一朵美丽的小火花，每个人都会遇到，盛开时很灿烂，熄灭时很暗淡，怎么跟女孩说这个道理，她都听不进去。

那几天，他们家里的温度降到了冰点，每个人的脸上都挂着浓郁得化不开的心事，各路人马，亲戚朋友都被女孩的父母搬来劝说女孩，可是不管大家说什么，女孩都不听，倔强而固执，最后女孩赌气之下，一个人去了南方一所遥远的大学，走时，她撂下一句掷地有声的话：再也不回来了！

时过境迁，早恋的小火苗熄灭了，女孩却因此付出了很大的代价，与自己从小就心仪的大学擦肩而过，虽然事情的结局不是最坏的结果，可是那段心智错乱的选择，那段疯狂迷失的时光，既伤害了父母，也伤害了她自己。

时间仅仅过了一年，假期放假时，她从南方回来，她又回到早恋之前的样子，开朗、活泼、自信、有幽默感，她的理智回来了，她身上那些美好的素质也回来了，与从前不同的是，她的话比从前少了许多，整个假期都在外面打工、学习、接触社会，接触不同层面的人群，她认识了很多各种各样的孩子，她似乎一下子长大了。

说起那段过往，她笑着说，不走弯路，那叫孩子吗？

这句颇有哲理的话让我沉思了许久，每个孩子都走过弯路，我们总是告诉孩子们，有些弯路不能走，我们总是以过来人的经验去阻止他们，可是我们有没有想过，当初父母何尝不是这样阻止我们，而我们听了吗？

当我们用自己的人生经验去

成长是伤口开出的花朵

文◎积雪草　图◎刘虫虫

阻止孩子们时，他们会听吗？

这真的像一个咒语，像一个怪圈，我们都在这个咒语和怪圈中走着自己的路，用自己的心感受和认识这个世界，用自己的眼睛抚摸和丈量这个世界，用自己的心灵积累人生的经验，哪怕撞到了南墙，折回来再重新开始。

有些弯路，是成长过程中的必经之路，别人无法替你去感受，别人也无法替你去生活，所有的选择都是自己的决定，在弯路中积累足够多的经验和能量，才能支撑人生框架，才能一步一个脚印，才能不断成长。

别害怕跌倒，成长就是一次一次的摔倒，一次一次的受伤，不断地摔倒和受伤之后，伤口结痂就是一次次的蜕变和长大，成长是结痂的伤口上开出一朵美丽的花儿。

作家张爱玲在《非走不可的弯路》中说："在人生的路上，有一条路每个人非走不可，那就是年轻时候的弯路。不摔跟头，不碰壁，不碰个头破血流，怎能炼出钢筋铁骨，怎能长大呢？"

走弯路不可怕，只要在路上走着，哪有不摔跟头的？不碰个头破血流，怎么称其为人生？可怕的是，在一条弯路上走到黑；可怕的是，走在弯路上却不知道那是弯路，依然坚持不肯回头。

当我们积累了足够多的人生经验时，就会尽可能地避免走弯路，就会认清哪一条路是我们应该走的路。不管什么样的人生，有弯路做铺垫，有经验做底气，都会走得顺畅踏实！

成长是伤口上开出的花儿，而弯路是成长的必经之路，那是成长所必须付出的代价。

美人会迟暮，气质却不会败给时间

文◎莫哈德

有人说，当一个女人不漂亮时，就夸她有气质；连气质也没有，就夸她可爱；如果既不漂亮也没气质，那就夸她善良。

可见在很多人眼里，漂亮远比有气质更重要。但实际上，美人会迟暮，气质却永远不会败给时间。

气质，才是一个女人最好的名牌。

著名时装设计师香奈儿说过："当你穿得邋里邋遢时，人们注意的是你的衣服；当你穿着无懈可击时，人们注意的是你。"

有气质的女人，不一定会用多么奢侈的化妆品，穿多么昂贵的衣服，不管生活多么不如意，她的衣着打扮始终是得体的，不马虎不敷衍，从容而优雅。

老上海永安百货的四小姐郭婉莹，货真价实的贵族，聪明美貌，衣食住行均是不俗。后来遭遇时代变革和家庭变故，被下放到农村养猪，可即便是去刷马桶，她也穿着优雅的旗袍。

生活的结局迫使她不再弹琴唱歌，也不再戴首饰，但是她每次出门，衣服都熨帖板正，还会把一头银色短发卷得规整有序。

说到底，气质和你外在条件没有关系，关键在于你是不是不管遭遇何种境遇，都能从容优雅地面对生活。

人这一辈子，尊重比自己厉害的人容易，难的是尊重不如自己的人。

很多人也许因为运气好一点儿，日子过得比别人轻松，心理便渐渐膨胀起来，常常看不起身边的人。他们的眼睛只会往上看，不会往下看。

而真正有气质的人，眼睛里能看到每一个人，接人待物时，从来不会觉得自己低人一头，更不会把自己放在高人一等的位置。

所以她不会在名望、地位比自己高的人面前阿谀奉承，也不会轻视地位低的人。

很多时候，尊重别人，其实就是尊重自己。

一个不尊重别人的人，哪怕说一千遍自己多么有气质，都不会有人信服。说到底，气质从来不是自己说出来的，而是你自己一点一滴的行为慢慢积淀出来的。

气质是一个女人一生的必修课，做个有气质的女人，即便到了七老八十，容貌凋零，依然美得让人着迷！

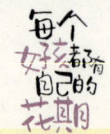

把嫉妒之心，转化为激励我们向前的动力

文◎大 熊

昨晚又刷了一遍莫妮卡·贝鲁奇主演的《西西里的美丽传说》。

第一次看到这部电影还在上中学，看之前还以为这是一部浪漫爱情片。

看完觉得有些难过，因为那个女主玛莲娜的美丽，自始至终都没有被善意地对待过。

因为太过美丽，她遭遇了种种嫉妒、诽谤、谩骂甚至殴打。

在女人们眼里，玛莲娜勾引了她们的丈夫，是不安分的，是一个不知廉耻的女人。

为了活下去，她只能出卖自己。

而当她没什么值得被嫉妒的时候，人们又开始表达他们的友善。

她有什么错呢？

影片中已经给出了答案："她唯一的罪就是长得太美。"

可美丽不是原罪，丑陋的人性才是。

生活中，我们好像也时常会听到类似"长得好看的女生都不安分"这样的话。

上次参加一个聚会的时候，四月因为加班没有来。

其实也不是什么大事，但是在有些人嘴里转一圈，事情就变了味儿。

"幸亏四月今天没有来，不然指不定谁又因为她分手了。"

"说的也是，你说她长得那么好看，要找什么样的男生没有，偏偏喜欢勾引别人的男朋友，真不要脸。"

虽然话题很快就过去了，但是听起来还是让人特别生气。

四月在她的朋友圈子里，一直都是最好看的那个。

虽然漂亮给她带来了很多优势，但是同样也给她带来了很多苦恼。

她站在一群人中间的时候，每次都是最耀眼的那个，格外吸引异性的视线。

也因此惹来了那些男生的女朋友的不满，一口咬定她是"不安分的""处心积虑想要勾引别人的男朋友"。

可长得好看并不是一种错，相反，好看是一种令人赏心悦目的优点。

那些认为"长得好看的女生都不安分"的人，多半都是嫉妒心在作祟。

词典中把"嫉妒"定义为："在看到别人的优秀或好命运时感到气愤、羞辱、不满或不安，同时感到一定程度的厌恶，以及占有相同优势的渴望。"

嫉妒是人的一种普遍的情绪反应，它并不是在随机或者盲目的比较中产生的。

心理学家将嫉妒区分为善意的（benign）一面与恶意的（malicious）一面，这主要与嫉妒所造成的正面与负面影响有关。

恶意的嫉妒通常包含一种破坏性的意图，希望减少被嫉妒的人在比较中的优势，与此同时也减少自己"处于劣势"的感觉。

在嫉妒的作用下，人们会通过谣言、诋毁、诽谤或间接的破坏行动，以贬损那个被嫉妒的人。

影片中的女人，因为嫉妒玛莲娜的美丽，所以才诽谤她是"妓女"，不惜以此来衬托自己的贞洁。

在战争胜利之后的狂欢中，她们更是将压抑了许久的想要毁灭美丽的欲望发泄在了玛莲娜身上。

可是对于美丽，我们更应该做到的是接纳、宽容和欣赏。

嫉妒和毁灭最终的结果就是，伤害了别人，还让自己陷入痛苦中。

正如王小波的话："人的一

切痛苦，本质上都是对自己无能的愤怒。"

每个人都可能会在某一瞬间产生嫉妒的心情，但是我们都应该学会把目光着眼于将自己变得优秀，去寻找属于嫉妒的"善意的"一面。

把嫉妒之心，转化为激励我们向前的动力。

对于美丽的事物，也只抱有欣赏之意。

即使我们自身没有令人惊心动魄的美丽，却依旧可以有一个那样纯洁的美丽心灵。

她是西西里永远的美丽传说，即使她外表变得朴素，她的灵魂依旧熠熠发光。

而西西里岛，也会一直美丽下去。MM

成为优秀百分百女孩

文◎赵 越

每个女孩都梦想成为学校里那个受人瞩目、万人羡慕的优秀百分百女孩。怀此梦想的女孩不妨来学习一下，然后"潜心修炼"吧！

每个年级都有一个优秀百分百女孩。你想要对她产生厌恶之情（可事实是，你却有点儿想要成为她那样的女孩）。看来你很走运哦，因为我们即将揭晓优秀百分百女孩的成功秘诀。

秘诀一：她从不分心

你本应该为三角学测验用功复习的，但是《绯闻女孩》正在上演，而你的脚指甲也急需涂一层指甲油。作为女孩要怎么做呢？嗯，百分百女孩会先专心完成重要的事情——比如说家庭作业，这是当然的啦。还是先把有确切截止日期的事情做完，等到周六再来涂指甲油、看电视剧吧。

如果你似乎无法将事情安排得井然有序，那就在谷歌日历上设置待办事项提醒，并在你的备忘录中把非常忙碌的日子高亮显示吧。分清事情的轻重缓急——而非拖拖沓沓——会让你更容易管理那些必办事项。

秘诀二：她不会给自己太多压力

即便事情发展到了火急火燎的地步，百分百女孩依旧镇定自若，这是因为，百分百女孩不会太较真。她明白，偶尔放声一笑对自己大有裨益。她做得没错，研究表明，幽默感可以缓解压力，带来成功。所以，如果第一天在赈济所洗碗的工作让你浑身上下都沾满了肥皂水，那就一笑而过，嗯，随大溜吧。

秘诀三：她积极乐观

百分百女孩看起来似乎诸事顺利，不过，她也有不如意的时候。那差别呢？百分百女孩可不会在一点儿挫折面前就放弃她的梦想。下次再碰到事情没有按原计划进行时，多向百分百女孩"取取经"吧。允许自己稍稍地沉沦一下，然后就别再罢工了，用另一种方式去追求自己的梦想吧。好吧，你是没能进入足球队，那给少儿足球队担任教练又有何不可呢？也许你无法成为足球巨星，但你仍可出类拔萃。

秘诀四：她会大声寻求帮助

以下是一条简讯：百分百女孩并不是单枪匹马就一跃成名的。她可能有一个重要的后援队，需要时便向其寻求帮助……你也应该这样做。

在为历史作业绞尽脑汁吗？放学后向老师寻求指点吧。忙于进行游泳练习而无法脱身吗？让你的死党去主持献血活动的海报绘画会吧。分派一下任务或是发个紧急求救信号没什么大不了的，而这也是取得领先地位最快的方式之一。

秘诀五：她超有自信

显而易见，百分百女孩知道自己想要什么，并有信心达到目标。我们知道这听起来有点儿老生常谈，可自信的确是获得成功最重要的因素。所以，就算你内心有些紧张不安，自信和微笑也会让你的外表看起来强大无比。MM

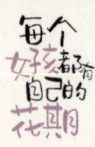

读大学的时候，有一个姑娘，每次考试都是班里第一名，每年的奖学金也会评给她。所以，在毕业的时候，她是我们班第一个找到和专业相关工作的人，而且是个好工作——因为她的专业基础够扎实。

我在背后听有些人嫉妒地说起过她：都是因为她和校领导关系好，才被推荐去的那家好单位。

可我知道不是这样的，所以我从来没有嫉妒过她。

上大学的时候，虽然我专业课学习不如她努力，可是作为一个资深书虫，我也几乎天天泡在图书馆里。从下课到图书馆闭馆，我都在。我看得到，她也是。不同的是，我看的是各种我感兴趣的书，而她看的是专业书。所以人家专业学得好也就不足为奇了。

毕业的时候，遇到需要这个专业的公司，拥有深厚专业功底的她，自然成了不二人选。

所以，对那些在背后说她如何如何的人，我只想说一句：人家每天这么用功这么努力，保持了四年，而你们的四年是各种混日子、谈恋爱、看韩剧过来的，如果这样好工作还能轮到你们而不是她，还有没有天理了？

最近由于写作的关系，认识了几个"大神"。

也许有些人会说，会写文章就是好啊，可以每天蹲在家里，不用风吹日晒雨淋，不用看老板脸色，就能赚钱养活自己，多轻松！以前我也是这么想的。可是近距离接触了"大神"，我才发现：其实他们比你想象的更苦，也更勤奋。

我认识的"大神"，每天工作十四五个小时。举个最简单的例子，昨天晚上，其中一个"大神"给我们讲完了一些关于写作的技巧，已经近十一点了。可是"大神"说："你们先睡吧，我还要写文章。"

而且关键是，"大神"在回答我们的问题的时候，一直是在打字的，没有用语音。有人建议说："要不你用语音吧，这样你比较节省时间，不那么累。"

"大神"的回复是："我还是打字吧，这样你们可以复制粘贴，比较省事。"

其实人的成功还是有迹可循的：保持勤奋，为他人着想，努力做到最好。

没有谁比谁更容易，只有谁比谁更努力

文◎惜归小夜
图◎新　野

第四章 拒绝平庸，做自己的女王

 **3**

朋友开的一个微信公众号终于有人气了，也有广告商愿意来找她做广告了。

她很开心，虽然广告费不多，但是也能证明她的价值了。

可就在她打了第一次广告之后，居然有粉丝留言："你这个微信公众号已经不纯粹了！""充满了铜臭味！"

然后还有人威胁她说要取消关注。

她很委屈，问我怎么办。

我说："取消关注就取消关注吧。如果因为一个广告就取消关注，想必对你也不是真爱。不信你回去看看，那些说要取消关注的人，哪一个给过你打赏？"

她回去看了，然后回复我："还真一个都没有。"

要靠一人之力运营一个公众号是多么不容易，我深有体会。每天写文章，加上排版，找背景音乐和图片，少则两三个小时，而你看一篇文章，只需花五分钟。

这样年复一年地坚持，付出的艰辛可想而知。所以对于她能够接到广告，我是由衷地感到高兴的。这是她努力的结果。

正因为付出了比别人更多的努力，所以才值得拥有这样的奖励。

 **4**

上个月，好朋友雯雯结婚了，嫁给了一个"高富帅"。据说，她老公家换辆奥迪、宝马就像我们换个指甲油的颜色一样随心所欲。

有人嫉妒："她长得又没有我美，在学校的时候学习又没有我好，她凭什么？"

也有人说："她身材没有我好，声音没有我好听，性格没有我温柔，她凭什么？"

还有人说："她老公一定是一时昏头了，你看着吧，过不了多久，她老公一定会出轨。"

只有我知道，她在恋爱的时候，从来没有乱花过她男朋友的一分钱，从来没有以爱的名义要求他买这买那，反而是自己掏钱给他买了很多东西。

认识她之前，他是一个不折不扣的花花公子。

有一次他在夜店喝到吐，打车回家，躺在床上，胃痛得难受。是雯雯，加班到很晚，下班以后还去给他买了只鸡，在他的灶台上炖好，让他喝下去，胃才不那么难受了。

从此以后，他很少去夜店了。

雯雯知道他家里有钱，可是从来没想过靠他家过上富太太的日子，反而是看他想着家里有钱，就整天不务正业的样子，努力劝说，最后两个人开了一家影楼，靠自己做的生意赚了钱。

雯雯说，有一次，突然下起了大雨，那天是露天拍摄，场地上摆满了照相用的器材。

雯雯反应过来以后忙着搬器材，给器材加盖塑料膜。可是"高富帅"丝毫没有帮忙的意思，他觉得这些器材要是淋坏了，重新买就好了，用得着这么费力吗？她一边自己搬运器材，还要一边教育他……有时候像个妈一样，太累了。

后来，体会过赚钱不易，他终于学会节约了。

我记得新郎在婚礼上，看着雯雯深情地说："以前我有很多缺点，从来没有人提醒过我。但是她用她的努力，一点点改变了我，我感激她。"

那一刻，有礼花绽放。

 **5**

你把日常用来抱怨和嚼舌根的时间用来提高专业能力，你也会有很大的进步。

很多时候，你羡慕别人写一篇文章就成了爆款，却没有看见他在背后搜集素材，一遍又一遍改稿件的辛苦；你羡慕别人随随便便就出了几本书，可以靠写字谋生了，却没有看见他之前在每个深夜熬夜写作的背影；

你羡慕别人学业优秀、生活一帆风顺，却没有看见别人每天加班到连喝咖啡都没有办法提神，时时刻刻在努力提升专业技能；

你羡慕别人拥有好的感情，却没有看见别人小心翼翼呵护这份感情时的努力。

咪蒙曾经说过：我没有办法教你十天速成的写作方法，只有十年速成的方法。

所以现在她可以写一篇软文就赚几十万元。

不用羡慕别人，没有谁比谁更容易，只有谁比谁更努力。

爱上独一无二的自己

文 ◎ 奔跑的小溪　图 ◎ 满月

他一直不想接受自己真实的样子，那样孤独、那样自卑、在人际关系中那样笨拙，于是渴望成为相反的、完美的样子。

"只有我完美了，别人才会喜欢我"

"为什么别人都能做得那么好，我却不行"

"我的人生就应该是完美的"

每个人都想变得更好，这是毫无疑问的事情。可是很多人不明白，学着接受不完美的自己也是重要的事。

太多人为了追求完美，而对自己苛刻，认为不完美是自己的错，拼命想改变自己。

很多时候，我们都会为自己不够瘦、不够白、不够高而苦恼、自卑，然后沉浸在迷茫、难过等负面情绪中，不断否认自己，同时也将自己成长的机会拒之门外。

武志红在《感谢不完美的自己》中说，如果你认真聆听我们内心的声音，你会发现，生命中每一部分都是你的朋友，都是为了帮助你更好地生活。

你也许有很多不完美，可这也正是你的一部分，就是因为这部分，才造就了独一无二的你。

当我们终于学会接受自己的不完美时，我们就会成长。

在《感谢不完美的自己》中，武志红老师提到了一个咨询者，叫许哲。

许哲看心理医生的时间已经有十年了，但他在好起来的那一关键时刻，却看似与心理医生无关。当时，他在看一个电视剧，剧中一人对另一人说：你骗得了别人，但你骗不了自己！

这句很普通的话，却如闪电般击中了他。

他对自己说，是的，你一直以来都想扮一个好形象给别人，可你骗不了自己！

他几乎是每时每刻都处于痛苦纠结中。他不能独处，独处时会感到致命的孤独，这份孤独让他窒息，让他觉得活着没有任何意义。

但是呢，和别人在一起，他也很痛苦，人际关系中的任何一件小事，他都能从中看到别人对他的鄙视，那些敌意的眼光，会刺到他的心脏上。

他的痛苦，散布在他人生中的每一时刻、每一角落，围裹着他，让他感受不到其他事物。这种痛苦，太难受了，他就开始求助心理医生。这个不行，就再换一个，最后找到了武志红老师。

武志红老师说，其实，并不是电视剧中的那句话将他治好了，也不是之前的心理医生都是庸医，而是这十来年的努力都很重要，而那个治愈时刻，是一个从量变到质变的转折点。

根本在于，他终于接受了真实的自己。

过去，他一直在否认孤独而不擅交际的真实的自己，他总觉得，自己不应该是这个样子。他脑海中有一个完美的自己，他一直期待自己是那个样子。

这个过程就是"认识自己"的过程！这个过程中累积的努力，终于等来关键时刻。

他明白，他一直不想接受自己真实的样子，那样孤独、那样自卑、在人际关系中那样笨拙，于是渴望成为相反的、完美的样子。

那份完美，其实是表演给别人看的，想让别人说，这个人真不错！

当有一天，不够高的你觉得娇小也很美，不够白的你觉得黑黑的很健康，胖胖的你也一样值得被爱时，我们就会过得更快乐、更自信。

毕竟，谁又是完美的呢？ MM

第四章 | 拒绝平庸，做自己的女王

现在大街小巷的女孩打扮都差不多，但是一个女孩一开口你就会知道差别在哪里，读过书的女孩真的不一样。

上周末去图书馆，有一幕深深地触动了我。

一个五岁左右的小女孩，在书架旁边欢快地踱来踱去，然后轻声跟一个中年女子说："奶奶，我可以看这一本吗？"

女子说："当然可以啊，宝宝喜欢哪一本，就看哪一本。"

于是小女孩便乖巧地趴在旁边的桌子上，聚精会神地看了起来。

这时，同行的另一个女子说："那么小的孩子，她看得懂吗？"

"她不用看懂啊，看不看懂不重要，重要的是我们想从小培养她读书的习惯，让她爱上读书的感觉。"

我的心忽然被触动了，像平静的湖面泛起了层层涟漪，久久不曾散去。

我抱着一本《中国文化简史》在一个角落坐下来，不住地感慨。

一方面为教育，另一方面为意识。

一个从小便培养孩子阅读习惯的家庭，必定深深地懂得读书对个人发展的重要性，他们对孩子言传身教的教育方式，必定会使孩子一生受用。

而一个从小便热爱读书的孩子，长大以后，必定是一个内心极其富足且思维足够开阔的人。

因为一本书就是一个世界，阅读越多，内心越沉稳。

我们常说，一个人的气质里，藏着曾经读过的书，走过的路，爱过的人。因为气质是岁月长期沉淀的产物，是漫长时光所赠予我们的最好的礼物。

换句话说，你的内心是怎么样的，你的世界就是怎么样的，你走过的路，不会骗你。

我常常在想，究竟什么样的人会恰如其分地掌控自己的表现欲？

答案应该是那个内心没有自卑感的人。

而内心没有自卑感，是因为其生命足够厚重，内心足够沉稳。

明白什么是自己想要的，不与人比较，不争分夺秒，淡看花开花落。

人们常说，我们可以用一年学会说话，却要用一生学会闭嘴。

有些人可以因为两毛钱在菜市场跟人破口大

女孩：读书是为了遇见更好的自己

文◎仲念念
图◎冷色系

骂，有些人即使被人误解也可满面春风，而这两者间的差距，就叫作格局。

什么是格局？就是当我们在二楼的时候，看到的会是满地的垃圾，而在二十二楼的时候，会将满城的风景尽收眼底。

不同的楼层，就会有不同的视野和心态，人也一样，当我们迈入一个新的高度，进入一个更高层次的圈子，就会有不一样的视野和胸怀。

而拉开差距的，就是我们是否热爱读书，是否有一颗往更高楼层攀爬的上进之心。

我们总是会说，好看的脸蛋太多，有趣的灵魂太少。

那究竟什么是有趣，什么又是无趣呢？

在我的理解里，有趣就是热爱自我，热爱生活且内心充满积极和爱意。

这样的人，无论在什么时候都会有自己的思考和见地，不会一味地迎合抑或沉沦，从而失去立场，失去自己。

我钦佩这样的人，同时把这样的人归为"有文化"的人。

什么是"有文化"？

至今最喜欢的一个答案是：文化就是植根于内心的修养，无须提醒的自觉，以约束为前提的自由，以及为别人着想的善良。

读书不会让你有文化，但是有文化的人，一定热爱读书。

因为读书是思想必需的营养，也是思想无穷的源泉。

有人会问，女孩子为什么要读书？

杨澜说："我想我们的坚持，是为了就算最终跌入烦琐，洗尽铅华，同样的工作，却有不一样的心境；同样的家庭，却有不一样的情调；同样的后代，却有不一样的素养。"

是啊，我常常觉得人生是一场修行，我们所走的每一步，所吃过的每一份苦，最终都会照亮我们的路。

即使读书不会给你带来直接的财富，也可以使你的内心富足。

当你爱上读书，你便会发现，整个世界都在偷偷爱着你。

因为你总会在书中的世界里，遇见最值得爱的、最美的自己。MM

读书，三个字就够了

文◎爱读书的人

读胡怀琛《怎样读古书》，其中有一篇谈到读古书的三个口号，其实何止是读古书，读任何书都是如此。

读书的标准，胡适之先生已经有过两句口号，说道："读书要入金字塔；要能广大，要能高。"

他用金字塔比读书。读书要读得多，譬如金字塔的塔基那样博大；读书又要读到精深的地步，譬如金字塔顶那样高。这两句口号是很好的。

现在我再根据他的话，把它扩充一下，用三个字来做读古书的口号，叫作"精""博""通"。

"精"就是所谓"要能高"；"博"就是所谓"要能广大"。再加上一个"通"字。"通"字有两层含义：其一，能够贯通，而不为见闻所限，不为门户所拘。其二，能够通达，就是读死书而能活用。

古今读书的人，有只能做到一个字，或两个字的，很难把三个字都做到。我们把目标定了，三个字平均做。不要只做这个，丢掉那个。一步一步向前走，走到哪里是哪里，做到什么程度是什么程度。MM

第四章 | 拒绝平庸，做自己的女王

美女都是狠角色

文○李筱懿
图○akano 无轩

我在美容院休息室看新项目的介绍，忽然走进来一位足以让任何人眼前一亮的女子。她的线条优美，皮肤紧致，五官精致清晰。她礼貌周到地谢过美容顾问，优雅离去。

我的美容顾问笑着说："这是我们店接待最久的顾客，二十年前刚开店时她就定期来做护理。"

我惊讶地说："二十年前？她现在多大？"

"四十多岁吧，有两个孩子。她的美容秘方是我们店的圣经：为了不长颈纹，她二十年只枕颈枕，从来不用又高又软的枕头；她超过十五年仰面睡觉，为了保持眼周没有细纹。

"除此之外，她每天倒立五分钟，坚持跑步，早晚各敷一张面膜，晚上用三层功效不同的精华。"

听到美容顾问的话，我震惊道："她不工作吗？怎么会有这么多时间？"

"不，她自己经营一家公司。"美容顾问笑着补充，"我们做这行，了解很多保持青春的方法，但是，极少有人坚持这些方法。很多客户都是每个礼拜来做次护理，回家之后并不注意自己的饮食、运动和个人保养。"

这些年，很多人颠覆了我对"美女"的看法，就像很多经历推翻了我对"成功"的认知。

我曾经采访过自创品牌咖啡馆的女老板，采访的过程中我对她说自己的梦想也是开咖啡店。

她轻轻地笑了笑，然后跟我聊每平方米的房租、客单价、员工培训、店堂布置与氛围营造、供应链管理和采购、连锁加盟扩张发展。

这些硬邦邦的字和浪漫没有一点儿关系，她更不是我想象中那种在冬日的暖阳下捧着咖啡看着书的"闲人"。她总是在奔波，从一家店到另一家店，从一座城市到另一座城市。

她很少说多余的话，很少做无谓的事。她告诉我，这才是咖啡馆老板的真实生活，脚踏实地努力出来的安全感。

因为走的路多，她身上有种见多识广的独特气质，"美女"这个词在她这儿绝对不是"先生小姐"式的统称，而是货真价实的结论。

我也曾打算开家淘宝店，可这个计划一直停留在我的脑海里，并没有付诸实际，而我的大学同学张琳琳做了。

这个新疆姑娘在网上卖围巾，从一家红心都没有的小店做起，整夜弯腰拍样品上货累得直不起腰。

她在医院打点滴还推到最快赶时间，在大巴扎进货一家一家敲门，孤注一掷地把所有的积蓄压进货款，偶尔也会看走眼做季节性产品血本无归。

可是，六年之后，我依旧老老实实码我的字，她却成了我的采访对象——中国围巾第一品牌"羚羊早安"创始人、阿里巴巴"全球十佳网商"、淘宝七大传奇卖家、首届青年创业大赛冠军等。

忙碌中，这个漂亮姑娘还拿到了社会学和管理学双硕士。

老天多么不公平。

老天又是多么公平。

那句话怎么说的？只有十分努力，才能看上去毫不费力。

是的，成功的人从来不会把努力挂在嘴边，所以，假象总是很轻松——学霸从来不看书，美

151

女怎么吃都不胖，明星每晚贴两片黄瓜皮就能永葆青春，企业家经常撞大运遇见风投莫名上市。

嘻嘻。

你懂的。

这个世界上若有若无的才华很多，漫不经心的敷衍很多，被现实照碎的梦想很多，对别人的美丽和成绩云淡风轻说几句漂亮话的机会很多，可是，踏实的勤奋却不多。

那些长得漂亮、干得漂亮、活得漂亮、想得漂亮的家伙，都是狠角色。

他们专注、自信、骄傲，甚至有点儿偏执，对自己狠得下心、下得了手，在别人散漫的时候用功，一用若干年，可怕的是，他们的情商、智商还比一般人强。

聚沙成塔、水滴石穿都是痛苦等待和磨炼的过程。

人都有惰性，谁不愿意慵懒地靠在松软的沙发上美好前程自动在眼前铺开呢？谁不想随时随地来一场说走就走的旅行呢？谁不想爱谁是谁随心所欲地谈一场恋爱呢？谁不想天生拥有玻璃心和公主病的双重资本呢？

真相很凄清：你对自己下不了狠手，就只能轮到生活对你下狠手。

你人生中偷的那些懒、离不开的那些人，荒废的那些时间，就像多吃的那些苦一样，某一天会用特别的方式回报你——或许成为臃肿却并不健康的中年妇女，或者成为被感情抽得遍体鳞伤的怨女，或者成为一点儿都不快乐、整天埋怨、没有安全感的憔悴妇人。

经历了冬天的荒芜、春天的播种、夏天的耕耘，然后，秋天的收获才可能是顺理成章的事。

只是，美女不会告诉你，她跑了多少公里路，流了多少汗，扔了多少双走坏的鞋，多少年没有趴着睡过觉，才换来了一身紧致的肌肉和无瑕的面孔。

1923年，中国姑娘谢婉莹到美国威尔斯利女子学院留学，穿过著名的塔院，走过树林和草丛来到主校区，听老师说起11年前另一个著名的中国女学生：

她主修英国文学，兼修哲学，选修法语、音乐、天文学、历史学、植物学、英文写作、圣经史和辩论术。

她还在佛蒙特大学选修过教育学，她成绩优异，热爱体育，几乎是"德、智、体、美、劳"全面发展的典范。

后来，她讲了一口流利而优雅的美国南方口音英语，1943年2月18日，她在美国国会发表了二十分钟的演说，成为美国历史上最著名的国会演讲之一，她是第二位登上这个讲坛的女性，轰动美国。

她也是个美女，名叫宋美龄，而谢婉莹，就是著名的冰心，同样是个美女。

先别忙着尖叫、鼓掌、挥舞荧光棒，想想这些光环背后的功夫。

就像水木丁说的，美女都是狠角色，尤其对自己。 MM

让读书治愈你

文◎龚海平

读书的好处实在是多。英国思想家弗朗西斯·培根说过："读书使人明智。"读书，不仅能增长人的知识，还能陶冶人的情操，提高人的修养，激活人的思维，培养人的想象力……

想想看，也许，正是因为有了古人关于"嫦娥奔月"的美妙、大胆的想象，于是就有了今天，我们有关登月的梦想、探月的壮举；也许，正因为有了《西游记》中，关于孙大圣七十二变的神奇描写，于是就有了后人对"隐身术"的种种发明创造。

读一点儿人文社会科学方面的书，对将来从事自然科学研究是有益的；读一点儿自然科学方面的书，对研究人文社会科学也是有益的。这就是说，一个人在读什么书上可以有所偏爱和侧重，但是不宜局限于某一方面，尤其在青少年时代，要广泛阅读。

读书也要讲究方法。哪怕只读一篇文章，一篇短篇小说，也要真的读懂才行。那种一目十行、囫囵吞枣式的读书，往往收效甚微。

读书，是在书中学习，但是尽听信书上讲的东西，也是不可取的。人对自然界、人类社会的认识是无止境的，人的认识总是不断发展的。读书的人，如果没有一点儿大胆质疑的勇气，没有一点儿批判思维能力，没有一点儿发展创新的精神，以为书上讲的什么都对，就难以从书中得到更多收益，有时甚至是危险的。因此，读书有两大忌，一是不求甚解，二是盲目迷信。 MM

很多读者问我:"你为什么那么喜欢读书?"对我来说,这真是一个难以启齿的问题。

前几天看了一本口碑很好的书——《如何阅读一本书》。书在刚开始的部分提到,读书是为了获取讯息,为了求得理解,为了娱乐。

但是,恕我直言,我刚开始喜欢读书,并不是为了这其中任何一项。

我刚开始读书是因为受到了打击,为了掩饰自卑,才把自己埋在了书本里。

读书这样治愈了我的自卑

文◎公子逸
图◎Daily 无 轩 冷色系

可以说,我与书本有一场不怎么美丽的初次相遇。但是,很庆幸,故事拥有了最美丽的结局。我爱上了它,并坚信,它也跟我爱上它一样深深地爱上了我。

每一个自卑的女孩,都应该有一颗爱读书的心。因为,唯有读书可以治愈我们的自卑。

我从小长得就不算很好看,有点儿瘦弱,而且很矮。

我记得上高二时的一次体检,为了掩饰自己不到1.6米的身高,我悄悄把1.58米的真实身高改成了1.6米。

结果,我碰到了一位十分尽职尽责的医生。她尖着嗓子大喊道:"你有1.6米吗?你肯定没有1.6米!"

当时,参加体检的是我们全班同学。丢人丢大了!于是,我理也不理她,灰溜溜地跑了。结果,那位医生把我的身高改成了1.54米。

我没有显赫的家世,也没有如花的样貌,更没有让人一见就喷血的身材,还那么矮。我太普通、太平凡、太卑微,这让我没有那么足的底气,去跟一位医生斤斤计较。

我曾不止一次地幻想自己青春貌美,幻想自己有一个好的家庭出身,幻想自己有好身材,但是,这又有什么用?这只会让我更加自卑,更加看不起自己,更加觉得自己卑微如尘。

体检事件之后,我更自卑了。为了掩饰我极度的自卑,我把自己埋在了书本里。我喜欢读那些草根的发迹史。因为这些书可以让我看到希望,能让我坚信:只要我努力,我就会成功。

所以,上高中期间,我就读了很多小人物的发迹史。那时候,我总是用韩信的故事激励自己:人家大男人在成功之前都能忍受胯下之辱,你一个没钱没貌的小女子,受点儿鄙视算得了什么。

我的努力是有收获的,有一次,班里举行口头演讲比赛,矮小瘦弱的我站在讲台上,滔滔不绝地列举了很多历史上的成功人物,然后,把他们的生平详细道来。

我的同学们都惊呆了。连老师都没有想到,我居然读了那么多的书。从此,我们班的同学都知道了,我的语文学得好,偶尔考个第一也没啥大问题。

那是我第一次开始不因为矮而自卑,因为我知道，当我站在讲台上的时候，没有人会在乎我的身高。他们更看重的是我能告诉他们的知识。

人人都会自卑。但只要你静下来好好阅读就会发现，让我们感到自卑的那些事是多么微不足道。

或许是因为尝到了读书的甜头，我更加努力地读书，因为只有当我读书的时候，我才觉得我也是有优点的，我也是可以惊艳全场的。

但是，命运捉弄人。我虽然文科学得好，但是理科很差。那些物理定律、化学方程式，即使我用再多的时间，也只能是略知皮毛。

高考的时候，我因为偏科加上大病，连一所二本院校都没考上。看着那些一起玩的小伙伴都考上了很好的大学，我简直自卑极了。

我都不想看见他们。听着他们讨论那些厉害的学校，我简直想找个地缝钻进去。由于这个原因，整个暑假我没有去参加过一次高中同学的聚会。我害怕听到他们的惋惜，害怕他们问起我考上的学校，更害怕他们听到后露出不屑的眼神。

高考后的整个夏日，在别人都为置办上大学的行李兴高采烈时，我窝在家里看书。

那段时间，我特别喜欢读《拿破仑传》。当看到拿破仑经历滑铁卢之败时，我的内心无比痛苦。因为我也正经历着失败所带给我的绝望。

我还喜欢读史铁生的书，他的文字那么安静，却那么有力量，让我自卑的心慢慢平静，直至释然。

失去一个国家，失去健全的身体都依旧能傲立在这个世上。经历一次高考的失败，有什么可自卑的呢？

况且，每个人的人生都不会十全十美。如果我们为一点儿小事就自卑不已，那这辈子恐怕都要活在自卑里了。

读书，是最省钱、最高档的自我升值方式。它会让每一个平凡而卑微的人，都变得与众不同。

我们为什么读书呢？

我想每个人都有不同的答案。而对于和我一样平凡的女孩子来说，读书或许仅仅是为了能让我们看起来有那么一点儿与众不同。

人们常说："腹有诗书气自华。"我不知道这句话有没有道理。但是，有一样倒是可以肯定。

又矮又丑的我，因为读书多，常常被人说有气质。我还记得我的一个学生，现在已经上大学了。他回忆我去给他们上第一堂课的情景："我永远记得老师，拿着一个地球仪，白衣翩翩地走进教室时的那种书卷气息。"

虽然他的这个说法被我"吐槽"了好久。我怎么就书卷气息了？老师我明明是青春貌美好不好？但是，有一点可以确定，我在他们眼里，还是很有气质的。

我家曹先生身高1.78米，我那时候经常问他，嫌不嫌我长得矮。他瞥了我一眼，说道："是，挺矮的……"

我刚想发火，他接着十分中肯地说了一句："但是，贵在有点儿气质。"

你看，我虽然又矮又丑，但是能跟气质搭上边，这绝对要归功于我喜欢读书这件事。

至于我的自卑，早已经在岁月的流逝中，随着那些我读过的文字，消失殆尽了。

亲爱的读者朋友们，如果你也正平凡而卑微着，如果你也不甘于自己的平凡和卑微，那么请开始阅读吧。

我始终相信，随着那些文字的阅读，你一定会慢慢变得有深度、有质感、有底气、有格调。

第四章 | 拒绝平庸，做自己的女王

做个乐观的正能量女孩

文◎张国庆
图◎AshleyTian

人生就像一场旅行，沿途有数不尽的坎坷泥泞，也有看不完的春花秋月。如果凡事总往坏处想，心灵就会被阴霾覆盖，干涸了心泉，黯淡了目光，失去了生机，丧失了斗志。只有培养积极乐观的性格，才能使心灵晴空万里，使生活充满正能量，并时刻向周围释放。

乐观，是一种"迷人"的性格特征；乐观，是一种积极的性格。

所谓乐观，就是无论在多差的情况下，都不失良好的心态，并相信坏事情总会过去，相信阳光总会再来。如果说女孩是漂亮的鲜花，那么乐观则是水，能让女孩更加鲜艳、滋润、舒展，变得多姿多彩且富有生机，从而凝聚着积极的生活态度和健康的心理。性格乐观的女孩永远都是美丽的，她们总是积极地看待事情，凡事都往好处想。所以，她们每天都有一份好心情，脸上常常挂着灿烂的笑容，神采亦是飞扬。

美国著名心理学家马丁·塞利格曼认为，乐观是一种"迷人"的性格特征。他经过长期的研究及跟踪调查发现，乐观对一个人的成长起着积极的作用。

主要表现在：乐观能使人对生活中的许多困难产生免疫力；乐观能使人的身体更加健康；乐观的人更容易与周围的人保持融洽的关系；乐观的人更容易获得家庭的幸福和事业的成功。乐观与悲观的最大区别就是对有利和不利事件原因的解释。性格乐观的女孩认为，有利的、令人愉快的事情总是永久的、普遍的，能够促使好事发生；而一旦不利事件发生，她们也能视之为暂时的。性格悲观的女孩则认为，好事总是暂时的，坏事才是永远的；在解释坏事发生的原因时，她们不是责怪自己，就是诿过于别人。

英国作家萨克雷有句名言："生活是一面镜子，你对它笑，它就对你笑；你对它哭，它也对你哭。"叔本华则说："一个悲观的人，把所有的快乐都看成不快乐。生命的幸福与困厄，不在于降临的事情本身是苦是乐，而要看我们如何面对这些事。"

性格乐观的女孩，会感到人生是愉快的，觉得阳光是灿烂的，春风是和煦的，天空是湛蓝的，人间是美好的，生活是幸福的。即使是在艰苦的条件下、恶劣的环境中，也会看到光明的一面。乐观是春天里的阳光，可以使坚冰融化；又是一粒健康的种子，可以使生命更加蓬勃葱绿。它可以使沮丧的心情变得愉悦，也可以使阴晦的天气变得明朗。

乐观之于人生，是浮荡在地平线上那袅袅升起的热望与希冀，是寻得一份旷达与美好的铺垫与勇气。性格乐观的女孩，天空永远都不是灰色的，生活也总是充满正能量,并不断向周围释放。人类的天性就是喜欢和快乐的人相处,如果一个人在别人面前总是表现出郁郁不乐,就会使人们避而远之。因为当人们看到那些忧郁愁闷的人时,正如同看到一幅糟糕的图画一样让人心情郁闷。性格乐观的女孩是跳动的欢快音符,给人以感染和向上的激情。她们更加豁达、通情达理、善解人意,会用善良、细腻、善意去宽容别人、接纳别人,从而更加可爱,更容易获得别人的好感。

性格乐观的女孩具有一种巨大的感召力,能聚集大批朋友,更能吸引异性。一项网络调查显示,95.6%的参与者认为,乐观的异性最"迷人",最有吸引力。这不难理解。对于男人来说,当事业不顺时,如果能和乐观的女孩在一起,即便心理上已有阴霾,也会被女孩心中乐观的阳光扫除,重新获得奋斗的能量;而如果和悲观的女孩在一起,就算还有一点儿希望,也会被女孩悲观的凉水浇灭,从此丧失信念。可见,乐观既能娱己又能悦人。我们要培养积极乐观的性格,让自己变得可爱、美丽,让生活变得快乐、幸福。

真正的乐观不是盲目乐观,尽管乐观有益身心,但仍需注意,真正的乐观绝不是盲目乐观,更不是阿Q精神,而是一种有意识的积极向上的性格特征。盲目乐观的人,往往会忽视现实,把人世看得太单纯,把事情看得太容易,以致陷于懒惰懈怠;喜苟安,不紧张,不知盘根错节、艰难困苦,甚至处于覆巢积薪之下,做了釜中游鱼,还恬然自喜,不知危惧。

那么,如何避免盲目乐观呢?

一、既要乐观地面对人生和困难,又要脚踏实地去克服困难。无论是失败还是挫折,都不放弃努力和希望,保持旺盛的斗志,争取获得最后的成功。

二、在乐观的同时,要周密计划,并树立必要的风险意识和危机意识。另外,未雨绸缪,做好安全预防措施。

三、适当交一些悲观的朋友,以获得相反的建议和忠告,从而补偏救弊。MM

找回那个乐观自信的你

文◎林 芳

1.问自己一些可以让你乐观的问题

当处于看起来十分糟糕的情景,我最常用的让我更好走出困境的方法是问自己一些乐观、有助于找到解决办法的问题。

例如:

在这种情况下什么东西是积极或好的?(任何不利的情况总有积极和好的一面)

我可以在这种情况下学到什么?

这种情况下蕴藏着什么机遇?

2.从你周围的世界中寻求乐观

可获得乐观的方法是跟一些和你关系较亲密的人谈论你当前的问题。发泄出来或者大声说出来可以帮助你听到你内心的想法,看看自己的情绪变得多么夸张。通过和一些能给予你帮助的人一起谈论这些问题,会使你的世界观得到积极的、有建设性的转变。

进入你脑子的信息。创造、保持乐观的最简单方法是有规律地看博客、书,还可以听、看由乐观者制作的录像。

3.用创造乐观的方法开始你的一天。

提前做好一天的规划会给你的一天带来更多正能量。快乐地喝麦片粥或咖啡可以使你在一天中遇到不顺心的事情时保持积极的心态和有建设性的思维。

要想获得这样一个好的开始,切实可行的方法是看、读一些积极的东西。或者在吃早餐时进行一段振奋人心或能激发你信心的对话。

良好的心态是提升我们生活的助力,可能现在我们的心态不好,但是只要我们肯纠正,肯培养自己,肯完善自己,拥有良好的心态也不是一件难事。MM

有人喜欢将生活比喻成一条河,时而平缓,时而湍急,正如我们所经历的人生,不可能总是康庄大道,风雨无阻,在人生的旅途中,总会有些大大小小的障碍,有人拼尽全力去跨越得以继续前行,而有人却跌倒在地再也无力爬起,前面风景再好也没了欣赏它的机会。唯有将生活给你的苦难,细细碾碎,才能磨成本该壮丽美好的人生。

对于苦难,有些人把它看作锻炼自己的机会,有些人却将它认作人生路上的拦路虎,有人感激它,有人畏惧它。但我想说,要把苦难当成人生给你的额外的馈赠,你只需勇敢地接受它,以坚韧不拔之毅力去面对它,总有一天,苦难的阴霾会一扫而光,你会在苦难过后的人生里重生,看到朗朗乾坤。最爱蒲松龄的一副对联:有志者,事竟成,破釜沉舟,百二秦关终属楚;苦心人,天不负,卧薪

跨越苦难,破茧成蝶

文◎宋 晨
图◎叶 子

尝胆,三千越甲可吞吴。一副对联,道出了早已湮灭在历史长河中多少英雄人物的命运,项羽以破釜沉舟之势面对危难局势,终是在巨鹿之战大获全胜,但究其一生,他又是个悲剧人物,当刘邦的大军浩浩荡荡而来,孤立无援的他选择了逃避,曾经叱咤天下的西楚霸王自刎于乌江,霸王终是成了政治的牺牲品,他的敌人成了高高在上的王。常常悲叹于他的命运,以及他与虞姬的爱情,不管是王是寇,历经千年时光,他们早已化为一堆白骨,若他肯渡乌江,天下又是什么模样?冰冷的乌江之水,里面是否还夹杂着他的不屈?与之形成鲜明对比的是越王勾践,国破家亡,着实可以背负上"苦难"二字,被扣留在他乡,为敌人做牛做马,难以想象他当时是以一种怎样的心情吃下苦胆,《史记》中记载:"越王勾践反国,乃苦身焦思,置胆于坐,坐卧即仰胆,饮食亦尝胆也。"最终,他没有辜负经受的苦难,打败吴国一雪前耻,开创了属于自己的时代。古往今来,苦难对于人生的意义都是相同的,它可以让你奋发,也可以让你沉沦。苏轼曾说过:"古之成大事者,不惟有治世之才,亦有坚忍不拔之志。"你或许只看到了成功者的光鲜亮丽,却无法看到他所经历的不为人知的苦难,在无数个暗夜里将被苦难击碎的心再次缝补,等到光亮来临,他会笑着迎接生活给他的每一次磨难。每一次苦难,都看作成长的机会,有时候它足以让你一夜之间愁白头发,但它能够让你的心愈来愈强大,直至百毒不侵,无形的盔甲总不是一夜之间便形成的,它需要数次打磨,才能让你的心坚硬如铁,终有一天,你会体会到"守得云开见月明"的乐趣,那是生活对你不屈的褒奖。

"苦难"二字所带来的意义,是有些沉痛的,与苦难做斗争的过程也着实煎熬,诺贝尔说过:"生命,那是自然付给人类去雕饰的宝石。"是啊,人生就是一块宝石,总得需要你细细打磨,才能让它渐生光彩。没有人生来就是一块粗糙的石头,生活也不会完完全全将你遗忘,所以,请尽情地面对生活给你的一个又一个挑战吧。苦难并非人人都有,你要懂得生活总是不公平的,有时候,生活就像一场马拉松式的运动,有人自出生便早已站在接近终点的地方,有人却不得不跨越万水千山之后,跌跌撞撞地爬至起点,然后奔赴他们的旅程。记得某卫视有个交换富家子弟和贫困山区儿童的节

目,山里的孩子大多善良淳朴,城市的孩子往往态度恶劣,有时看到那些从大山来的孩子见到新世界的惊喜,心中难免郁郁难平,为何他们有着善良的性格却要背负如此多的苦难?多年后,在新闻上突然看到曾经的一个山区孩子凭借自己的勤奋和努力终于走出了大山,过上了他梦寐以求的生活,心中替他高兴之余又替他不平,他用那么多年的时间才能与别人站在同一起点,也许他会笑着谈自己所经历的苦难,毕竟在他漫长的人生里,那些苦难并不算什么。苦难给他的意义,便是成长,未来的风风雨雨,想必他也有足够的魄力去面对了。

你可见过那挺立于深秋的菊花,不畏萧瑟,孤傲高洁?你可细细嗅过那绽放于寒冬里的梅花,即使风雪再大也掩盖不了它们的香气?你是否仔细端详过那常青的松柏?陈毅曾作诗赞道:"大雪压青松,青松挺且直。"还有那高尔基笔下的海燕,穿梭于电闪雷鸣的天空,将自己的羽翼修炼得更加强壮。不仅是人类,世间万物都有自己所要经历的磨难,磨难的一端是地狱,另一端,便是天堂。就像蝶,人们往往感叹于它精美华丽的身体,却无法体会它在破茧之时的痛楚,破茧成蝶,展翅飞翔于花间,是造物主对它不屈生命的最高褒奖。

生活皆不易,你只需将生活看成一场修行,将你的苦难磨炼成人生。MM

没有人看得出,他也曾抱怨过

文◎佚 名 图◎花月婷然

一个快乐的人谈到他的秘诀时说:"我把下面一段话写在洗手间的镜面上,每天早上刮胡子的时候念它一遍'我闷闷不乐,因为我少了一双鞋,直到我在街上见到有人缺了两条腿'。"一名飞行员在太平洋上独自漂流了20多天才回到陆地,有人问他,从那次历险中他得到的最大教训是什么。他毫不犹豫地说:"那次经历给我的最大教训就是,只要还有饭吃,有水喝,你就不该抱怨生活。"

人的一生总会遇到各种各样的不幸,但快乐的人不会将这些装在心里,他们没有忧虑。所以,快乐是什么?快乐就是珍惜已拥有的一切,知足常乐。

而抱怨是什么?

像烟头烫破一个气球一样,让别人和自己泄气。

其实,抱怨属人之常情。难道不许别人说一说苦闷吗?然而,抱怨之不可取在于:你抱怨,等于你往自己的鞋子里倒水,使行路更难。困难是一回事,抱怨是另一回事。抱怨的人认为自己是强者,只是社会太不公平,如同全世界的人合伙破坏他的成功,这就可能把事情的因果关系弄颠倒了。

抱怨不同于坦然承认自己的失败。敢于承认失败的人,会赢得别人的尊重。人们之所以倾心于那些乐观的人,是倾心他们表现出的超然。生活需要的信心、勇气和信仰,乐观的人都具备。他们在自己获益的同时,又感染着别人。人们和乐观(包括豁达、坚韧、沉着)的人交往,会觉得困难从来不是生活的障碍,而是勇气的陪衬。和乐观的人在一起,自己也就得到了乐观。

抱怨失去的不仅是勇气,还有朋友。谁都恐惧牢骚满腹的人,怕自己受到传染。失去了勇气和朋友,人生变得很难,所以抱怨的人继续抱怨。他们不知道,人生有许多简单的方法可以拨乱反正,闭嘴是其中的真谛之一。

许多人都抱怨过处境的艰难,发现无济于事之后便缄口了。抱怨相当于赤脚在石子路上行走,而乐观是一双结结实实的靴子。MM

第四章 | 拒绝平庸，做自己的女王

当你直面苦难，你才逐渐成长

文◎夏天不说话
图◎木路吉

对于大多数女孩来说，人生不会一帆风顺，总有一些事会对我们造成阻碍甚至伤害。有些性格脆弱的女孩就因此而沉沦、畏缩，甚至在绝望中无法自拔。其实，那些苦难没有想象的那么可怕，可怕的是玻璃一样脆弱的心，把自己推入无法拯救的深渊，却仍然在抱怨人生有太多磨难。

对于想获得成功人生的女孩来说，苦难犹如人体的"钙"元素，有了它才能茁壮成长。《大江晚报》刊登过一篇名为《苦难是一种营养》的文章，文中讲述了这样一个故事。

海南有椰子树，云南的气候与海南差不多，有人就将海南的椰子树移植了过去。椰子树在云南

159

长势喜人，云南人以为这下子可以喝到新鲜的椰子汁、吃到新鲜的椰子肉了。

然而，事实让云南人失望了。海南的椰子树在云南只长个头儿，不结果，这可把云南人急坏了。

聪明的云南人没有对椰子树置之不理，更没有用斧头把椰子树砍掉，而是请来了专家，为椰子树的"不孕症"进行诊断。专家经过诊断，说椰子树不结果是因为缺少一种特殊的营养。云南人说，他们什么肥料都上过了啊！椰子树不可能缺营养。专家笑了笑，说："椰子树只有先'吃够苦'，才能结出甜果子来。"云南人听了如坠云里雾里，这椰子树又不是人，吃什么苦啊？专家接下来的行动，更让云南人大跌眼镜。专家在每棵椰子树的根部，都浇上了又咸又苦的盐水。第二年，云南人就吃到了家乡的椰子。

原来，海南四面环海，土壤中含有盐分。椰子树是因为"吃"了又苦又咸的盐，才结出了又香又甜的椰子。而云南的土壤中不含盐，椰子树没有吃"苦"，结果颗粒无收。

人如椰树。纵观那些成名成家结出"果子"的人，有几个不是在苦难中成长的？

美国哥伦比亚大学医学院与史塔桑管理研究中心一项长达十年的联合研究发现：有磨难经验，而且能从当中走出来的人，面对逆境的能力会提高。

这种结论不难理解。古语云，"多难则兴邦""自古雄才多磨难，从来纨绔少伟男""天将降大任于斯人也，必先苦其心志，劳其筋骨"。

若一个女孩成长过程中从未经历任何挫折，习惯了风调雨顺的生活，就会像温室里的娇弱花朵，经不起现实生活中的日晒雨淋，面临苦难难免会被压倒或垮掉。

我们常常看到这样的新闻：一些女孩因为考试不理想而焦虑绝望，或因为失恋而抑郁成疾。她们的性格是那么脆弱，脆弱得竟为了一时一事的不顺而放弃自己。

当一个人远离苦难的"钙"元素，就意味着人的精神脊梁将趋于软化。而人的精神脊梁一旦被软化，也就意味着将无力支撑起要下陷的天空。

苦难可以锻炼人的意志。一个人要做成一番事业，必须有坚强的意志；但坚强的意志不是天生的，而是在苦难中磨炼出来的。人的意志只有经过苦难反复的冲击和磨炼才能变得无比刚强。

苦难可以积累人生经验。人非生而知之，成功不可能从天而降，人生的经验也不可能凭空产生。人的每一种本领，每一次成功，无论是学习、工作、恋爱、创业，都或多或少经历了苦难的洗礼。苦难在为难我们的同时，也为我们积累了丰富的生活经验，搭建起了成功的阶梯。苦难让人更加懂得珍惜。生活中，没有受过苦难的人往往不懂得珍惜。时间随便浪费，青春随意挥霍，生命常被糟蹋，而且身在福中不知福，生活在幸福的时代还充满抱怨。受过苦难，才懂得人生无常，平安、健康甚至平淡都来之不易，时间、青春、生命都异常宝贵，因而会倍加珍惜。

对生命的成长而言，苦难是一种营养，饱含钙质。女孩要使自己的生命强大、活出价值，就应该遵循生命的发展需要，历练坚强的性格。要正视所面临的苦难，青春岁月就像一壶刚烧开的水，不断沸腾，不断翻滚，煎熬着生命。可是只有经过这番煎熬，才能历练出坚强的性格，最终修成正果，达到自己想要的境界，过上自己想要的生活。

一、不要遇到挫折就逃避

苦难不请自来，我们想躲也躲不开，只能面对它、正视它。选择逃避，困难还是存在。因此，那种把被子拉起来捂住自己的头，希望苦难自己溜走的做法是不足取的，应该睁大眼睛瞪着困难，衡量困难的大小，分析并寻找解决的办法。那时，我们就会觉得，困难并不如它外表看起来那么可怕。

二、不可有"不想长大"的想法

长大意味着要承担，要坚强，要自己掌控人生。不想长大，其实也是一种避世的态度。这种回避会弱化人对社会的适应。不想长大的想法会让人沉浸在快速脱离不良环境而带来的短暂的心理获益之中，而这种获益如同借酒消愁一样让人成瘾。成瘾的人又因为存在欲求不满、对挫折不能承受而陷得更深，无法从不想长大的想法中自拔。慢慢地，困境将不再是不想长大的主要原因，而是一种结果。

三、把苦难视为机遇

苦难是调整目标、重整旗鼓、走向成功的转机。每一个女孩都要学会从苦难中感悟，认真吸取教训，自觉克服不足，善于总结经验教训和提高认知水平，调整奋斗目标，重新聚集力量，开始新的拼搏。MM

第四章 | 拒绝平庸，做自己的女王

1.父母的影响

我的父亲从小就培养我对读书的兴趣，家里放了许许多多各科各类的书，我闲来无事就会翻阅。小时候随父母去别人家里拜访，我遇见没有读过的书就会问过主人的意见，然后旁若无人地拿起来读，直到现在有些多年未见的长辈提起我还会说，这小姑娘特爱读书，聪明。

我看书不限种类，只要是我感兴趣的我都会去自己找来然后读。从心理学到美甲，从医学到烹饪，从游记到言情都略有涉猎。

常听人说腹有诗书气自华，这话是没错的，你看过的书、见过的人、走过的路，都会以一种潜移默化的方式融进你，体现在你的言谈举止和为人处世上。

所以我说，女孩子一定要多读书，就算看不懂太深奥的哲学，多看点儿心灵鸡汤也是没有坏处的。看不懂中医养生之道，多看点儿对身体好的小方法也是好的。看不懂道家那些枯涩的理论，多看点儿豆瓣简书上的文章也是好的。

我的母亲对我的教育只有八个字：自尊自爱，自立自强。她是一个喜欢读心灵鸡汤的人，会很认真地告诉我，一个女孩子只有自己够好才配得上更好的人。每每我向她问起我以后该嫁个什么样的人的时候，她就会把她看过的心灵鸡汤和自己的人生经历揉碎融合，然后讲给我听。

她要我在结婚前必须有一套自己的房产，这样就算结婚后和爱人吵架也不会没有地方可去。她要我在任何时候都不要去主动追求男生，因为那样会显得廉价。她要我以后一定要有自己的事业，有了孩子以后也一定要坚持自己的一份事业。

她没有念过大学，所以在她的认知里，女孩子是必须要上大学的，这是一个必经的过程。我一开始对上不上大学其实并没有什么概念，她轻描淡写地说起我的堂姐们，很多都是没有考上大学然后通过相亲嫁了人，现在在家里带孩子，日复一日地操劳。

她说，如果你不想过那样为了一点儿柴米油盐都要斤斤计较的日子，就去考个大学，有自己的事业，找一个相配的人，和他并肩而立，过自己真正想要的生活。

不要变成自己讨厌的那类人

文◎李梦瑶
图◎AshleyTian Daily 绚莹

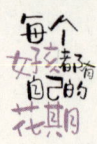

2.不要变成自己讨厌的那类人

试问每个女生,你们都讨厌什么样的女孩子?我想回答不外乎是有心机的女生,背后说人坏话、嫉妒心重、心机重这些吧。

每个女生在小时候都做过公主梦,幻想着自己长大后要成为美丽善良的公主,然后等着王子来接走她。

可是为什么这个世界上还是有很多有心机的女生,而不是充满了美丽善良的公主呢?

不要说她们成为有心机的女生也是因为被别人逼的这种话,你要记住,你的任何选择都是你必须承担的。

很多人说自己没有成为公主,是因为长相不好,或者家境不够优秀。

不,这都是你为自己的不优秀找的借口,不是你不能成为公主的理由。

想想自己,一边幻想着有个又高又帅的男朋友,一边又在背地里和自己的好朋友说哪个女生的照片修得太假、化的妆太浓;一边希望自己善良美丽,一边又在看到比自己好看的人时说人家一定不是天然的美;一边希望自己有傲人的身材和颜值,一边又大半夜躲在被子里蓬头垢面地玩手机、刷微博、看网红,幻想自己瘦了后的模样。

可是请你记清楚,在你没有别人的照片好看时,不要随意评论别人的照片如何;在你自己化妆也很糟糕的时候,不要评论别人的妆如何;在你自己身上的衣服不是精心搭配出来的时候,不要评论别人的衣服如何;在别人比你好看时,学会接受和赞美,因为你要知道,这个世界上比你漂亮的人真的太多了;

在你羡慕别人的时候,不要一味地羡慕,要学着努力,学着坚持,总有一天你会发现自己成了别人羡慕的对象。

3.不要在意别人的眼光

上一条我们说到的所有讨人厌的行为,如果有人对你这样,你该如何做?忍让还是指责?

除去一个人本身人品极差的因素,如果一个人被背后诟病,那这个人一定有被羡慕和嫉妒的资本。要记住,你只需要负责优秀,其他的事不用去管,那只是无法与你比肩的失败者在用自己愚蠢的方式来拉低你。

我有个朋友,她总是很在乎别人的眼光,比如当她走进班里,有几个人正在说话的人抬头看她一眼然后安静,她就会觉得她们刚才一定是在说她。可是何必呢?亲爱的,就算她们真的是在说你,你不是为了活给她们看的,如果你做的没有错,那该做什么就做什么,你不需要和这些乌合之众说什么,她们不会理解,也无法理解。

4.教养就是让别人感到舒服

说了这么多,似乎一直没有正视教养这个话题。那么,我所认为的一个有教养的女孩子应该是这样的:有爱心,有礼貌,有文化,待人温和,不闲言碎语,不哗众取宠,有自己独立的精神和生活。

可能会有人说,开玩笑,怎么会有人这么完美?其实不是的,这样的人其实很多。

你身边一定有个人喜欢跟别人说"谢谢";你身边一定有个人特别喜欢小动物;你身边一定有个人书读得很多;你身边一定有个人不喜欢参与八卦的讨论,什么事都拎得很清楚;你身边一定有个人喜欢微笑,听别人说话的时候会看着别人的眼睛。或许,你就是这样的人。

这些都是相对的有教养。

语言上不咄咄逼人,多出手帮助别人,能帮的忙尽力,不能的婉拒,对待陌生人也温和有礼,接受别人的好意时懂得道谢。这些在我看来都是有教养的体现。

有人说,长得漂亮不如活得漂亮。

那么,在考虑如何活得漂亮之前,不妨先想想,如何成为一个有教养的女孩子。

第四章 | 拒绝平庸、做自己的女王

我曾像你一样，拥有坏情绪

文◎曾 嘉 图◎宅野小王子

美国密歇根大学的心理学家内森曾做过一项研究。研究显示，一般人的一生，平均有三分之一的时间处于情绪不佳的状态。所以，一个人如何控制自己的情绪，基本决定了他这一生会过上什么样的生活。

"情绪嘛，当然得发泄啊！"无法控制情绪的人，往往有一个特征：暗示自己情绪是无法控制的。相信我们能控制自己的情绪，是我们得以顺利控制情绪的第一步。

因为科学研究显示，除非有疾病，否则人的情绪绝对可以控制。

而且，我们往往会认为，我们的行动是由情绪所引导的，因为"心情不好"，才导致了"行动异常"。

实际上，按心理学的观点看，情绪是跟在行动之后的。或许，是因为你什么都没做，所以才开始心情不好的。

其实，合理的运动、出去走走改变环境、与朋友见面倾吐心绪，都是很好的转换情绪的行动方式。有的心理学家建议："在生气或烦躁的时候，不妨试着拧自己一把。"因为人在感到疼痛的时候，会瞬间忘记生气，通过把注意力转移而得到情绪的缓解。

感觉快要气炸了，就仰天长啸吧（当然要注意对象和使用环境）；即使你没有错，也向惹你生气的人道歉；试着和你讨厌的人打招呼。也许当你做这些事情的时候，会发现自己不再像过去那样在意了。

"不高兴的事情，就是放不下！"遇到这种难缠的、怎么都摆脱不了的情绪，或许是因为你的思维方式出错了。

因此，控制情绪的一个方法，就是改变自己的思考方法。人世间最让人难以放下的情绪——被自己信赖的人在暗地里中伤、泄密。我认为，我们可以换个思维方式思考这件事：

如果你想让对方道歉，直接告诉她"我感到很伤心，希望你能道歉"；如果你想和她断绝交往，就果断和她断绝交往；如果你希望关系能恢复如初，就考虑可以好好相处的方法。

无论发生什么事，其中一定藏着"多亏"的道理。正面思考，你的愤怒就比较容易平息。

有时候，我们会太照顾别人的想法，为了配合大家，而委屈自己。

有这种只配合别人而不表达自己想法的人，很容易变得唯唯诺诺，在情绪上，往往也会背负着不满与烦躁，甚至产生自我厌恶的情绪。

其实，我们应当"自私"一点儿，懂得自己想要的是什么，并试着向别人传达你真实的想法；做能做的事，婉转拒绝做不到的事，让自己从容、坦然。

适时地学会说"不"，要不然你的坏情绪一定会报复你。

很多人的烦躁情绪，往往来自无法和自己对话。无法与自己达成和解，于是有了类似生闷气或

163

无人倾诉的糟糕情绪。

也许当遇到许多问题的时候，我们唯一需要的是与自己独处，哪怕是一小会儿也好。

这段时间，你可以静下来倾听自己的心声，与自己对话，问问自己"状态怎样"，直面自己的情绪；也可以取悦自己，做一些自己喜欢的事，对自己释放善意，才能有好情绪对世界释放善意。

"本来不该这样的。"你说。

我们往往做出选择之后，后悔当初的选择，并开始觉得与现在生活完全相反的生活，才是最美好的。

于是，我们就有了很多很多消极负面的情绪，好像怎么活，都活得不好，活得不快乐。单身的人抱怨寂寞，结婚的人抱怨不自由；工作的人抱怨死板，创业的人抱怨变数……

其实，不满自己现状的人，不论在什么状态下都会一直抱怨；感觉自己很幸福的人，不论站在什么立场，都会说"自己很幸福"。

《老子》写道："祸莫大于不知足，咎莫大于欲得。故知足之足，常足矣。"意思就是，知足的人，通常最快乐。

我们不应该拿自己没有的东西和别人比较，而应该管住自己拥有的，遵从自己的人生轨迹，向前看而不向后看，向内看而不向外看，寻找属于自己的快乐，或许情绪的问题就会迎刃而解。

拿破仑曾说："能控制好自己情绪的人，比能拿下一座城池的将军更伟大。"他所说的伟大，应该是指一个人对于自己人生的掌控。

这个世界大多数的东西，都不以我们的意志为转移。天道如此，恨也无用。但我们的情绪，却是我们能够真实地去控制和改变的。

当我们学会控制痛苦与快乐的力量

我们也就真正做到

掌握了自己的人生

当然，这很难

但人的一生

不就是为了成为更好的人吗

而或许

当我们改变自己的时候

也就改变了这个世界

原来啊

开心是这么伟大的一件事呢

别让坏情绪，影响你自己

文◎[日]和田秀树

1. 意识到自己的性格有不足之处

经常会不高兴的人，往往意识不到自己的性格有不足之处。如果认为"自己的性格很正常、对方性格有缺陷"，就永远无法摆脱负面情绪。

所以，重要的是我们要承认自己有反应过激的地方。这样就容易摆脱不理智，可以冷静看待别人的行为。

2. 多建立几根支撑自己的支柱

这个支柱，可以是自己很喜欢的爱好，可以是和家人、朋友间的亲密感情，可以是某种副业或活动，可以是吃喝玩乐打游戏等娱乐，也可以是自己擅长的领域。

3. 把自己的兴奋点和烦恼点写下来

无法或者不方便向别人倾诉的时候，写下来就是最好的发泄方式。养成写心情日记的习惯，把一天中让自己感到快乐和难过的事情记下来，从中找出自己的兴奋点和烦恼点；多做能让自己高兴的事，容易产生烦恼的事就想办法针对性解决。

4. 和快乐的人在一起，会给你带来好运

如果和快乐的人在一起，自己不知不觉就会受到感染，积极地看待问题，幸运也会悄悄降临到你身上。

要效仿快乐的人，首先要主动接近他们，还要尽量多观察他们的行动，值得效仿的地方多去学习。相反，远离消极悲观、偏激易怒的人，不要成为他们负面情绪的垃圾桶。

内在美更重要

文◎飞扬
图◎繁繁

内在美，是指一个人内心世界的美。这种美，表现在品德、情操等个人素质方面。高尚的品德和情操，在人的行动中表现出来，就是一个人的内在美。换句话说，品德优秀、情操高尚的人，就是一个具有人格美的人。一个人的心灵美是通过日常生活中的个人品德以及行为举止表现出来的。常见的优秀的个人品质表现在以下方面：

首先，智力。对于学生而言，每个人的智力是有所不同的，特别是中学时代的学习，由于当前的教育模式的问题，智力高的学生的成绩会更好。这并不是说成绩差的学生智力就差人一等，他们同样可以通过努力让智力有所提升。

其次，精神。精神上的美通常体现为个人的内在品质，如乐观开朗的性格、谦虚的学习态度等，一系列优秀个人品质的培养需要通过家庭环境的熏陶，当然，学校的教育同样重要。

最后，情感。情感通常表现在人际关系方面，青少年正处于成长的重要阶段，青春期的人际交往方式，与他人之间的相互交流，甚至会影响一个人的一生。因此，那些更加擅长人际交往的学生会更受大家欢迎，这也是一种内在美的体现。

古希腊著名哲学家苏格拉底虽然相貌奇丑，但是他的品德优秀、情操高尚、学识渊博，这些心灵的美已经远远超过了形体的美，以至于当时向他请教学问的人几乎感觉不到他形体不完美的一面。所以，我们应该追求自己的心灵之美，力求把自己改造成为一个品德高尚的人。

正因如此，我们不能说苏格拉底不美，而应该说他是心灵美的典型代表。他追求心灵之美的精神值得我们学习。是的，我们的确应该加强知识文化修养，加强自身思想道德修养，努力把自己培养成为学识渊博、具有高尚道德情操、拥有强烈人格魅力的人。

上帝给予每个人生来纯洁的心灵，却无法给予每个人相同美丽的容貌。随着人与人之间认识的深入，内在美的深邃和震撼终将带给我们与外在美相同或者远超外在美的审美体验。青少年更应该偏向于追求内在美。因为内在美是一个人人格魅力的综合体现，是一个人对别人产生影响的重要因素。此外，内在美相比于外在美，对别人产生的影响会更加强烈，也更加持久。

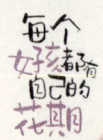

繁花似锦青春时

文◎李 睿 图◎繁 繁

人生最美好的季节莫过于青春年少。每个人都拥有青春。但是，如何真正地把握青春并非易事。我们要学会珍惜青春，为青春奋斗。

青春如梦，要想让它成为美梦，我们就必须珍惜青春。要知道，青春短暂，很快就会从你手边流走，而珍惜青春，就意味着充实的人生就在不远的前方等着你。

然而，在现实生活中，并非每一个人都能珍惜青春。当青春到来时，有的人还处在少年时代的无忧无虑之中，没有领悟到青春的价值，结果任青春漂流而去。

人生富有，要从青春时期开始积累。没有意识到青春的价值，人生就好像落了潮的荒滩；没有珍惜过青春年华，人生的火焰就会像黯淡的残烛。如果青春不是在搏击与进取中度过，人生的回忆便是一杯平淡的白水。

虽说青春会在时间的洗礼中悄然逝去，但是，青春时期创造的社会价值，却会像阵阵花香一样飘在人生的征途上，让你欢喜、愉悦。

组成青春光环的是每一分钟的耕耘和付出。为了留住青春，就得珍惜生活赐予我们的每一分钟；为了永葆青春，就得开拓进取，不断创新，不断前进。古人说得好："盛年不重来，一日难再晨。及时当勉励，岁月不待人。"只要我们珍惜青春，理想就一定能闪烁光芒。时光流逝，不知不觉我们已身处人生中最黄金的年龄。因为这时正是由少年变为青年，由孩子变成大人的临界点，我们有着比孩子们多一点儿的成熟与思想，又有着比成年人多一点儿的童稚与调皮，有如此的性格优势，我们难道不该珍惜青春，珍惜这如水的年华吗？

时光流逝，不管我们想什么，做什么，都应该对得起眼前繁花似锦的青春，都不该浪费每分每秒不分昼夜流过的时间。让我们珍惜青春，共同期待明天会更好。

青春是人生的骄傲，梦想是人生的动力。在这黄金般的岁月中，如果青春不燃烧起来，放出光亮，人生中的任何东西都会失去魅力。文学家巴尔扎克曾经说过："没有理想的青春就像没有太阳的早晨。"没有太阳的早晨，多么冰冷，多么灰暗；没有理想的青春，又是多么空虚，多么无望。若要人的一生过得充实、有意义，我们就应该珍惜青春，追求梦想，让自己的生命绽放出七彩光芒。

青春犹如梦一场，如此短暂。然而，拥有青春，就拥有了梦想和奋斗；拥有青春，就拥有了活力与生机；拥有青春，才会拥有完美的人生。对待青春，我们唯有珍惜。

没有青春的人生是不完整的人生。莎士比亚说过："人的青春是短暂的，但是，如果卑劣地度过这短暂的青春，就显得太多了。"然而，还是有许多人不知青春岁月之短，荒废学业，沉迷于网吧，为追求时尚，穿名牌，买数码，相互攀比，让自己的青春白白虚度。

那么，该如何珍惜青春呢？首先，要制订一个切合实际的目标，让青春在实现自己的目标中闪光。其次，多做点儿实事，不要让自己总是沉浸在虚拟的电视或网络生活中，要做能不断提高自己技能的，当然也是自己感兴趣的事，以期将来能在激烈的竞争中站稳脚跟。只有这样，青春才有真正的意义，我们才算珍惜青春。

亲爱的女孩，我们应奋发图强，持之以恒，珍惜自己的青春，把握自己的梦想，创造辉煌的明天。MM

第四章 | 拒绝平庸，做自己的女王

气质是最美的修行

文◎谷生熊 图◎无轩

女生的美并不局限于五官，而是由姿态、谈吐、着装、为人处世等各种层面叠加出的美；一言以蔽之，就是"有气质"。

关于"修炼好气质的秘籍"，我最服的一本书，就是日本时尚艺术界大师加藤惠美子所著的《气质》。

"容貌是天赐的福分，气质是最美的修行。"欢迎进入气质修炼的殿堂。

1. 学会直视别人

有句老话说，"眼睛是灵魂之窗"。那些虽具魅力，却缺乏品格的美女，99%都败在了眼神之上。

怎样才算是有气质的眼神呢？那就是，随时随地，无论是看人还是看东西，都要保持直视。

"直视就是让视线和身体保持相同的方向，当身体和脖子同时面对视线的方向，举手投足自然也会优雅动人。"

对自己眼神没自信的姑娘，不妨坐在镜子前，发现自己最迷人的眼神哦。

2. 抬头挺胸，年轻十岁

"一个人的姿态，对气质的影响胜于容貌。"

一个人只要抬头挺胸，浑身就会散发出高贵的气质；一旦弯腰驼背，外表看起来立刻苍老十岁。

我印象最深的就是刘诗诗，跳舞蹈出身的她姿态挺拔，虽不是长得最好看的，但挺直的背和天鹅颈总能让她在一众小花中，气质出众。而且，一旦有了良好的姿势，不管穿什么衣服都好看。

那么，充满气质的姿势如何养成？

加藤惠美子分享了一个有趣的小方法：感受背上（肩胛骨）那对天使的翅膀。

"随时想象自己背上有一对天使的翅膀，随时感知这对翅膀。天使的翅膀就会让你的姿势变优美。"

3. 聊天不能只聊自己的事

那些从头到尾只顾着聊自己的事，试图用各种方式，让对方知道自己比较优越的人，虽然可能说话彬彬有礼，但也毫无气质可言。

每年同学聚会上，总不乏有这种人，就算他真的腰缠万贯，在他秀完所有自己的豪车豪宅后，我们也只想在心里送他个白眼。那么，怎样才是谈话有气质的表现呢？

其实也很简单，心存对方，能够提出一些让人想要回答、回答后心情很畅快的问题，就是善解人意，会让人感到舒服的就行。

"擅长倾听比擅长说话重要；擅长让对方开口说话，又比擅长倾听更重要。"

4. 少管闲事，气质加分

和那些乐于助人的热心肠不同，这里的"管闲事"，指的是随意踏进别人的私人领域，从而造成他人的困扰。

"爱管闲事又没气质的人最大的特征，就是基于好奇打探他人隐私。"

一个有气质的人，若想要表示关切，了解对方的私事，首先必须逐渐和对方分享自己的私事，在对方主动开口之前，绝对不要打听。

只有三姑六婆才会无视对方的心情，蛮横地踏进他人的私人领域。

5. 认真对待每一件小事

仔细观察那些有气质的人，就会发现他们在做日常生活中的琐碎小事时也都很认真。有些人之所以做起打扫、泡茶等小事，都显得特别有气质，是因为他们认真对待每一件小事。

认真对待时，是用心在和物交流，举手投足间就细致、准确；气质也在这些微小的动作中显现。对物如此，对人亦然。

无论是与人相约见面，还是答应别人借给他某个物件，如果做不到，就不要轻易和他人约定。

再小的口头约定，都要"说到做到"。

6. 从整理房间开始吧

居住环境会对人的情绪产生影响，进而影响一个人的气质。

记得赵丽颖在做客《金星秀》的时候，金星问她："平常一个人宅在家会做什么？"赵丽颖是这么回答的："在家收拾东西，不停地收拾，这是我的业余爱好。拍戏再忙也要留个两三天时间来整理自己的家，这是一件特别大的事。"

百忙之中都要腾出时间整理自己的家，赵丽颖能成为气质小花旦也就不足为怪了。所以，觉得自己气质不够的妹子，不如先从整理房间开始。

家里的布置其实也不必豪华，只要将地板、桌子、窗户擦干净，再插上一枝花，就足够让屋子清洁又美丽了。

7. 善于接受他人的服务

我们总认为"尽量不麻烦别人"是一个人的修养，但是在高级商场和餐厅里，气质优雅的第一要点是，善于接受服务。

在一些场合，会有许多无须自己动手就能完成的事情，这时候，享受工作人员的服务，或者去拜托他们为自己服务，才是气质高雅的象征。

但是，在接受服务的时候，不应该使用命令的口吻，"尊重对方，正确地表达自己的要求，才是有气质的表现"。尽量用"您能否帮我……""麻烦您……"等语句来提出自己的要求。

8. 练一手好字

虽然我们都知道，字迹的好坏与人的样貌美丑没有关系；但是看到写有漂亮字的书信笔记，还是会下意识地认为写字的人有教养、受过良好教育且气质优雅。

就像井柏然，在小鲜肉纵横的娱乐圈，他绝对算不上是盛世美颜。但他几年来坚持以"手写微博"的方式来记录生活，清秀的字体让不少网友"路转粉"。

"颜值才华双爆表"也就成为井柏然最为突出的标签。本身很有教养但字写不好的人，不妨拿起笔开始练字。

但要注意的是，如果写了错别字，无论字多么漂亮，也会被看成没有气质的人；从这方面来说，多读书，增加词汇量，也是培养气质的一项重要工作。

9. "谢谢"不离口

日常生活中，无论何时，无论多小的事情，都要"谢谢"不离口，因为这是气质女生的重要标志。

在接受别人的服务与帮助之后的一句"谢谢"，或是没能达成合作的一句"还是要谢谢你"；真诚地说出这简单的几个字，却能让人感受到优雅的气质。

10. 常存感恩之心

试想，那些整天和别人比较，面对不幸时老是抱怨"为什么我这么倒霉"的人，你觉得他会有气质吗？

那如何改变呢？方法很简单，只要从现在开始，将注意力放在自己拥有的幸福上，并对此心存感恩。

这是因为，一个人的美，是从内而外散发出来的；只有心放晴了，笑容才能舒展，气质才能显现。

"有形的事物早晚都会消失，但气质永存。"每个女生都是美的，这种美，不在于精致的五官、妆容，或者名牌包和衣服，而是找到适合自己的表达，并且永远怀着一颗热爱生活的心。Ⅲ